EUROPA ERLESEN | HERAUSGEGEBEN VON LOJZE WIESER

EUROPA ERLESEN
ZÜRICH

Herausgegeben
von
Susanne Gretter

Wieser *Verlag*

Wieser Verlag
A-9020 Klagenfurt/Celovec, Ebentaler Straße 34b
Telefon: +43(0)46337036 Fax: +43(0)46337635
e-mail: office@wieser-verlag.com
Homepage: http://www.wieser-verlag.com

•

Der Verlag dankt den Inhabern der Rechte für die Genehmigung zum Abdruck der Texte. Für einige Texte waren die Inhaber der Rechte leider nicht zu ermitteln; Rechteinhaber dieser Texte werden gebeten, sich an den Verlag zu wenden.

Die Titel wurden zum Teil von der Herausgeberin gewählt.

Lektorat: Franz Marenits
Gestaltung: Studio Bisart
ISBN 3 85129 259 6

Ante scriptum

Als wir uns nunmehr vor einem Jahr zu dem Wagnis, eine Serie unter dem Titel EUROPA ERLESEN zu starten, entschlossen hatten, haben wir nicht einmal im Traum an die begeistert zustimmende Unterstützung durch die Leser und Leserinnen, Buchhändler und Buchhändlerinnen sowie seitens der Medien zu denken gewagt.

Wenn Samo Kobenter mir im Wiener STANDARD ein »altmodisches Vorhaben« nachsagt, »weil es dem naiven Glauben an die Erzählbarkeit der Welt treu bleibt, daß dieser Kontinent, seit alters in Kriegen geschunden und geschändet, seine Würde im literarischen Text bewahrt, seinen Sinn in die Kunst hinübergerettet hat«, so kann ich gut damit leben, wenn altmodisch sein zuhören und hinsehen bedeutet, sammeln, achten, entdecken – und die Lust, Neues zu finden, nicht gleich beim leisesten Lüfterl über Bord geworfen wird.

Tobias Gohlis von der Hamburger ZEIT nennt unsere Europaerschließung »Entdeckungsreisen in literarische Landschaften, die scheinbar dem 19. Jahrhundert angehören und doch gegenwärtig sind in Gefühl und Geist ihrer Liebhaber«. Und nicht nur dies – ich weiß, daß mir Gohlis da zustimmt.

Es freut uns, daß die handlichen, edel gebundenen, mit Lesebändchen und Goldprägung ausgestatteten Büchlein angenommen werden und binnen kurzem so viele Freunde gefunden haben. Die Auszeichnung »Kleinodien« ehrt uns nicht weniger als jene durch Universitätsprofessor Günther Hödl, wenn er bemerkt:

»Aus diesen Büchern wächst das Land.« Es freut uns besonders, daß sie einer Buchserie zuteil wird, die mit rein literarischen Bildern auskommt und wo erstmals erreicht wurde, daß Autoren aus Ost und West nebeneinander stehen, ohne Pejorativ, einfach nur als Literaten, die uns allen etwas zu sagen haben, was es in dieser Art bisher noch nicht gegeben hat. Die FRANKFURTER ALLGEMEINE ZEITUNG bringt es wie folgt auf den Nenner: »Der Verlag hat sich zum Ziel gesetzt, Europa auch und ganz besonders an seinen Rändern zu erlesen, politische Grenzen spielen in diesem Konzept keine Rolle, denn es geht nicht um das Europa der EU, sondern um den gesamten Kontinent – von Island bis zu den Karpaten.«

Wir haben begonnen, einen Gobelin der Kulturen zu knüpfen, und die Reaktionen beweisen es in eindrucksvoller Weise: Es ist uns gelungen, ein wenig das Tuch zu lüpfen, unter dem sich ein ungeahnter Reichtum an Sprachen und Kulturen versteckt. Wir haben dem Geist jene Nahrung gegeben, der die Grenzen im Kopf zu überwinden imstande ist; denn erst mit der Überwindung der Begrenztheit kann es ein grenzenloses Europa geben, wird Ängsten der Boden entzogen, werden Demagogen arbeitslos.

Umso erfreulicher, daß auch schon vereinzelt Politiker die in den Büchern liegende Chance ergreifen und sie weiterschenken; es tun dies Pfarrer, Freundinnen bringen einander noch fehlende Exemplare mit, ein frisch pensionierter Chefredakteur bekommt eine Auswahl von einer Kollegin und entschließt sich, in seiner Hausbibliothek eine Subbibliothek zu begründen, nachdem er weitere Bände aus unserer Serie vom ehemaligen Landeshauptmann der Steiermark erhalten hat. Es gibt Reisegruppen, die mit den Büchern in der Tasche die Gegenden erkunden und dem Verlag sodann von ihrem Praxistest berichten. Die Liste ließe sich fortsetzen.

In diesem Herbst nun geht die dritte Tranche – erweitert um die Themenbände WEIHNACHTEN und IN ANDERER AUGEN – hinaus zu den Lesern, und ich möchte, Ihnen allen für die freundliche Aufnahme des Projektes dankend, um Weiterverbreitung werben: Greifen Sie munter nach den kleinen literarischen Flachmännern – der Geist des Buches soll Ihnen Ihre Abenteuer im Kopf beflügeln! Wollen Sie Freunden und Freundinnen Gutes tun, verweigern Sie Ihnen nicht den Genuß dieser Droge! Tauchen Sie ein und lassen Sie sich tragen von den Wortwellen des Radios EUROPA ERLESEN!

Lojze Wieser
August 1998

Inhalt

RETO HÄNNY

(* 1947)

Sie gedenken Zürich zu besuchen

WIE? Sie gedenken Zürich, die Schweiz zu besuchen? Ausgerechnet im eidgenössischen Jubeljahr? Im Jahr jener Herren, die sich, um von der skandalösen Gegenwart abzulenken, in den Mythos des Rütlis, zu drei pathetisch die Finger in die Höhe rekkenden Hirten auf *stillem Gelände am See* flüchtend anschicken, 365 Nationalfeiertage lang eine ihnen von Schiller schön drapierte Vergangenheit zu zelebrieren? Und Sie wollen wirklich noch nie etwas von Chrysopolis, der Goldstadt, gehört haben?

Lieber Janusz, nicht daß ich Ihnen etwas vorenthalten wollte, im Gegenteil, doch weil ich glaubte, annehmen zu dürfen, Sie seien über unsere heimliche Hauptstadt hinreichend informiert, hätte ich es als peinlich empfunden, mich in meinem letzten Brief deutlicher über die sich geschwürartig ins Land fressende Agglomeration mit der zu Tode sanierten Altstadt auf vergoldetem Boden als Herz auszulassen. Um so mehr, als sich in Chrysopolis, wie ein geschickt als Roman getarnter Untersuchungsbericht des Italieners Guido Morselli zum Schluß kommt, die gesamte Bevölkerung, ohne die geringsten Spuren ihrer selbst zu hinterlassen, abgesehen vom Müll ihrer als Reliquien übrig bleibenden Artefakte, über Nacht, offenbar durch Verdunstung oder Zerstäubung, in nichts aufgelöst haben soll. Die Börsentempel mit einem Schlage »tot wie die Atrien von Baalbek«; eben erst verlassen, »gehörte die Stadt anderntags bereits der Archäologie«, heißt es in seinem Bericht. Anstelle der gewohnten, tagsüber großstädtisches Getue und abends im Dorf (so nannten Einheimische ihre Altstadt) feuchtfröhliche Heiterkeit vortäuschenden Hektik, des Lärms (wo, außer hier, gibt's als politische Gruppierung eine Auto-Partei, welcher, beobachtet man, wie es auf dem Straßen-Schlachtfeld zugeht, fast alle anzugehören scheinen) und der für einen Flecken dieser Größe – der sich in Prospekten gern als Weltstadt preist und in längst versunknen Zeiten zu den geistigen Hauptstädten Europas gezählt haben soll – erstaunlichen Aggressivität, nun friedliche Ruhe. Geldpest, Süchte und alle übrigen das Bild beeinträchtigenden negativen Erscheinungen, bis hin zu den flinken Taschendieben, die im Flughafen Kloten oder am Hauptbahnhof manch ankommenden Reisenden mit kecken Späßen zu unterhalten verstanden, sind überwunden.

Wo der Wucher blühte, beginnt es zu grünen, sprießen Gräser aus dem bröckelnden Beton der Pflastersteinfugen, kurz: Die intakt gebliebene Architekturlandschaft, das, was vorausgegangene Spekulation von ihr intakt gelassen, was der kalkulierenden Vernunft der Stadtplaner standzuhalten vermocht hat, ist zum Biotop geworden.

Die Oper am Bellevueplatz, wegen deren Facelifting sich bunt vermummte Gestalten, zum Unmut derer in Pelz und Nadelstreifen vor bürgerlichem Beton frech Raum für sich fordernd, einen Sommer lang mit uniform Vermummten prügelten, ehe dem Haus nach der behaupteten politischen Wende von blauäugig zu rotgrün als Zeichen neuer Kulturfreundlichkeit der Subventionshahn gedrosselt wurde, ein bißchen, so weit es sich halt machen ließ –, diese Oper haben ihre Gewohnheiten ändernde Greifvögel nun zum Horstplatz erkoren, wobei sie das sinnlose Blinken der Ampeln nicht zu stören scheint, die am Quai den ausbleibenden Verkehr regeln, bis sie wegen durchbrennender Birnen erlöschen. Nebenbei gesagt: ein genialer Schachzug, die Kultursubventionshahndrosselung zehn Jahre nach dem heißen Sommer. Wer wollte es der neuen Regierung verargen, daß sie, am Puls der Zeit – am Ende gar von der weisen Einsicht geleitet, in einer Stadt, der die Offenheit fehle, bescheide man sich besser mit Seldwyla –, der demokratischen Grille überdrüssig, Kultur durch öffentliche Unterstützung von Laune oder Kalkül der Herren zu befreien, in die Rolle sozialdemokratischer Neofeudalisten schlüpfend bei deren Refeudalisierung geradezu die Vorreiterrolle übernahm? Die Bürgerlichen anderseits, die in die Opposition verwiesen, so taten, als regierten sie weiterhin, waren dank diesem politischen Mißgriff, mit dem sich die neue Regierung als Einstand einen ordentlichen Klecks ins Zensurenheft klatschte, unverhofft zu einem gewünschten Vorwand gekommen. Zur Rache brauchte die Lobby freisinnig demokratischer Bonzen und der ihr gute Handlangerdienste abnehmenden Volkspartei-Vertreter jetzt nur ihre Destabilisierungspolitik zu intensivieren – hierzu waren ihr alle Mittel recht; schließlich hat man sie nicht umsonst –, damit sich die nächste Volks-Abstimmung, wo es ums alljährliche Scherflein für die Alternativkultur, nein, um Sein oder Nichtsein eines trotz aller Schikanen in kurzer Zeit hervorragend funktionierenden Quartierzentrums in einem lang leer gestandenen lottrigen Schulhaus des einstigen Scherbenviertels geht, nach der Losung »Abwürgen, was nicht sein darf!« zu ihren Gunsten entschied, und so weiter – Sie kennen ja wie wir alle die Gesetze des Theaters.

Über die Leidtragenden einer derartigen Politik braucht man nicht lang zu rätseln. Absurd? Nein, ganz im Sinne der drei goldstädtischen K: strahlender Ausdruck kleinmütig knickriger Kirchturmmentalität.

Doch halt, die Rechnung der Rechten war, überleg ich's recht, nur halbwegs aufgegangen: Die im Anschluß an die Abstimmung erhofften Demonstrationen blieben aus. Und da der Polizei, die sich dank der Vernunft der Kanzlisten (nach dem Namen ihres Schulhauses nannten sie sich so) in die Rolle der Geprellten versetzt fühlen mußte, der Vorwand fehlte, blindwütig zuzuhauen, blieben auch die Scherben aus, die es gebraucht hätte, um danach endlich wieder einmal gründlich für Ruhe und Ordnung zu sorgen. Auf daß der Geschäftsgang an der Via Dolorosa (was muß in dieser Stadt nicht gerafft, geschuftet, gelitten werden, um sich die Preziosen der Prachtstraße leisten zu können, habe ich mich angesichts der gestreßten Prozessionen vor Gram verspannter Masken des öfteren gefragt; zur Aufmunterung zwischendurch, schade, daß Ihnen das Schauspiel jetzt entgeht, konnte man zwischen dem Monument zu Ehren von Zar Alfred I. und dem Bürkliplatz eine elegant herausgeputzte Parade täglich live bei der

Einübung des unnatürlichen Gangs erleben, einen Laufsteg auf und ab, der nach knapp einem Kilometer dort, wo Ganymed, der schönste aller unsterblichen Jünglinge, seinen Vogel füttert, damit ihn dieser endlich zu den Göttern entführe, hinter der Nationalbank vom Verkehrsstrom gekappt stillos in den See kippt) wiederum für knapp zehn Jahre seine Ruhe hätte : »Chrysopolis – Stadt der schönen Geschäfte«. So lautet der Slogan des Poststempels, mit dem die Stadt zur Illustration, breitformatig wie im Kino zu alten Zeiten, umjagen Möwen, als wär's eine Staffel Kampfjets der Patrouille Suisse, im Formationsflug ihr Wahrzeichen, die Salz- und Pfefferstreuer auf Zwinglis Zwingburg auf Briefen in alle Welt um Kunden geworben hat – obwohl weder der Verkehrs- und Verschönerungsverein noch der Gewerbeverband noch die Vereinigung Bahnhofstraße etwas damit zu tun haben wollten; die Geschäfte verlangen nach äußerster Diskretion. Als Test: Wer ein guter Kunde ist, und sei er ein ausgepichter Gauner, einer jener Geier, die jeden, der sie Geier heißt, vor Gericht zerren und ihren Profit, mit dem Elend der Sucht gemacht, den schmutzigsten, der sich mit ihr machen läßt, waschen lassen, erhält Blüten, die ihm beim Bündeln versehentlich in den Koffer gerutscht sind, ohne daß die Polizei etwas zu erfahren braucht, entwertet diskret zurück ... Tempi passati, lieber Janusz; überdauert haben Türme und Möwen. Auf den Treppen der Notenwäschereien, in deren Sakristeien das Gold weiter still vor sich hinglänzt und wo seit dem Verduften der Wechsler, nachdem ihr Gesang, das Gekläff ungezogener Keifer am Ring, verstummt und die

Monitoren erblindet sind, auf Fensterbrüstungen zwischen verwildernden Geranien Krähen und Elstern nisten, paaren sich die Katzen. Gegen den Fluß zu, vor dem Storchen und auf dem Wein-Plätzchen vor dem Hotel Schwert, wo, wie im steinernen Gästebuch an der Fassade zu lesen ist, von Goethe bis Casanova (der zwar unterschlagen wird) die Größen eines untergegangenen Europa logierten, ehe sich das erste Haus am Platze zur Samenhandlung gemausert, zeigen sich eines Morgens, die Löwen werden nicht lang auf sich warten lassen, Sumpfochsen. Ist die Goldstadt am Ende auf dem besten Wege zurück zu jener »Dreckstadt«, als die Johann Jacob Bodmer sie in einem Brief tituliert hat?

Derweil vorn am See, beim Bellevue, eine Herde Wildschweine die Wiese umwühlt, die früher jeweils von Pferdehufen aufgerissen worden ist, wenn am dritten Montag im April Banden netter Herrschaften, Banker und Immobilienrambos, zu Mohren oder Beduinen aufgemotzt oder getarnt als steife Biedermänner, denen einige 48er gelegentlich hätten heimzünden sollen, aus lieblich gelegenen Seegemeinden und den Hügel herab, der, entgegen hiesiger Tendenz, alles, was man hat, eisern zu verschweigen, sich wie ein Ochsenfrosch mächtig aufblähend Berg genannt wird, unflätig in die Stadt einfallend ihrem alljährlichen Schabernack huldigten, indem sie gleich in die Jahre gekommenen verfressenen Reitern der Apokalypse auf gutmütigen, geduldig für die Knallerei abgerichteten Gäulen höchst albern im Kreis um einen inmitten des Platzes mit Benzin angesteckten Holzstoß herumgaloppierten. Für die Kondition der netten Herren erstaunlich ausdauernd, solange nämlich, bis der gemästeten, schneeweiß gewandeten, auf dem lodernden Holzstoß zum Flammentod verdammten zwitterhaften Puppe, die einem geradezu verwegenen Einfall überbordender goldstädtischer Phantasie zufolge – als Krönung der Ausgelassenheit, wenn Sie wollen, denn Sie dürfen nicht vergessen: In Chrysopolis hat der äußerst gestrenge Reformator nicht vergeblich das Feld beackert –, mit Feuerwerkskörpern, Donnerschlägen und Nonnenfürzen bestückt worden war, unter dem Gejohle und frenetischem Applaus der auf dem weiten Platze dicht an dicht gedrängt der Hinrichtung beiwohnenden Menge mit wüstem Krachen auseinanderbarst und als Funkenregen niederging: *Pingpong! There's the Belle for Sexaloitez*, wie Joyce, der im schnupfenfreundlichen Chrysopolis sein Glück gesucht, in der Kronenhalle ob dem Getöse vom Fendant aufblickend seiner Anna Livia die Szene kennerhaft kommentiert hat. Die alljährliche symbolische Hinrichtung des Winters: welch glänzender Einfall in einer Stadt, die rund ums Jahr der Frost regiert – wer hier nicht leben kann und sich, weil er das Klima nicht verträgt, mit Sprit überschüttet und in Brand steckt, ist selber schuld –; in einer Stadt, die trotz aller Aufgeräumtheit, allem Konsumunterhaltungsfröhlichkeitsflitter, das Ambiente einer Tiefkühltruhe auszeichnet. Jammerschade, lieber Janusz, daß wir beide nun dem gestelzten Spektakel nicht mehr gemeinsam beiwohnen können. Vor dem Regen geschützt, unter dem Vordach jenes Pavillons auf dem Rondell am Bellevue vielleicht, in welchem sich im heißen Winter 1980 eine junge

Frau, der Kälte überdrüssig, mit Benzin übergossen und verbrannt hatte. Und der danach, als Blumen und Kerzen, die die Polizei in der ihr so vertrauten Rolle einer Straßenräumequipe nachts jeweils wegschaffte, über Wochen hin im Gedenken an die Tote Tag für Tag wiederum den Platz schmückten, hinter einer Bauabschrankung versteckt worden war, damit in aller Ruhe das dem zentral gelegenen Platze angemessenere Café für eilige Umsteiger eingerichtet werden konnte. Eine Glas-Stahl-Konstruktion, durch deren Scheiben die Angestellten, Tamilen oder Nordafrikaner, nächtens zusehen mußten, wie Hiesige, durchschnittliche Einheimische, draußen ihre Landsleute niederstachen, ganz spontan, während Beamte einer privaten Wach- und Schließgesellschaft in Polizeifunktion unliebsame Gäste überprüften und in geldstädtischer Manier aus dem Lokal und vom Platze komplimentierten; als Übergangslösung natürlich …

Obwohl ich jetzt, im Jahre 507 nach Huldrych Zwingli, nicht behaupten möchte, Chrysopolis, die Goldstadt, geliebt zu haben, vielmehr in dieser Stadt, ohne sie allerdings gleich »zum Mittelpunkt meiner Verabscheuung der Welt« erwählt zu haben, um es mit Guido Morsellis Worten auszudrücken, geradezu meinen »Antityp, die triumphale Durchsetzung all dessen, was ich ablehne: ein *caput mundi* im negativen Sinn« entdeckte, und der Gedanke, daß Chrysopolis über Nacht zur Nekropolis geworden sein soll, in mir nicht allzu große Trauer weckt: Ich kann und will das nicht glauben.

Zumal jenem Bericht gleichfalls zu entnehmen ist, mit seinen 400 000 Kaufleuten sei Chrysopolis das

Operationszentrum des Landes, »wo die Entscheidungen getroffen werden, insbesonders die schändlichen, so konkret wie das Konkrete schlechthin. Für alles verfügbar, außer für Wunder. Mit dem Ballast von geprägtem Gold in den Sakristeien seiner 60 Banken« (zählen scheint nicht des Berichterstatters Stärke zu sein, oder er hat sich gesagt: Was kommt es neben den paar Dutzend wichtigsten auf 100 ähnliche Institute mehr oder weniger an) »kann es nicht ins Wunderbare oder auch nur Unvorhersehbare entschweben. Die höchste Konzentration von Reichtum, die man kennt: Eine so konkrete Substanz kann ich weder durch Zauberwerk des Teufels noch durch einen Gnaden- oder Strafakt des Himmels in nichts auflösen. Ihre Wurzeln berühren das *aeternum* des Kapitals, die Quintessenz der Wirklichkeit« – – –

Nichts verflüchtigte sich; Morselli hat sich geirrt. Leider? Die neue Regierung regiert wie die alte: über die Köpfe hinweg. Als Repräsentativperson übt wieder einer namens Leonard Zelig perfekt angepaßt die Rolle des Stadtpräsidenten, nicht ahnend, daß die Vorstellung längst läuft. Der Alltag, ich hab's überprüft, als ich kürzlich eine Bekannte aus Hamburg, die hier Station machte, ein paar vergnügliche Stunden übers teure Pflaster begleitete, mit ihr schließlich, nachdem wir erst einen Strauß, den prächtigsten, den sie nach einer Lesung je bekommen, nur mit Mühe, erst bei einer Kioskfrau im abgelegensten Winkel des Bahnhofareals, die ihn mit offenen Armen entgegennahm, zur Aufbewahrung loswurden und es dann doch nicht zu Stiefeln für Madame brachten, weil ich, mit dem Motorrad in die Stadt gefahren, die falsche Jacke trug und ihr altes Schuhwerk zu wenig glänzte, als daß man uns da, wo man seinen Gottfried Keller kennt, anständig bedient hätte, im Bahnhofbuffet Au Premier, an der Ungastlichkeit erfreuen durften, geht weiter wie eh und je. Mit dem Zahnbürstchen wird Morgen für Morgen die Nobelmeile poliert, daß man wie zu Joyce's Zeiten ohne Bedenken die verschüttete Suppe aus dem Rinnstein löffeln könnte, während im Shop Ville und hinter dem Landesmuseum der Abschaum des Konsums weggespritzt wird, Obdachlose, Säufer, Fixer, das Elend, das es in dieser Stadt, in der man, wie Adolf Muschg schreibt, »gewohnt ist, etwas *gegen* das Elend zu unternehmen, aber nicht gern etwas *für* die Elenden unternimmt«, nicht geben darf, aus Angst, es könnte den Geschäftsgang beeinträchtigen. Ordnung muß schließlich sein, bis hin zum Maroni-Braten in genormten Häuschen.

Erinnern Sie sich jetzt, was ich Ihnen letztes Jahr in Warschau erzählte? Sehen Sie, ich wußte doch, daß Sie von Chrysopolis, dieser »formlosen Ansammlung von Kirchen, Banken, Kultur- und Bildungsstätten, von Zunft-, Waren-, Geschäfts- und Mehrfamilienhäusern, Mietskasernen, klassizistischen und Gründerjahrpalästen, Villen, Gaststätten, Pinten, Abstinentenlokalen des Frauenvereins, Fabriken, Depots, Ateliers, Gewerbebuden, alles wie hingeschüttet um einen schmalen See und die Hügelzüge hinauf, die ihn umgeben«, schon gehört haben. Und Friedrich Dürrenmatt, der zum Nationalkauz verharmloste Querdenker, welcher die Stadt im »Turmbau« so porträtierte, ehe er uns mit ihr und ihren Honoratioren, den Hohlformen helvetischer Gesellschaft, deren Gips er mit seiner letzten Rede, in der er die Schweiz mit einem Gefängnis verglich, dessen Gefangene ihre eigenen Wärter seien, was ihm vom Erziehungsminister das Attest der Senilität eintrug, noch fahler werden ließ – ein Glück, daß sie Politiker sind und der eine oder andere dieser Vögel nicht als Mediziner mit seinen Diagnosen Unheil anrichtet –, allein zurückgelassen hat, fährt fort: »Der See mündet in ein Flüßchen. An seinen Ufern finden sich Reste einer Altstadt, deren Bürger ihren Bürgermeister köpften. Im Mittelalter. Jetzt kacken auf sein Denkmal Möwen. Dann treibt das Flüßchen am trostlosen Bahnhof vorbei, vor dessen Haupteingang ein noch mächtigerer Herrscher steht als der geköpfte Bürgermeister, ein heimlicher König der Gründerjahre, Alfred Escher, auch von Möwen bekackt, eine Aktentasche zu Füßen. Er wurde nicht geköpft. Nur Möwen sind gerecht. Hinter dem geschmacklosen Landesmuseum vereinigt sich das Flüßchen mit einem zweiten und verliert sich gemeinsam nach der geschmackbildenden Kunstgewerbeschule in Gegenden, wohin ich damals nie vorgedrungen bin« – und wohin sich auch kaum je ein Tourist verirrt.

Ja, Sie kannten das »Städchen«, wie es Max Frisch im »Stiller« nennt, bisher einzig unter seinem Decknamen: *Zürich* – wobei nicht jeder das Selbstvertrauen hat, auf die Frage, was an der Stadt ihm denn das liebste sei, wie jener Maler zur Antwort zu geben: die letzten drei Buchstaben. Die Rätoromanen, die mit durchgedrücktem Gaspedal Wochenend für Wochenend über die Walensee-Autobahn heim an Mutters Herd flüchten; weil sie es, wie sie sagen, bei den Nebelschnecken ohne Maluns und Capuns nicht länger als ein paar Tage aushielten; sprechen von *Turich* oder *Too Rich*, nach dem lateinischen Namen *Turicum*, die Stadt der Türme, negativen gewissermaßen. Denn im Gegensatz zu Frankfurt, wo die Deutsche Bank mit der Konkurrenz um die Wette himmelwärts protzt, bohrt sich der Crédit Suisse Stockwerk um Stockwerk und Tresor um Tresor in den Boden, ins Réduit; wie einst unsere Helden, die sich während des letzten Kriegs, als die Anbauschlacht am Bellevue Früchte zeigte, ins Urgestein des Gotthardmassivs verkrochen.

Auswärtiger wie Sie, ohne also die Spur Ahnung von der Stadt zu haben, werde ich Ihnen gerne ihre paar schönen Winkel zeigen: das Schauspielhaus, das, statt Theater zu machen; von seiner großen Vergangenheit zehrt – vielleicht, weil das Parkett alles niederpfeift, was an die Vergangenheit erinnert; das Kunsthaus, das, aus purem Glück zur Giacometti-Sammlung gekommen, gerade zwei Modemaler austauscht, zwei Renoirs verhökert, um sich für die Sammlung ein Hauptwerk von Baselitz zu sichern: zwei Landschäftchen gegen zwanzig zerkratzte stattliche Bretter – welch ein Gewinn. Die Spiegelgasse: Unter dem grünblauen Erker des Büchnerhauses könnten wir uns über Schädelnerven unterhalten; im Haus nebenan, eine Tafel kündet von exportierter Revolution, hauste der Oberdada Lenin (seine Reliquien, ein paar Gläser und das Eßbesteck hat man rechtzeitig gegen Ostasiatisches eingetauscht). Dann vorbei am Cabaret Voltaire, das auch nur als Tafel an der Mauer überdauert, zu Schwarzenbach, Kolonialwaren, der schönsten Kunsthandlung der Stadt, deren ausgestellte Werke den Gaumen verwöhnen, bevor wir im Turm – »Zürich empfängt seine Besucher mit bestrickender Gastlichkeit, führt ihnen weltstädtischen Glanz vor und dörfliches Idyll, Gehminuten nah beieinander«, heißt es im Märchen – auf einen Wein einkehren. Sie müssen mir nur eins versprechen, sich die Laune nicht durch die Arroganz der Kellner verderberben zu lassen: Das Masochismustraining hat man zur Abhärtung gut gelaunt auf sich zu nehmen, schließlich bezahlt man eher für die unhöfliche Bedienung als für den sauren Wein, der ebensogut zu Hause getrunken werden könnte. Lieber Janusz, ich freue mich auf Ihren Besuch; Sie werden es hier gut haben: »Die Schweiz ist ein Land, das berühmt dafür ist, daß Sie dort frei sein können. Sie müssen aber Tourist sein«, wie Brecht in den »Flüchtlingsgesprächen« sagt – und Sie kommen ja als Reisender nach Zürich, nicht als Flüchtling.

EMMY BALL-HENNINGS

(1885–1948)

Wir kamen recht spät in der Nacht in Zürich an

Wir kamen recht spät in der Nacht in Zürich an, und schon früh am nächsten Morgen legte Hugo seine sämtlichen, grundehrlichen Ausweise auf den Tisch, bis auf das Zeugnis, daß er als Kind mit Erfolg geimpft worden sei. Es regnete in Strömen, war kühl und ungemütlich. Noch saßen wir am häuslichen Herd, das heißt neben dem Spirituskocher, und erlabten uns an einer Tasse Tee, als es auch schon an die Tür klopfte, und herein kam ein Herr mit tropfnassem Regenschirm, der um Entschuldigung bat, weil er zu so früher Stunde stören müsse, er sei Kriminalbeamter, dem es von Berufs wegen nicht gestattet sei, vorher schriftlich anzufragen, ob sein Besuch angenehm sei oder nicht.

»Aber gewiß doch, sogar sehr angenehm. Bitte, setzen Sie sich doch«, lud Hugo höflich ein.

Ja, eigentlich dürfe er sich nicht lange aufhalten und der Herr Willibald auch nicht. Er müsse ihn leider bitten, mit aufs Polizeipräsidium zu kommen, um eine Anmeldeangelegenheit zu regeln.

»Gerade das wollte ich ja heute früh. Sehn Sie, hier liegen schon meine sämtlichen Papiere bereit. Mein Name ist aber nicht Willibald, sondern Ball, Hugo Ball. Wenn Sie hier, bitte, einmal nachsehen wollten.«

Der Herr setzte seinen Zwicker auf und ließ sich von mir den tropfnassen Regenschirm abnehmen. Während er in den Schriften las, schob ich ihm rasch eine Tasse heißen Tee hin. Er bemerkte es, sah mich flüchtig durch und über den Zwicker an: »Danke, danke, eigentlich darf ich nichts zu mir nehmen.«

»Oh, aber eine Tasse Tee täte doch gut bei diesem kalten Wetter.«

Das sah der Herr ein und nahm einen Schluck, während er sich aufmerksam eine Legitimation nach der andern ansah. Ja, das scheine ja alles ganz nett zu stimmen, aber Herr Ball habe sich offenbar falsch angemeldet, das sei ein ganz großer Fehler von ihm gewesen und das dürfe durchaus nicht sein.

»Um Himmels willen, ist das sehr strafbar?« fragte ich.

Er lachte ein wenig: »Unter Umständen schon, doch über die Buße, die Sie vielleicht auf sich nehmen müssen, habe nicht ich zu entscheiden. Sind Sie bereit, mitzukommen?«

Buße! Mitkommen! Ob ich nicht mitkommen dürfe, fragte ich. Nein, also das ginge nicht, aber Hugo käme sicher bald zu mir zurück.

Ich möchte mich darauf verlassen dürfen. »Hugo, zieh den braunen Mantel an und den Wollschal. Hier ist ein Taschentuch. Hast du das Geld? Hier ist es. Du hast es ja aus Versehen in meine Tasche gesteckt.«

»Aber ich brauche doch nicht das ganze Geld. Ich komme sofort zurück.«

»Um so besser, aber es kann nicht schaden, wenn du etwas Geld bei dir hast ... Glauben Sie mir, er hat sich nur aus Versehen verkehrt angemeldet, hat sonst nicht das Mindeste gemacht, womit irgendein Mensch unzufrieden sein könnte.«

»Ja, davon bin ich fest überzeugt, Fräulein.«

»Vielen Dank dafür. Aber ich bin nicht Fräulein, sondern Frau.«

»Die Frau von Herrn Ball?«

»Nein, nicht die Frau von Herrn Ball, das heißt noch nicht. Bin Witwe. Du lieber Gott, wir sollten vielleicht dem lieben Gott auf den Knien danken, daß wir nicht aus Versehen, so aus Zerstreutheit mit dem falschen Paß geheiratet haben. Da wüßt' ich am Ende gar nicht, wem ich zugesprochen würde, wenn's so genau in der Welt zugehen soll. Das merkt man immer nur erst bei Gelegenheit.«

Der Herr lachte, meinte, es würde schon nicht so schlimm werden. »Also Adieu, Frau …«

»Hennings. Emmy heiße ich. Wenn Sie vielleicht Lust haben, meine Papiere anzusehn. Ich meine nur, weil es sich vielleicht so für Sie gehört. Meine Papiere stimmen genau …«

»Schon gut, ich brauche sie jetzt nicht zu sehn. Vielleicht ein andermal.«

Am liebsten hätte ich den freundlichen Herrn gebeten, später mit Hugo zurückzukommen, wenn seine Zeit es erlaube, zu Tisch, zum Mittagessen. Wir hatten ja Geld genug, sogar mehr als genug.

Das Firmzeugnis oder der Taufschein war auf dem Tisch liegengeblieben. Rasch eilte ich den beiden Herren nach, die zusammen die Treppe hinabstiegen.

»Hier, du hast den Taufschein vergessen.«

»Aber den werde ich auf der Polizei nicht brauchen.«

»Das kannst du nicht wissen. Die Bescheinigung der Taufgnade kann man doch überall brauchen. Ist doch deine beste Empfehlung.«

Er nahm das Papier, steckte es ein, und weil der Beamte schon außerhalb des Hauses war, gab Hugo mir noch rasch einen Kuß, sah mich an und sagte: »Auf Wiedersehn.«

Ja, auf Wiedersehn wünschte auch ich, aber er kam erst nach zwölf Tagen wieder zurück, denn so lange dauerte es, bis seine Persönlichkeit einwandfrei festgestellt war.

RICARDA HUCH

(1864–1947)

Ankunft in Zürich

Am Abend des 1. Januar 1887 kamen wir, mein Bruder und ich, in Zürich an und stiegen im Hotel Bellevue am See ab ; es war noch das alte Haus, kleiner und stilvoller als das jetzige. Beim Abendessen saß eine Gesellschaft von Herren und Damen uns gegenüber – denn man speiste an der table d'hôte –, die sich sehr lebhaft und lustig unterhielten in einer Sprache, von der ich kein einziges Wort verstand. Soviel konnte ich unterscheiden, daß es keine von den bekannten westeuropäischen Sprachen war, auch eine slawische schien es mir nicht zu sein. Während ich darüber nachdachte, kam es mir vor, als ob einer der Herren einen mongolischen Typus habe. Sollten sie kalmückisch oder tatarisch sprechen? Wahrscheinlich war das bei ihrem durchaus europäischen Aussehen und Verhalten nicht. Später erfuhr ich, daß kurz vorher in den sogenannten Escherhäusern am Zeltweg ein Brand ausgebrochen war und daß die davon Betroffenen bis zur Ausbesserung der in ihren Wohnungen entstandenen Schäden ins Hotel gezogen waren. Sie sprachen ihr angestammtes Zürichdeutsch, das mir bald so vertraut klingen sollte. Dem Herrn mit dem mongolischen Typus bin ich noch oft am Zeltweg auf dem Wege zur Universität begegnet.

WASLAW NIJINSKY

(1890–1950)

Ich fahre vor sieben nach Zürich ab

Ich fahre früh vor sieben nach Zürich ab, deshalb werde ich eher schlafen gehen, denn ich will, daß der Nervendoktor mich in guter Verfassung sieht. Ich werde mit ihm ein Gespräch über Nerven führen, denn diese Wissenschaft interessiert mich. Ich weiß schon einiges über diese Wissenschaft, aber das werde ich später beschreiben. Ich werde in Zürich nicht schreiben, denn ich fühle großes Interesse für diese Stadt. Ich werde ins Bordell gehen, denn ich will die Kokotten erfühlen. Ich habe vergessen, wie das ist mit Kokotten. Ich will die Psychologie der Koketten verstehen lernen. Ich werde zu mehreren gehen, wenn Gott es mich tun heißt. Ich weiß, Gott mag das nicht, aber ich fühle, daß er mich auf die Probe stellen will. Ich fühle eine große geistige Kraft in mir, und darum werde ich keine Fehler begehen. Ich werde der Kokotte Geld geben, aber nichts mit ihr machen. Ich fühle sinnliche Lust und zugleich Angst. Ich fühle das Blut in meinen Kopf strömen. Ich fühle, wenn ich anfange zu denken, werde ich einen Schlaganfall bekommen. Ich denke nicht, denn das mag ich nicht. Was das ist, wenn jemanden der Schlag trifft, weiß ich aus einem Erlebnis. Mein Freund Sergej Botkin hat meinen Bauchtyphus kuriert, als ich im ersten Jahr meines Debüts in Paris war. Er hat mich vom Typhus kuriert. Ich hatte Wasser aus einer Karaffe getrunken, denn ich war arm und konnte kein Mineralwasser kaufen. Ich trank schnell, ohne das Gift zu ahnen. Ich ging tanzen, und als ich abends heimkam, fühlte ich Schwäche in meinem Körper. Djagilew holte Doktor Botkin, denn er kannte ihn gut. Sergej Botkin war Doktor beim Zaren gewesen. Ich hatte Fieber gefühlt, bekam aber keine Angst. Ich wußte nicht, was mit mir war. Sergej Botkin sah mich an und begriff alles. Ich fühlte Angst. Ich bemerkte den Blick, den der Doktor und Djagilew wechselten. Sie verstanden einander wortlos. Botkin untersuchte meine Brust und stellte Ausschlag fest. Ich begriff sein Erschrecken. Ich erschrak auch. Er wurde nervös und bat Djagilew ins Nebenzimmer. Dieses Haus ist inzwischen abgerissen worden. Ich habe geweint, als ich seinen Abriß sah. Dieses Haus war ärmlich, aber mit meinem Geld konnte ich nicht besser leben. Djagilew machte mir in diesem Haus sein Angebot, als ich im Fieber lag. Ich nahm es an. Djagilew hatte meinen Wert begriffen, deshalb befürchtete er, ich könnte ihn verlassen, denn damals wollte ich ihm noch entfliehen, ich war zwanzig. Ich hatte Angst bekommen vor dem Leben. Ich wußte nicht, daß ich Gott bin. Ich weinte und weinte. Ich wußte nicht, was tun. Ich hatte Angst vor dem Leben. Ich wußte, daß meine Mutter auch Angst vor dem Leben hatte, deshalb hatte sich ihre Angst auf mich übertragen. Ich wollte nicht einwilligen. Djagilew saß fordernd aucf meinem Bett. Er flößte mir Angst ein. In meiner Angst sagte ich ja. Ich schluchzte und schluchzte, denn ich hatte den Tod begriffen. Ich konnte nicht fliehen, denn ich hatte Fieber. Ich war allein. Ich aß eine Apfelsine. Ich hatte Durst und bat Djagilew, mir eine Apfelsine zu geben. Er brachte mir eine Apfelsine. ich bin eingeschlafen, die Apfelsine in der Hand, denn als ich erwachte, lag die Apfelsine zerquetscht auf dem Fußboden. Ich schlief lange. Ich verstand nicht, was mit mir war. Ich verlor das Bewußtsein. Ich hatte Angst vor Djagilew und nicht vor dem Tod. Ich wußte, daß ich Typhus hatte, denn ich hatte ihn schon in der Kindheit gehabt und mir gemerkt, daß Typhus an Körperausschlag festzustellen ist. Mein Ausschlag kam nicht von den Masern, denn ich weiß, wie das mit den Masern ist. Über die Masern werde ich später schreiben ...*

MARTIN WALSER

(* 1927)

Anselms Ankunft

Anselm mußte immer wieder die Augen schließen. Auf so einer Reise passiert einfach zuviel. Schon in München trägt ein alternder Schönling einen Handschuh kreuz und quer über den Bahnsteig. Anselm

* Am 4. März 1919 fährt Nijinsky mit seiner Frau Romola von St. Moritz nach Zürich, wo Prof. Bleuler eine unheilbare Geisteskrankheit diagnostiziert.

schwört gleich allem Ehrgeiz ein für alle Mal ab. Auf den Bahnsteigen des Allgäus sind dicke Mädchen fromm angefroren, haben einen Geigensarg in der Hand, schwenken das blaurote Gesicht (Rorategesicht mit Lichtmeßaugen) seit hundert Jahren dem Zug nach, der ebenso aus München kommt, wie er nach Zürich fährt. Geht am Abteilfenster eine entsprechende Dame vorbei, zündet Anselm alsbald eine neue Zigarette an. Ihm gegenüber sitzt eine Frau, deren Nase mit Hilfe zerbeulter Nasenflügel breiter ist als ihr Mund. Müssen Sie wirklich dieses grüne Wollkleid tragen, möchte Amseln fragen. Sie werden mich vergiften, gute Frau. Eigentlich sollte ich doch nach Zürich. Und Sie stellen Ihre Knie breit vor mich hin. Da wären noch vier leere Plätze. Daß ihre Knie so weit auseinander stehen, ist Ihnen nicht vorzuwerfen, ich weiß, nie mehr werden Ihre Knie einander berühren, aber muß das vor einem fast unschuldigen Reisenden ausgebreitet werden! Anselm putzt sich die Nägel. Jawohl, er muß sich wehren. Aber er hält nicht durch. Er geniert sich, weil er sich nicht geniert, vor ihr die Nägel zu putzen. Wann, Anselm, wirst es endlich einmal Du sein, der den Schrecken einjagt. Wozu sonst denn reisen Ritter? Und daß Du als Reisender Ritter gegen Zürich hin fährst, ist wohl klar. Moumette-Melanies Brief ist zwar zu lesen als ein vormittag diktiertes Geschäftsschreiben. Aber Du liest palimpsestisch darin die Liebeserklärung. »Ich komme Ihnen bis Zürich entgegen, wenn Sie mir bis Zürich entgegen kommen.« Ich kann nicht sagen, Anselm sei also schlicht und schlecht auf ein Bett in Zürich zugefahren. Ihm war der berufliche Anlaß viel wichtiger. Und es war ganz und gar gegen seinen Willen, daß sich in seiner Vorstellung alles so unentscheidbar ineinandermischte. Aber ist je ein Mann mit eindeutigen Vorstellungen in irgend ein Feld gezogen? Hauptsache, er ist aufgeregt, drückt die Zigarette so heftig aus, daß er sich den Finger verbrennt, genießt diesen Schmerz, hört eine Musik aus der Himmelsrichtung, in die er fährt, und hält vor lauter Aberglauben alles Begegnende für Warnung oder Ermunterung. Der Schönling will ihn entmutigen, die festgefrorenen Mädchen wollen ihn verlocken, die Notbremse zu ziehen und ihnen endlich zu erscheinen, die Monströse mit der zerbeulten Nase will ihn zum Weinen bringen, er aber nimmt den Kampf auf, beantwortet jede Anfechtung umso heftiger, je lauter die Musik aus Zürich wird. Zürich hat also einen Sackbahnhof. Anselm zieht Sackbahnhöfe vor. Denk bloß an die verzettelten Bahnhöfe Hamburgs, was sind das überhaupt für Bahnhöfe, die den Zug so unter sich durchfahren lassen, anstatt ihn aufzunehmen. Nach Zürich fährt man hinein, bis man fast anstößt; da weiß man doch, das ist nicht bloß eine Station, das ist ein Bahnhof.

Es schneit. Damen haben auch dann den Vortritt, wenn sie unter Schirmen warten. Um von ihrem Privileg ungeniert Gebrauch machen zu können, zeigen sie durch ihr Gesicht, daß sie vor diesem schweren Schnee eine Angst haben, die sich ein Mann nicht vorstellen kann. Und was nützt gegen diese schräg zielende nasse Übermacht so ein klitzkleiner Damenschirm. Ja, weil Sie ihn falsch halten, ruft Anselm. Mit geschlossenem Mund natürlich, sozusagen mit den Augen ruft er es jeder neuen armen Dame zu, die auf die unverschämteste Weise beansprucht, was er ihr gern als Höflichkeit erweisen möchte. Er steht, wird naß, die Damen rauschen davon. Das nächste Taxi spritzt an den Bordstein, Anselms Hosen sind schon bis zum Knie rund und schwer von bräunlich nassen Klattern, wieviele Damen kommen eigentlich aus dem Züricher Bahnhof, wenn es naß schneit? Anselms Lage bessert sich. Je elender er dasteht, naß und verdreckt, je verzweifelter er seine Hand hochwirft, um den Taxikapitän auf sich aufmerksam zu machen, desto mehr fällt den Damen, die sich immer noch rechtzeitig vor ihn schieben, auf, daß er da steht. Er muß zugeben: allmählich schauen sie ihn mit herzlicher Teilnahme an, wenn sie an ihm vorbeidrängen. Mit einer schleunigen Teilnahme zwar. Aber manche winken sogar noch aus dem Fond. Also das ist die Kälte gebrochen, er spürt die Nässe nicht mehr, die schönsten Kalorien der Welt befeuern ihn, kühn springt er vor, keine Angst, meine Dame, er reißt nur den Schlag auf, bitte, gnädige Frau … Manchmal souffliert ihm noch der Egoismus: vielleicht nimmt dich jetzt bald eine mit. Aber bitte, er weiß doch, es ist Ende Februar 1962, wir sind vor dem Züricher Bahnhof und nicht im Wunschgelände eines zwölf- bis zweiundsiebzigjährigen Männerhirns. Auf die in mindestens fünf Sprachen gegebenen Dankesbezeugungen sagt er: You'r welcome, Madam. Solls den Angelsachsen zugutekommen. Ich muß allerdings alle Damen bitten, solch ritterliches Verhalten nirgendwo von einheimischen Männern zu verlangen. Anselm war unterwegs. Die größeren Taten werden immer von Reisenden Rittern vollbracht. Roland wirkte nicht in Bremen, Rommel nicht in Herrlingen, und was heraus kam, wenn Old Shatterhand in der Gegend von Radebeul tätig wurde, ist bekannt: Gefängnis! Bleibt einer in der Mancha, wird er bestenfalls ein Komiker. Solang dem Ritter seinesgleichen auf die Finger sieht, kann keine Tat gedeihen. Kein Asphaltliterat kann so zersetzend sein wie ein gut gefügtes Schock dörflicher Nachbarn, die seit Jahrhunderten auf einander trainiert sind. Der Ritter braucht ungeheure Entfernungen. Und Anselm war geboren im Dreieck Stuttgart–Zürich–München, also war Zürich für eine wirkliche Großtat noch zu nah. Das wußte er noch nicht, als er sich, Damen verladend, so recht in den Reisenden Ritter einfühlte. Er sah nur die wirbelnden Flocken, sah, wie sie in den Haaren verschiedener Pelze auf verschiedene Art zergingen, hörte die anrauschenden Autos, das Flutschen der Reifen, das unanständige Schlürfen und Schmatzen der Gullys, verlor allen Widerwillen gegen Sulz und Matsch, ihm wurde multschig zumut, der ganze Bahnhofsplatz schien zu lutschen und zu schlotzen und zu schluchzen, die Damen, die Reifen, die Gullys, der Schneewassermatsch. Endlich schien die große Schmelze anzubrechen, ein rabiater Frühling, und er inmitten, er der Handreicher, der Wegweiser, der Angeschaute … Weil er trotzdem die Übersicht behielt, bemerkte er bei den Damen, die er in die Wagen bugsierte, plötzlich eine Gestörtheit, sie schauten schräg nach unten weg, sträubten sich, wußten nicht mehr, ob sie so rasch wegtransportiert sein wollten oder ob sie nicht noch bleiben wollten in dieser schlürfenden Sprache aus Naß-Schnee, im Gebrause all dieser ziehenden Zischlaute. Anselm, Anselm! Watch aut. Ecco. Jetzt sah Anselm auch, was sie Damen irritierte. Einen Meter vom Bordstein schwamm etwas her, ein Stück, ein kleines Trumm, rötlich oder bräunlich, schwamm im Sulzwasser, verfing sich in soliderem Matsch, das nächste Taxi fuhr her, alle hielten den Atem an, die Reifen, nein, das Trumm hatte überlebt, war sogar wieder ins Rutschen gekommen, pendelte ein wenig, eine Dame rennt, bevor das nächste Taxi herfährt, an den Bordstein, will sie das Stück retten, erobern, sie kommt zu spät, der Wagen hält, sie steigt ein, tut, als hätte sie nichts anderes vorgehabt, alle tun überhaupt so, als bemerkten sie nicht, was da im Wasserschneematsch hertreibt und von Mal zu Mal in Gefahr ist, von den blinden Reifen zermalmt zu werden, aber jede würde jetzt gern jeder anderen Vortritt lassen, jede linst heimlich hinaus zu dem treibenden Schwimmer. Da eine Dame der anderen schwer den Vortritt anbieten kann, wird eine nach der anderen von Anselm sozusagen unbarmherzig verladen und keine darf das Trumm sich in die Tasche fischen, um zuhause zu untersuchen, ob es nun eine Karotte oder sonstwas Ausgebildetes ist. Anselm spürt, daß es zu seinen ritterlichen Pflichten gehört, die Damen von diesem Gegenstand der Beunruhigung zu befreien. Am Ende will keine mehr heim, es kommt zu einer Stauung, die Damen erkälten sich. Und ehrlich gesagt, ihm ist es nicht angenehm, diesem hertreibenden Objekt in einer Damengesellschaft entgegenzusehen. Was, wenn die plötzlich alle kichern? Also springt er, als gerade kein Taxi in Sicht ist, hinaus ins sulzige Sargassomeer, greift nach dem Corpus, faßt zu und hat, ja, hat nichts in der Hand, das heißt: nichts als Schneematsch, der unter seinem Griff sofort in alle Richtungen spritzt. Soll er seine Tasche im Stich lassen? Einfach abhauen, hinüber in die Bahnhofstraße? Er schaut um. Die Damen stehen wie vorher. Entweder sind sie ganz außerordentlich gut erzogen und wollen ihn nicht spüren lassen, daß er sich blamierte, oder sie hatten, was er für einen Gegenstand hielt, überhaupt nicht bemerkt oder nicht für etwas gehalten. Mein Gott. Anselm, wenn das bloß eine Vision war, dann steht es schlecht um Dich! dann paß bloß auf.

Zum Glück fuhr gleich ein Taxi her. Anselm packte seine Tasche, riß der nächsten Dame den Wagen sozusagen aus den Händen, hörte, daß alle Damen jetzt schrill gegen diesen flegelhaften Amerikaner protestierten, hechtete geradezu auf den Rücksitz und sagte: Ins Odeon bitte.

ERIKA MANN

(1905–1969)

Brief an Katia Mann

Zürich, 11. 9. 1933

Schnellschnell, meine Lieben, dem untröstlichen Telegramm den entsprechenden Luftbrief nachwerfen. O, wie bin ich doch betrübt und ärgerlich. Plötzlich, aus heiterm Himmel, meldeten sich so kapriziöse wie schwerreiche Holländerinnen, welche das Idealhäuschen gleich kaufen und noch obendrein für teuerstes Geld von der architektlichen Besitzerin eine teure Reitbahn auf dem Grundstück wollen herbauen lassen, – da konnte sie nicht widerstehn, so wohltätig wiederum konnte sie nicht sein. Nun ist sie wohltätig genug, das andere Haus (in das sie ziehn wollte, für den Fall, daß Ihr das ihre nähmt), welches etwas größer ist als ihrs, für 600 Franken monatlich herzugeben (auch mit Garage, versteht sich). Die 50 Franken Unterschied nun wären es gewiß nicht, die die Sache in nicht ganz so strahlendem Licht erscheinen ließen, wie das Architektinnenhäuschen. Der eigentliche Unterschied liegt vielmehr darin, daß dies andere Haus wohl auch möbliert (sehr schön, neu und geschmackvoll), nicht aber in der vollständigen und herrlich kompletten Art wirklich eingerichtet ist, wie das gemütlich bewohnte erste. Wäsche und Silber also fehlen. Nun weiß ich ja nicht, wieviel Zeugs eigentlich in unsern hiesigen Kisten ist, ich denke, man würde schon ziemlich weit kommen damit. Aber Küchenwäsche und so Lastsachen? Ich weiß nicht. Jedenfalls wäre der Einzug nicht gleich am ersten Tag so gemütlich und gar manches müßte wohl doch angeschafft werden, an Töpflichem und Tüchlichem. Im übrigen ist das Haus aber bildschön, in, ich drahtete es schon, feiner Lage überm See, 10 km von Zürich bei Küsnacht. Autobus- und Bahnverbindung führt in die Stadt und jeder Gast hat Platz in Stuben und vier Badezimmern. Daß es, außerdem, von laufenden Wassern wimmelt, brauche ich nicht zu erwähnen, – ebensowenig all die eingebauten Schränke, Bücherregale und den wenn auch ungepflegten, so doch freundlichen Garten. Ich fahre ja nur so hin und her zwischen Küsnacht und hier, – daß ichs gesteh, ich bin schon ganz mitgenommen.

Denn ich muß eine neue Zeile anfangen, um von all dem überlebensgroßen Ärger zu berichten, der mittlerweilen über mir zusammenschlug. Nun stand doch alles zum besten: die Züricher Geschäfts-, Rundfunk- und Cabaret-Welt hatte eingesehn, daß sie in mir ein freundliches und brauchbares Ding gefunden. Da regen sich die Neider. Allzugroße Inserate meines Warenhauses Globi, die mich in fetten Lettern und allen Gazetten als den Regisseur und Star der Modenschau priesen, brachten die Intriganten zur Weißglut (ich kenne sie, der schlimmste ist ein völlig halt- und talentloser schweizerischer Klavierspieler, – il se pique und kennt sich nicht wieder vor göringscher Bosheit), kurz, man denunziert mich und die kleinen Meinen bei Fremdenpolizei und Arbeitsamt, – verbreitet, wir wollten uns einnisten und den (nicht vorhandenen) Schweizer Künstlern das Brot wegessen (sie sind wirklich nicht vorhanden, nur so erklärt sich ja die Bereitwilligkeit, mit der die Unternehmer uns aufnahmen), und die Arbeitsbewilligung, die schon so gut wie erteilt war, ist aufs härteste in Frage gestellt. Denn gegen Denunziation ist auch hier kein Kraut gewachsen, und was ein Schweizer lügt, ist immer noch besser, als das, was ich Wahres sage. Nun muß ich immer arbeiten und probieren, – diese drei anstrengenden Sachen durcheinander und muß dabei fast annehmen, daß nichts davon je wird stattfinden können. Meine schweizerischen Freundchen sind alle sehr üsis empört und hilfsbereit, aber ob sie was durchsetzen, ist fraglich, und solche Bursche[n], wie etwa der Korrodi, möchten natürlich keinen Finger rühren.

Das wäre dies. Und, im Anschluß daran, möchte ich – wie Ihr erkennt, nicht etwa aus augenblicklicher Trauer über dies Ländchen, sondern eher aus Erwägungen, denen ich früher schon Ausdruck gegeben – nocheinmal fragen: Ist es nicht doch noch klüger, Ihr bleibt in Nizza? Verzeiht, wenn der Entschluß feststeht; und dann möchte ich den mühsam errungenen nicht wankend machen (und an der Hausfrage braucht er nicht zu straucheln, – die ist, immer noch, sehr gut gelöst, wenn auch nicht ganz so überirdisch, wie es zuerst schien). Aber man kennzeichnet das, was etwa nachteilig hier ist, und was die Schweiz in Gegensatz zu allen andern Ländern stellt, am besten damit, daß es hier im allgemeinen – etwas degradierend und entwertend ist, in Deutschland nicht mehr leben zu können oder auch nur zu wollen. Selbstverständlich genießt der liebe Z. hier einen hohen und unbeschädigten Ruhm. Und ihm würde das nichts anhaben. Aber die allgemeine und von der Zürcher Zeitung (die sich immer völliger auf M.N.N. hinauswächst) angegebene Stimmung ist *gegen* »Emigranten«, und nicht etwa, weil es deren zu viele gäbe, sondern mit einem andern Akzent, den sie sonst nirgend hat, und der einfach den Unfrieden mit der Naziregierung meint. Mit einer *Regierung* ist man nicht in Unfrieden, – da könnte man ja ebensogut das Mütterliche angreifen.

Und die Franzosen sind so nett.

Ich bin müde, wie Affa nach gewonnenem Prozeß und muß jetzt in die Betten, – auf den Federnball; in unserm neuen Engmatthof ist es recht schön und neu mit Duschräumchen und Modernität. Kilchberg wurde zu weit auf die Dauer.

Lebt wohl. Ich bin neugierig, was Ihr nun tut. Wenn ich hier endgültig alles verboten kriege, kann ich natürlich nicht mehr lang hier bleiben, der Ärger möchte mich umbringen. Wenn aber nicht, fürchte ich um den 24. so viel zu tun zu haben, daß ich mich den Vorbereitungen nicht in dem Maße würde widmen können, wie ich es wohl wollte (den Vorbereitungen bei Euch in Küsnacht, wohlverstanden), und für diesen Fall, ich weiß nicht, aber irgendwer müßte wohl doch vorausfahren, um ein bißchen nach dem Rechten zu sehn, vorher, – damit das Tüchliche und Töpfliche bereitet ist beim Einzug.

Adieu, – alle lassen grüßen
ich bin die Eure E.

Laßt Euch nicht von mir diktieren, und freilich tut Ihr ohnedies, was Ihr wollt, gebe gleich Beschneid, – alles hat Vor- und Nachteile und Einstein seinerseits kreuzt ja nun auf den Meeren.

NELLY SACHS

(1891–1970)

Brief an Ilse und Moses Pergament, Stockholm

Zürich, [26. 5. 1960]
Hotel Zum Storchen

Ilschen Moses –
ein Märchen hier. Am Flughafen die Familie *Celan* aus Paris, der kleine Sohn mit einem Riesenstrauß Rosen, *Ingeborg Bachmann*, Dr. *Hilty*. So ergreifend, alle schlossen mich in die Arme, unvergeßlich. Dann Zimmer mit Bad auch für Eva-Lisa bestellt. Blumen Blumen. Abends bestelltes Souper in einem Restaurant wieder mit den gleichen Freunden. Alles in herrlichster Harmonie, auch *Max Frisch* kam. Wie soll ich das nur fassen, alles nach soviel Dunkelheit. Aber Ihr gabt mir Kraft, daß ich überhaupt reisen konnte. Schlafe wieder. Und das Hotel liegt am See genau wie Grand Hotel in Stockholm. So haben sie es gewollt. Eva–Lisa ist so froh, man ist zu ihr so reizend.

Seid umarmt Eure Li.

PAUL CELAN

(1920–1970)

Zürich, zum Storchen

Für Nelly Sachs

Vom Zuviel war die Rede, vom
Zuwenig. Von Du
und Aber-Du, von
der Trübung durch Helles, von
Jüdischem, von
deinem Gott.

Da-
von.
Am Tag einer Himmelfahrt, das
Münster stand drüben, es kam
mit einigem Gold übers Wasser.

Von Deinem Gott war die Rede, ich sprach
gegen ihn, ich
ließ da Herz, das ich hatte,
hoffen:
auf
sein höchstes, umröcheltes, sein
haderndes Wort –

Dein Aug sah mir zu, sah hinweg,
dein Mund
sprach sie dem Aug zu, ich hörte:

Wir
wissen ja nicht, weißt Du,
wir
wissen ja nicht,
was
gilt.

MAX BROD

(1884–1968)

In Zürich

In Zürich steigen mit uns Zivilisten mit Flinten aus. Die freie Schweiz.

Wir sehn Militär, es macht einen operettenhaften Eindruck. Kafka meint: auch einen historischen. Vielleicht jedes Militär. Beim eigenen bemerken wir es nur nicht. – Argument der Antimilitaristen wäre lezterets!!

Am Bahnhof Die »Jüdinnen« ausgestellt.

Ansichtskartenverkäufer spricht mehrere Sprachen.

Wir kaufen Reiseführer und gelangen mit ihm in eine menschenleere Gegend. – Gespräch, ob so früh kalt baden rätlich oder warm oder zunächst frühstükken. Schwierige Orientierung auf der Limmatbrücke, ob die Limmat aus dem See abfließt – wir glauben, in ihn mündet. – Nach einem kurzen Überblick wenden wir uns an der Sternwarte vorbei in die »Hauptverkehrsader«, die aber ebenfalls menschenleer ist, da noch frühzeitlich ist. Die leeren hellblauen reinen Elektrischen. – Ein Herrenmodegeschäft auf diesem Boulevard präsentiert in der Auslage neue Erfindungen doppelfarbiger Röllchen. Auch Schlapphüte aus silbergrauem Sammt. – Studium der Plakate, die sich auf Palasthotel in Nizza u. s. f. beziehn, auf das Volksspiel »Marignano«. Musik von Jermoli. – Warenhaus Jermoli. – Die kleine Stadt hat es eleganter als Prag. – Banken geben viel auf ihre Ausstattung, eine ganz aus blauem Marmor. – Eindruck einer blühenden schönen Stadt mit unbedeutender Bevölkerung, die sich wie zufällig zwischen Prachtbauten dreht und von der man nicht begreifen will, daß sie diese schönen Dinge geschaffen hat. Ähnlich schien mir Graz. – Briefträger tragen längliche Holzkassetten, alte, braune; Farbe alter Zimmereinrichtungen, längs des Bauchs passend gebogen – da sind doch unsere Taschen praktischer. Sie tragen sie fast wie Kinder vor sich her, vorsichtig-schnell. Die Deckel gehn nicht zu, so angefüllt. Und das in der Schweiz, dem Sitz des Weltpostvereins? So erhalten sich alte Einrichtungen. Ihre Tracht: schmutzigweiße kurze Kindernachthemden aus grobem Zeug. Eine Reihe der Briefe geschlichtet, die andern wild getürmt. Ihr vorsichtig schneller Gang, kritiklos gegen diese Befehle der Vorgesetzten.

Anblick des Sees. Ohne Hintergrund. Reiter auf dem Quai. Brunnen mit Inschrift aus einer unbekannten Bibel. – Grober Mann im Kloset. Erinnerung Kafkas an das vom Verkehr bedrohte Kloset vor St. Roche in

Paris. – Ein Schutzmann weist uns zum alkoholfreien Restaurant des Frauenvereins. Kafka weiß viel darüber aus dem Čas, hat es bisher gesucht und vermißt. Jetzt beruhigt. – Enge Gassen. Erinnerung an einen ruhmreichen Bürgermeister des Mittelalters, den aber die Mitbürger dann köpften. Ein Mann läuft dick die hohe Gasse herab, mit Gesang. Die Altstadt reinlich, aber doch Erinnerung an das Hafenviertel in Rouen. Großmünsterplatz.

Frühstück: Honig, Butter, Kaffee. Die Butter in Lokken, vom Eise glatt und kalt, trotz ihrer Weichheit Anschein der Festigkeit durch diese Form. – Trinkgeld nicht angenommen. – »Zürcher Zeitung« gebracht, vom Herrn am Nebentisch genommen, der sie an ihren Platz hängt. Ich habe sie nicht gelesen.

In der Kirche, kurz und peinlich. Die Männer an den Seiten. Man weist mich zurecht.

Im Männerbad. Sehr überfüllt. Aufschriften in unregelmäßig vielen Sprachen. – Lösung der Sprachenfrage in der Schweiz. Man verwirrt alles, so daß sich die Chauvinisten selbst nicht auskennen. Bald ist das Deutsche links, bald rechts, bald mit Französisch oder Italienisch verbunden oder mit beiden oder selbst Englisch, bald fehlt es. In Flüelen war das Verbieten der Geleise: deutsch-italienisch. Das Langsamfahren der Autos: deutsch-französisch. – Überhaupt die Schweiz als Schule der Staatsmänner!

Die jungen Leute im Bad sprechen eine fremde und wunderbare Sprache: das Schweizer-Deutsch.

Unverständlich mir. – Scheinen sehr unerotisch. – Ich geniere mich, weil nur Badehose. – Einrichtung: vorn flaches Bassin, durch eine Brücke angezeigt der Eingang ins tiefere, durch eine nächste Brücke in den See. »Ungeübten ist es verboten, in den See zu schwimmen.« Viele Verbote. Das Bassin mit Brettern ausgelegt, die glitschen. Viel besser ist Sand oder Steine. Jemand stößt mich fast ins Wasser. Wie ich im Sonnenbad nebenan liege, gerate ich in eine Gruppe von Ringern. Dann spritzt der Bademeister mit einer Spritze uns heraus. Zu mir: »Werden mal allike.« Ich: »Ich verstehe Sie nicht.« Er (plötzlich freundlich, fast verlegen): »Werden uns mal ankleiden« und geht weg. – Der Auskleideraum ist eine gemeinsame Bank mit vielen Kleiderhaken darüber. Kafka findet das republikanisch. – Ich war nicht im See. Allmählich verlerne ich das Schwimmen, wie einst am Tennisspiel verzweifelnd – nach einer Periode scheinbarer Vervollkommnung. – Verlust der Marke für die Wertsachen, die sich in Luzern an der Unterhose befestigt findet. – Im ganzen verlasse ich das Bad in verdrießlicher Erfrischtheit; doch gehören fremde Badeanstalten, wie Kafka sagt, zu den Einrichtungen, deren Vorzüge man erst in längerer Benutzung kennen lernt.

Die Anstalt ist ganz normal gegen den See gerichtet, nicht parallel.

Abfahrt eines Dampfers mit schlechter Blechmusik.

Wir geraten in ein Freikonzert am Ufer. Die Mädchen sind sämmtlich häßlich. Es muß eine Freude sein, mit einer schönen Frau die Schweiz zu bereisen. – Neben uns liest jemand eine russische Zeitung. Wir denken an die vielen Nihilisten hier. Korrigieren es mit Genf. – Es gibt hier keine Juden. Die Juden haben sich, wie es scheint, dieses große Geschäft, die Schweiz, entgehn lassen. – Uns überrascht fast »die Jüdin« von Halevy auf dem Programm. – Die Musik spielt lange nicht so gut wie bei uns. Das Publikum promeniert, einige stehn. Erinnerung an das Konzert im Luxembourg – Paris. Auch damals lobten wir Republik und Freikonzert.

Wir laufen zur Wasserbrücke. Das Keller-Zimmer bleibt versperrt. – Intervention im Verkehrsbüro hat keinen Erfolg. Gibt uns aber Broschüren über Rigibahn u. s. f. – Betrachtung einiger Häuser. Blauweiß geflammte Fensterläden. Altes ist schön restauriert. Terrassen vor dem Oberstock vieler Häuser. – Tonhalle. Unmusikalische Städte protzen immer mit ihren Veranstaltungen für Musik. – Anderes nach dem Führer. – Kann es in dieser reinen Stadt Bordelle geben? Wir finden dann passende Lokalitäten.

Mittagessen im ersten Stock desselben alkoholfreien Lokals. Ich nehme Menu mit Fleisch, Kafka ohne. Zum ersten Mal Meilener Wein, sterilisierter Saft frischer Trauben. – Ich finde keine Distanz zu Ceres und anderen Sorten. Man bestellt, eine beliebige Sorte wird gebracht. – Das Zimmer geschmückt mit Reproduktionen nach Holbein, Ruysdael, übrigens ohne Benennung, nicht didaktisch. – Unten Annoncen anderer frommer Vereine. – Erbsensuppe mit Sago, Zitronenkreme u. s. f. Sehr billig. 1 Frc. 20. Nicht so besonders billig? – Man zahlt bei der Kassierin, die der Stiege gegenüber sitzt. Ich gehe fast an ihr vorbei.

Eile zum Bahnhof.

In Zürich ist der Einfluß des Münchener Kunstgewerbes merkbar. – Ich brauche diese Stadt nicht.

Abfahrt ca. 3 Uhr nach Luzern. Fahrt am See, den bald die Häuser ganz umgeben werden. Mißfällt mir. – Der Name einer Station »Kilchberg« erinnert mich an ein schönes Gedicht von C. F. Meyer.

URS WIDMER

(* 1938)

Flug nach Zürich

Die dicke Frau, der Pilot und ich gehen durch die riesengroße Halle des Flughafens von Frankfurt. Die dicke Frau geht in der Mitte, der Pilot und ich haben je einen Arm um sie gelegt. Ich spüre den Wulst, den ihr Bauch über dem Gürtel macht. Ich freue mich, daß wir endlich beisammen sind. Monatelang habe ich an die beiden gedacht, an unsern Aufbruch, an unsre Reise zu dritt. Wir tragen unsre Ausrüstungen auf dem Rücken: die dicke Frau einen Sportbüdel, aus dem ein Schmetterlingsnetz ragt, der Pilot einen Armeetornister und eine Angelrute, ich einen alten Skirucksack, an den ich eine Feldflasche mit Sirup und Himbeerschnaps drin gebunden habe. Die dikke Frau trägt einen Koffer mit verblaßten Hoteletiketten, die noch von ihrer Mutter stammen. Das waren noch Zeiten, denke ich. Wir singen. Die dicke Frau macht einige Stepschritte durch die Flughafenhalle, wie am Broadway. Wir schlagen dazu den Rhythmus auf unsern Oberschenkeln. Passagiere mit Turbanen und Fotoapparaten bleiben stehen und sehen ihr zu. Sie wirft die Beine in die Höhc wie beim Cancan, immer schneller, und als sie zum Abschluß den Rock für eine Sekunde nach hinten hochwirft, applaudieren die Leute frenetisch. Ich küsse die dikke Frau. Lachend gehen wir weiter. Auch der Pilot küßt die dicke Frau. Er ist per Autostop von Manchester gekommen, die dicke Frau von Berlin, und wir haben uns im Restaurant Hellas getroffen. Wir wollen zusammenbleiben, mindestens ein Jahr lang. Wir wollen eine Reise wie noch nie machen. Jetzt fahren wir mit einer Rolltreppe ein Stockwerk höher. Ich trage den Koffer der dicken Frau. Wir gehen durch lange Korridore mit vollklimatisierter Luft, über Rolltrottoirs, durch Türen mit Lichtschranken. Auf Anzeigetafeln klappen Buchstaben und Zahlen in Lichtgeschwindigkeit herunter, und man kann die abfliegenden Kursflugzeuge lesen. Grüne Lampen blinken. Wir aber suchen etwas anderes. »Wenn ich nur eine Ahnung hätte, wo sie unsern Ballon bereitstellen«, sage ich zum Piloten, »müßten wir nicht so dumm hier herumstiefeln.« Wir steigen zur Besucherterrasse hoch, von der aus wir das ganze Flugfeld überblicken können. Es ist heiß hier oben. Der Wind fährt uns in die Haare. Wir halten uns an den Händen, während wir in die flirrende Luft über den Rollbahnen schauen. Wir hören, wie abfliegende Maschinen dröhnen, und riechen das Kerosin. »Vielleicht gibt es irgendwo eine Spezialpiste für Senkrechtstarter«, sagt der Pilot. Ich nicke. Ich lege die Hand schützend über meine Augen.

Dann sehe ich den Ballon hinter einem startenden Jumbo-Jet. Ich klatsche in die Hände und springe auf und ab. Er steht ganz am andern Ende des Flugfelds, fast bei den Radaranlagen der Amerikaner drüben. Er ist halb vollgepumpt und sieht wie ein silbergrauer Pilz aus. »Dort!« schreie ich. Jetzt sehen ihn auch die dicke Frau und der Pilot. Wir rennen los. Mein Rucksack hüpft beim Rennen auf und ab, und der schwere Koffer der dicken Frau reißt mir fast den Arm aus. Der Pilot ist viel schneller als wir zwei. Er rennt wie ein Windhund über das Rolltrottoir. Wir hören das sich entfernende Donnern seiner Soldatenschuhe. Die dicke Frau hat einen roten Kopf und schnauft. Sie lächelt mich an. Ihre Brüste hüpfen auf und ab. Ich liebe die dicke Frau, ihre Zärtlichkeit, ihren Mut. Wir rennen wieder durch die Halle, über Rolltreppen hinunter, durch neonbeleuchtete Korridore, dann gehen wir durch eine Tür, auf der *No exit* steht. Vorsichtig sehen wir uns um. Wir schleichen über einen Betonplatz, zwischen Tankwagen, Flughafenbussen, gelben VW-Transportern und Männern mit Kopfhörern auf den Ohren hindurch. Hier sind die Maschinen abgestellt, die von weit her kommen. Eine DC-9 der Swissair macht einen ohrenbetäubenden Lärm. Passagiere schauen aus den runden Luken auf uns herunter. Ich bin froh, denke ich in den Lärm hinein, daß ich nicht in Achterreihen geklemmt nach Singapur fliegen muß, mit einem Tablett mit keimfrei abgepacktem Essen auf den Knien und einem Film vor der Nase. Die dicke Frau macht mir ein Zeichen, ich denke, sie denkt dasselbe. Dann gehen wir zwischen blauen und roten Positionslichtern hindurch, immer weiter vom Flughafengebäude weg, das jetzt schon wie eine ferne Filmkulisse hinter uns liegt. Wir gehen im Gras, jetzt viel langsamer. Vor uns steht der Ballon nun schon sehr groß und beinahe rund. Die dicke Frau schlägt ein Rad vor Freude. Wir werden glücklich sein, denke ich, hoffentlich. Wie schwer ist mir das Leben in der Großstadt in der letzten Zeit gefallen! Wie sehr habe ich mich nach Zärtlichkeit, Liebe und Abenteuern gesehnt! Als auf der letzten Startbahn, die wir überqueren müssen, eine Boeing startet, legen wir uns ins Gras und halten die Ohren zu. Ein heißer Luftzug streift über uns hinweg.

Dann stehen wir auf und rennen über die Piste, die voller schwarzer Bremsspuren ist. Ganz vorne sehen wir den Piloten gerade bei der Ballonhülle ankommen. Gestikulierend spricht er auf die Männer ein, die dort stehen. Sie tragen Ballonmützen und Aviatikerkleider aus Leder. Einige von ihnen schleppen die Gondel herbei, die wie aus Stroh geflochten aussieht. »Ein wunderschöner Ballon!« sage ich zur dicken Frau, die schweißnaß neben mir hertrabt. Ich sehe, daß sie sich einen Kaugummi in den Mund steckt und daß dieser, wenn sie durch ihn hindurch ausatmet, Blasen vor ihrem Mund bildet, die platzen. »Von oben wird die Welt wunderbar sein«, sagt sie, »wir werden zusammen hinunterschauen. Es wird uns egal sein, wohin wir fliegen.« Sie greift sich unter die linke Achsel und schaut sich die Hand an. Sie riecht daran. »Wenn wir gestartet sind, ziehe ich ein anderes Kleid an«, sagt sie. »In diesem Frankfurt ist das Klima zum Davonlaufen.« Ich nehme den Koffer aus der rechten in die linke Hand. »Wenn der Pilot mit uns sehr hoch fliegt«, sage ich, »mußt du eine Pudelmütze und einen Pullover anziehen. Ich erinnere mich, einmal ist eine Expedition im Ballon über Afrika erfroren, weil der Gashahn, mit dem man das Gas zum Tieffliegen herausläßt, eingerostet war. Man fand die Expeditionsteilnehmer Wochen später tot, erfroren, im heißen Wüstensand liegend.«

Wir kommen bei der nun beinah vollen Ballonhülle an. Wir geben den Männern die Hand. Ich packe eines der Halteseile und reiße daran. Dann schaue ich den Männern zu, wie sie die Befestigungsschrauben anziehen. Die Gondel sieht ziemlich zerbrechlich aus, wie ein Waschkorb, in dem man Brieftauben verschickt. Ich habe aber noch nie vom Absturz eines Ballons gehört, nur von Bruchlandungen, unglücklichen Manövern im Gebirge bei Gewitter.

Wir holen unsere Kontrolliste aus der Tasche und prüfen, ob die Sandsäcke, der Kompaß, die Schaufel, die Notlichter und das Fernrohr da sind. Wir haben Generalstabskarten für alle umliegenden Länder und Tabellen mit Angaben, in welcher Richtung der Wind am häufigsten bläst. Der Pilot füllt an der Gasflasche einen Probeballon, einen roten wie auf einem Kinderfest, und läßt ihn fliegen. Er steigt senkrecht in die Höhe, dann wird er von einem leisen Wind erfaßt und fliegt nach Süden davon. Wir klatschen in die Hände. »Wenn das stimmt, können wir heut abend im Mittelmeer baden«, sagt der Pilot. Er wirft seinen

Tornister in die Gondel und klettert über den Bordrand. Ich sehe, wie er am Funkgerät dreht. Er schlägt mit der Faust darauf. Das Funkgerät knattert, während der Pilot hineinspricht. Dann macht er uns ein Zeichen, ich hebe den Koffer über die Reling, dann will ich der dicken Frau helfen. Aber bevor ich dazu komme, meine Hände gegen ihre Hinterbacken zu stemmen, hat sie sich wie bei einem Turnfest über den Korbrand geschwungen. Die Männer in den Ballonmützen lachen und klatschen. Ich klettere hinterdrein. Eine Stimme kommt aus dem Funkgerät. Der Pilot antwortet in seinem Fußballerenglisch, dann richtet er sich auf und deutet auf ein fernes Flugzeug, das auf die Landebahn zufliegt. »Wenn diese Maschine gelandet ist«, sagt er, »haben wir Starterlaubnis.« Er macht den Männern draußen ein Zeichen. Jeder geht zu einem der Halteseile. Ich sehe, daß sie jetzt Feuerwehrbeile in der Hand haben. Donnernd setzt dann die Maschine auf. Der Pilot hebt die Hand, und die Männer zerhacken die Halteseile. Unser Ballon steigt rauschend in die Höhe, schnell, wie ein verrückter Lift. Mir wird schwarz vor den Augen. Ich halte mich am Korbrand fest und konzentriere mich auf das Gesicht der dicken Frau, das grünlich ist. »Nur keine Angst«, rufe ich ihr mit einer heiseren Stimme zu, »ich passe schon auf, daß nichts passiert.« Ich schaue vorsichtig über den Korbrand hinunter. Unten stehen die Männer und schwenken ihre Ballonmützen. Ich lasse den Korbrand für eine Sekunde los und schwenke meine Hand. Dann kippe ich in die Gondel.

Ich wache auf, weil mir die dicke Frau mit einem nassen Waschlappen übers Gesicht fährt. Ich stöhne.

Sie lächelt mich an. Sie gibt mir aus meiner Feldflasche zu trinken. Mit klopfendem Herzen setze ich mich auf. Wir fliegen jetzt viel höher. Die Sonne scheint mir ins Gesicht, und Schäfchenwolken ziehen vorbei. Eigentlich ist es wunderschön. Über uns steht die gewaltige Ballonhülle. Ein leiser Wind weht. Ich luge vorsichtig über den Gondelrand hinaus. Gelbe Gaswolken stehen über dem Taunus, tief unter mir, und als ich mich ein wenig vorbeuge, sehe ich zum erstenmal, wie groß Frankfurt ist. Ich versuche mich zu orientieren. Durch den Staubdunst, der über der Stadt liegt, sind die Häuser nur undeutlich zu sehen. »Dort!« rufe ich, »dort habe ich gewohnt, man sieht sogar den Balkon, auf dem ich Edelweiße gezüchtet habe!«

Plötzlich höre ich, wie der Pilot in meinem Rücken aufgeregt ins Funkgerät schreit. »Was soll ich denn machen?« schreit er. »Ich bin in einem Ballon, einem Ballon, einem Ballon! Ich kann meinen Kurs nicht ändern!« Ich wende mich um, und auch die dicke Frau starrt ihn an. Er hat Schweiß auf der Stirn. »Wir müssen irgendwie durch die im Warteraum kreisenden Flugzeuge durchkommen«, sagt er. Wir lächeln. »Wir hätten uns doch Fallschirme auf den Rücken binden sollen«, murmle ich der dicken Frau ins Ohr, aber ich glaube, sie versteht mich nicht. Ich habe manchmal einen Akzent, der ihr fremd ist, und umgekehrt. Ich schaue wieder auf die Stadt hinunter, die langsam am Horizont verschwindet. Ein sanfter Wind treibt uns nach Süden. Tief unter mir sehe ich, mit einigem Rückstand schon, den roten Kinderballon. Ich spucke hinunter. Es ist sicher nicht schwer, denke ich, die dicke Frau mit dem Piloten zu teilen.

Dann höre ich einen erstickten Schrei. Ich drehe mich um. Die dicke Frau steht stumm, mit aus den Höhlen tretenden Augen, mitten in der Gondel und deutet in die Luft hinaus. Ich glotze sie an, dann verstehe ich, was sie meint. Ein riesenhaftes Flugzeug fliegt, mit brennenden Scheinwerfern, direkt auf uns zu. Wir hören ein aufgeregtes Brüllen aus dem Funkgerät. »Sand!« schreit der Pilot. »Schnell!« Ich pakke den ersten Sandsack und nestle an der Schnur, die ihn verschließt, bis ich merke, daß der Pilot recht hat, wenn er die Sandsäcke ungeöffnet über Bord wirft. Vielleicht erschlagen sie unten jemanden, aber wir sind fürs erste gerettet. Ich werfe meinen auch weg und sehe, über den Gondelrand gebeugt, wie er auf dem Rumpf des Flugzeugs, das nun direkt unter uns ist, aufschlägt. Wir hören den Lärm der Triebwerke. Keuchend stehen wir da. Sogar der Pilot ist etwas grün im Gesicht. Mit einem leeren Blick starrt er ins Weite und streichelt die Hand der dicken Frau.

Stunden vergehen. Wir segeln nun in einem schönen, kräftigen Wind dahin. Ich mache meine Krawatte ab, der Pilot lockert das Band seiner Lederkappe, und die dicke Frau kann sich umziehen. Ich atme befreit. Ich lehne glücklich an der Bordwand und schaue der dicken Frau zu. Sie trägt einen Slip mit roten Blümchen drauf und hat Brüste wie eine Amme von früher. Sie kramt in ihrem Bündel und zieht ein grünes T-Shirt und Jeans an. »Jetzt fange ich ein neues Leben an«, sagt sie. Alle drei schauen wir auf die Landschaft unter uns. Ein glitzernder Fluß fließt in der Ebene. Links von uns, in Fahrtrichtung, liegt ein waldiges Hügelgebirge, rechts, in der Ferne, ein zweites. »Das muß der Rhein sein, oder?« frage ich. Aber der Pilot kommt aus Manchester, er war zwar bei der Royal Air Force, aber er kennt nur die Nato-Flugplätze zwischen Schottland und Spitzbergen. Die dicke Frau kann sowieso Helsinki nicht von Palermo unterscheiden.

»Es *ist* der Rhein«, sage ich. »Im übrigen, mir ist es egal.« Entspannt sitzen wir da, essen Radieschen und lassen eine Flasche mit Rotwein herumgehen. Ich trinke aber wenig, ich will einen klaren Kopf haben auf dieser Reise. Ich blättere in meinem Paß und lese die unzähligen Stempel, die mir den Aufenthalt in der Bundesrepublik zusichern. Dann denke ich, wir hätten doch mehr als hundert Mark zusammensparen sollen. Das Leben in der Luft ist nicht teuer, denke ich, aber jetzt steuern wir auf Länder zu, in denen sie zuerst die Hand hinhalten, bevor sie einem auch nur eine Klotür aufsperren.

Dann aber schaue ich lächelnd zu, wie die dicke Frau auf unserem Bordspirituskocher einen Kaffee kocht. Der Pilot beugt sich über sie und flüstert ihr etwas ins Ohr. Ich liebe ihn auch, er ist älter als ich, kräftig, mutig, ruhig, lustig. Ich sehe über meine Freunde hinweg auf die sich auftürmenden Wolkengebirge. »Wenn man mit einem Ballon in ein Gewitter kommt«, sage ich, »dann explodiert man mit einem fürchterlichen Knall.« Der Pilot nickt. Er sagt: »Wenn es auch nur zu wetterleuchten anfängt, müssen wir landen, und wenn es auf dem Marktplatz von Stuttgart ist.« Stumm trinken wir unsern Kaffee, aus richtigen grünen Henkeltassen. Die dicke Frau lächelt, sie freut sich, daß wir sehen, daß sie an alles gedacht hat.

Dann schlafen wir ein bißchen. Der Ballon schaukelt sanft. Es ist jetzt völlig ruhig. Der Pilot legt beim Schlafen ein Ohr an das Funkgerät, für alle Fälle. Als ich nach Stunden aufwache, setze ich mich verwirrt auf. Die dicke Frau und der Pilot liegen nebeneinander, Mund an Mund, sie schlafen tief. Ich lächle. Ich rapple mich hoch. Wir fliegen nun ziemlich schnell. Vögel fliegen an uns vorbei, Reiher, Wildgänse, Störche. Die Stimme aus dem Funkgerät ist leise, man kann sie kaum mehr verstehen. Ich werfe meinen Stadtplan von Frankfurt aus der Gondel und sehe ihm nach, wie er, nach unten schaukelnd, immer kleiner wird.

Mir wird nun nicht mehr schwindlig. Die Landschaft unter mir hat sich verändert. Der Fluß ist immer noch da, aber er beschreibt gerade unter uns eine Biegung von neunzig Grad, ein Knie. Ich sehe eine große Stadt mit qualmenden Kaminen. Ich schnüffle und rieche einen fernen Schwefelgeruch. Ich erkenne ihn. Diese Stadt, denke ich, diese Stadt! Ich kenne sie doch! Dort sind die Rheinbrücken, von denen eine zittert! Dort ist das Haus, in dem ich jahrelang gewohnt habe, mit meiner Mutter und meinem Vater und meiner Schwester! Dort ist das Schulgebäude, aus dem wir einen Schrank auf die Straße gekippt haben! Mein Herz klopft. Ich schreibe etwas auf einen Zettel, zerknülle ihn und werfe ihn hinunter. Er torkelt wie ein Schmetterling. »Was tust du da?« fragt die dicke Frau, die zu mir an die Reling tritt. Sie hat eine verschlafene Stimme und kleine Augen. Ich sehe sie an. »Ich habe einen Liebesbrief geschrieben«, sage ich. »Er wird einer netten Frau auf den Kopf fallen, sie wird ihn lesen und ein Leben lang von dem unbekannten Absender träumen.« Die dicke Frau sieht auf die Stadt hinunter, die wir, dem Fluß folgend, langsam hinter uns lassen.

»Ziemlich scheußlich, oder?« sagt sie. »Nur Fabriken, Qualm und Eisenbahngeleise.« Ich sehe nachdenklich nach unten. »Das war einmal eine Stadt mit Biergärten und Kastanien, Handorgelorchestern, stillen Straßen, Kolonialwarenhandlungen. Am Sonntag fuhren wir mit dem Schiff nach Rheinfelden. Fischer saßen am Ufer, die Leute lachten und sangen, wir aßen Brote mit dünnen Wurstscheiben drauf, und die Väter tranken ein Bier. Es kam aus einer Brauerei, die so verrückt aussah, daß man ihr das Bier nicht übelnahm, das aus ihr kam.« Ich habe Tränen in den Augen.

»Von hier oben sehe ich nur noch Autobahnen«, murmle ich. Ich drehe mich um und sehe vorwärts, über Hügel hin, bis zu einer fernen Stadt, die an einem glitzernden See liegt. Die dicke Frau schaltet das Transistorradio ein. Wie ein Blitz fährt mir die Stimme des Sprechers in die Seele. Er spricht mit den altbekannten knorrigen Lauten. Die dicke Frau und der Pilot lachen schallend. »Manchmal kommt es mir wie Deutsch vor«, sagt die dicke Frau. Der Pilot schüttelt nur den Kopf, ununterbrochen. »Du meine Güte«, murmelt er, »du meine Güte.« Ich lache. »Ich verstehe jedes Wort«, sage ich, »im übrigen spricht dieser Herr ein lupenreines Bühnendeutsch. Es gibt Gegenden, da meint man, die Leute sprechen einen asiatischen Bergdialekt.« Der Pilot stößt mich an. Er deutet auf schwarze Wolken, die über dem fernen See stehen. »Ich will nicht schon am ersten Tag in einen Sturm kommen«, sagt er. Ich nicke, ich schaue, über den Gondelrand gebeugt, auf die Wolkengebirge, aus denen nun die ersten unhörbaren Blitze in den See fahren. Hinter dem See, denke ich, müßten doch die Alpen zu sehen sein. Wo sind sie nur?

Unter uns sind immer noch Häuser, Straßen, Eisenbahnen, Parkplätze. Der Pilot sagt: »Wenn das die Schweiz ist, freß ich meinen Ballon auf. In der Schweiz gibt es Kühe und Berge, das weiß doch jeder. Hier sieht es ja aus wie in Deutschland. Jeder Schweizer hat ein Nummernkonto, dessen Kontostand sogar der Steuer verborgen ist. Es gibt keine armen Schweizer.« Ich nicke. »Du mußt halt eine Lücke im Häusermeer finden. Sonst landen wir auf dem See. Thomas Mann, Gottlieb Duttweiler und Albert Einstein sind an seinen Ufern gelustwandelt.«

Wir fliegen, nun schon viel niedriger, über Fabrikhallen dahin. Wir hören ein fernes Donnergrollen. Der Pilot schaut nach vorn. Er ist konzentriert. Der Sturm bläst jetzt ziemlich stark. Unsre Gondel hängt schräg im Fahrtwind. Ich weiß, der Pilot will eine Punktlandung versuchen, aber wo? Im übrigen, denke ich, man sieht kaum, wo Zürich anfängt und Basel aufhört. Früher haben alle immer so getan, als liege die Chinesische Mauer dazwischen. Heute fahren die Basler nach Zürich ins Kino.

Der Pilot zieht wieder am Gashahn. Das Gas entweicht. Über dem See leuchten immer mehr Blitze auf. Wir fliegen, tief, über eine Starkstromleitung dahin, an deren Drähten rote Kugeln hängen. Ich bin aufgeregt. Das fängt ja gut an, denke ich, wir prallen gegen ein Hochhaus und aus. Dann begreife ich, wohin der Pilot will: auf einen großen Fußballplatz, den ich jetzt vor uns sehe. Wir fliegen so tief, daß unsere Gondel beinah die Hausdächer streift. Ich sehe, daß Männer in farbigen Trikots auf dem Fußballplatz herumrennen. Tausende von Zuschauern sind auf den Rampen und Tribünen. Es ist zu spät für ein neues Manöver. Schon fallen die ersten Regentropfen in die Gondel. Der Pilot wischt sich über seine Aviatikerbrille. Mir ist jetzt alles gleich. Ich sehe, daß die Mannschaft mit den blauweißen Trikots den Ball über den rechten Flügel nach vorn spielt. Ein blauweißer und ein rotblauer Spieler kämpfen fast bei der Cornerflagge unten um den Ball, dann überlistet der blauweiße den rotblauen und flankt zur Mitte. Der Pilot reißt an der Landeleine. Der Ballon senkt sich schnell. Die Zuschauer brüllen auf, entweder, weil ein blauweißer Spieler den Flankenball ins Tor geköpft hat oder weil sie unsern landenden Ballon erblickt haben. Holpernd setzen wir auf der Mittellinie auf. Der Pilot schaut mich einen Augenblick stolz an. Ich klopfe ihm auf die Schultern, und die dicke Frau gibt ihm einen Kuß. Dann springe ich aus der Gondel, weil der Sturm in die Hülle fährt und den Ballon mit sich schleift. Ich ramme den Anker in den Rasen. Es regnet jetzt in Strömen. Der Donner ist ziemlich laut. Der Schiedsrichter kommt pfeifend auf uns zugerannt, mit einer roten Karte in der Hand. Vom Spielfeldrand her rennen Polizisten und Sanitäter. Ich gehe auf den Schiedsrichter zu. »Es ist nicht unsre Schuld«, sage ich in meinem Dialekt, »es handelt sich um höhere Gewalt.« Der Schiedsrichter starrt fassungslos auf unseren Ballon, und ich sehe, daß er die rote Karte langsam wieder einsteckt. Regenwasser läuft ihm übers Gesicht. »In meiner ganzen Karriere als Schiedsrichter ist mir so was noch nie passiert«, sagt er. »Ich habe acht Länderspiele, zwei Cupfinals, drei Europapokalspiele und ein Uefa-Pokalspiel gepfiffen.« Ich nicke ihm zu. Der Regen prasselt nun wie aus Kübeln. Die Polizisten, die Spieler, der Schiedsrichter, die Sanitäter und wir schleppen den Ballon hinter eines der Tore. Wir vertäuen ihn sorgfältig. Blitze fahren in die Hausdächer rings ums Stadion. Die Donner krachen. Ich packe den Skirucksack und den Koffer der dicken Frau und renne auf die Spielerkabinen zu. Ich schaue über die Schultern zurück und sehe durch die hinter mir rennenden Polizisten hindurch, daß der Schiedsrichter das Spiel mit einem Schiedsrichterball wieder anpfeift. »Wie steht es denn?« frage ich einen Fotografen, an dem ich vorbeirenne. »2:0 für Zürich«, ruft er hinter mir drein, »die Basler spielen wie die letzten Sennen.«

»Das habe ich mir gedacht«, sage ich zu mir selber. »Ich habe zwar den FCB seit Basel–Lugano im Jahre 1966 nicht mehr gesehen, aber das da sind keine Fußballspieler mehr, eher Angestellte einer Werbeagentur.« An der Trainerbank vorbei renne ich durch den großen, schwarzen Spielereingang, vor den Polizisten, dem Piloten und der dicken Frau. Wir sind alle tropfnaß, als wir uns an einen Tisch setzen. Wir keuchen.

Tropfnaß sitzen wir zwei Kantonspolizisten gegenüber. Sie blättern im Reglement. »Soso«, sagt der eine schließlich, »aus dem Ausland kommen Sie also. Ja, da muß ich telefonieren, ob es statthaft ist, daß Ausländer mit einem Ballon Kantonsgebiet überfliegen.« Ich will protestieren und fummle in meiner Hosentasche nach meinem Paß. Aber der Polizist macht seinem Kollegen ein Zeichen und geht aus dem Zimmer. Wir hören ihn in ein Telefon hineinschreien. Der Kollege geht im Zimmer auf und ab. Er ist jung, wie ein Kind, und hat kurze, blonde Haare mit einem Scheitel. Er legt eine Hand auf den Revolverknauf und sieht uns an. Dann kommt sein Kollege zurück. Er macht ein ernstes Gesicht. »Ihre Ausweise bitte«, sagt er. Ich gebe ihm meinen verstaubten, abgegriffenen Paß. Er blättert lange darin. Dann schaut er mich an.

»Können Sie mir erklären, warum Sie so lange im Ausland wohnhaft gewesen sind?« fragt er. Ich schüttle den Kopf. »Ich, ich habe mir nichts Besonderes dabei gedacht«, sage ich leise. »Ist es verboten?« Der Polizist sieht mich an. »Verboten nicht gerade«, sagt er, »aber es gibt uns natürlich zu denken, wenn es einem hier bei uns nicht paßt, oder?« Ich nicke. Ich verstehe ihn.

Dann liest er die Pässe der dicken Frau und des Piloten. Schließlich klappt er sie zu. »Der Ballon ist vorläufig konfisziert«, sagt er. »Wir müssen feststellen, ob nicht Schmuggelgut darin ist, Rauschgift zum Beispiel. Das kommt oft vor. Die Händler haben heute die raffiniertesten Methoden und Verkleidungen.« Wir stecken unsre Pässe ein.

Wir unterschreiben eine Erklärung, daß wir widerrechtlich auf einem Fußballfeld der Stadt Zürich gelandet sind. Dann stehen wir auf. Der Polizist gibt dem Piloten die Hand. »Soso«, sagt er, »Sie sind also ein Engländer. Aha. Wissen Sie, wir Schweizer verehren Ihre Königin ganz außerordentlich. Der Film von ihrer Krönung lief wochenlang in unsern Kinos.« Der Pilot nickt. Der Polizist hält noch immer seine Hand, bis der Pilot sie ihm entzieht. Der Polizist hat Tränen in den Augen. Dann macht er eine barsche Kopfbewegung und legt die Hand grüßend an den Käppirand. Wir treten durch den Spielereingang ins Freie, wo das Gewitter nun richtig tobt. Blitze schlagen in Alleebäume, die Donner sind laut wie Explosionen. Wir rennen an einer Hausmauer entlang.

»So habe ich mir die Schweiz nicht vorgestellt!« ruft die dicke Frau. »Aber die Schweizer meinen sicher auch, die Luft sei immer herrlich bei uns in Berlin und alle Taxichauffeure seien witzig.«

Wir gehen, nun langsam, weil wir sowieso naß sind, durch eine abfallende Straße zum See hinunter. Blauweiße Trams fahren an uns vorbei, Wasserfontänen aufwirbelnd. Wir husten. Zitternd sitzen wir dann in einer Wirtschaft und trinken Tee mit Rum. Wir lesen das Zettelchen, auf dem der Preis steht. Staunend sehen wir uns an. Wir legen unsern Hundertmarkschein hin und schauen auf die paar Geldstücke, die uns das Servierfräulein herausgibt.

Wir werden heute, an unserm ersten Tag in der Schweiz, bei der Heilsarmee übernachten. Morgen sehen wir uns die Stadt an. Wir werden uns wohl ein bißchen Geld verdienen müssen, denn wir wollen uns eine Bergtour im Wallis, ein Essen im Kanton Bern und eine Dampferfahrt auf dem Genfer See leisten.

Wir haben aber auch alte Freunde in Graubünden, in Basel, im Jura, da wird es schon gehen.

Später dann liegen wir auf den Pritschen des Schlafsaals der Heilsarmee. »Ein Glück, daß sie diesen Raum noch nicht in ein Pub oder einen Quicklunch umgebaut haben«, sage ich. Ich sehe mich um. Alte Männer mit Schnapsflaschen, die sie in den Hosen versteckt haben, liegen unter den braunen Militärwolldecken. »Vor hundert Jahren noch kamen die Flüchtlinge aus aller Welt hierher«, sage ich zum Piloten. »Die Schweiz war das freieste Land Europas. Italienische Revolutionäre wohnten im Haus von Schweizer Regierungsräten. Aber seit im Zweiten Weltkrieg so viele Juden hierher wollten, denken die Leute, das soll ihnen nicht nochmals passieren. Jetzt wollen die Schweizer unter sich bleiben. Die Schweizer sagen, man sieht ja, wohin das mit dieser laxen Ausländerpolitik geführt hat, erst hat sich Lenin in Bern und Zürich vollgefressen, dann ist er nach Rußland gefahren und hat den Kommunismus eingeführt.«

Ich ziehe mich aus und hänge meine nassen Kleider an einen der Drähte, die in der Mitte des Schlafsaals gespannt sind. Ich lege mich nieder. Einen Augenblick lang denke ich an die dicke Frau, wie sie jetzt wohl in ihrem Bett in der Frauenabteilung liegt. Dann schlafe ich ein. Ich träume, während ich mich unruhig hin und her wälze, von abstürzenden Ballonen, drohenden Fußballspielern, Polizisten und Bergen, in die Blitze fahren.

HUGO BALL

(1886–1927)

Zürich

Man lebt in Zürich: Ländlich unter Morphinisten. Viele Franzosen gibt es. Die Soldaten mit ihren schwarzen Tschakkos, schwarzer Uniform und roten Achselaufschlägen erinnern an deutsche Feuerwehr. Die elektrischen Wagen sind blau wie in München. Am Stadthauskai ragen drei große Uhrtürme mit goldenen Zifferblättern. Brückenköpfe breit zwischen italienisch gegiebelten Häuserstaffagen. Singende Aale und Wasserratten von der Limmat her. Dahinter der See: Ein blaugrauer Sack.

Auf der Straße begibt sich: Die larmoyante Musik der Heilsarmee. Vor der Studenten-Wirtschaft »Zur Bollerei« auf grobpflastrigem Platz stehen im Kreis fünf Männer mit Blasinstrumenten. Hüte, Bagage und Instrumentenkästen liegen geschichtet inmitten des Kreises auf einem Haufen. Frauen mit seltsamen Hüten und Brillen (aus Bildern des Quentin Massys) singen eine erbarmenswürdige Melodie vom gekreuzigten Heiland. Auf dem Balkon der »Bollerei« die Studenten: in langer Reihe mit eckigen Köpfen und Quastenpfeifen.

Oder es findet, unter freiem Himmel, eine Versammlung statt, auf dem Münsterplatz. »Gegen den Hunger.« »Schweizerarbeiter, wach auf, bevor es zu spät ist! Nieder mit der Heuchelei des Burgfriedens! Es lebe der Klassenkampf!« Mit Trompetenstoß wird die Versammlung eröffnet. Auf einem Karren stehen die Redner. In kleinen Trupps, die Internationale singend, zerstreut sich die Schar der Protestler unterm Gewitterregen.

Zürich ist die Stadt der Gesangvereine. Vierstimmig, schippelig. »Alles wird sich schon gestalten. Frühling wird es sicherlich.« Gesellenhäuser heißen hier »Zur Käshütte«, »Blaue Fahne«, »Zur Zimmerleuten«. Auch wird viel trompetet, aus sechsten Stockwerken heraus. Man tut etwas für die Lunge. Im Park, auf den Terrassen der großen Hotels, an Kiosken und in den Séparées der Kabarette: man spricht viel Französisch, von Genf her. Scheintot ist man versucht die Stadt zu nennen trotz Sonne und Grobheit nach drei Tagen Aufenthalt. Niemand führt Buch über Verbleib und Schattierung geflüchteter Krimineller.

Cabaret Bonbonnière liegt im Mittelpunkte der Stadt, nahe dem Hauptbahnhof. Café des Banques hat eine saftige Kapelle. Die Primgeige stammt aus Moabit, das Cello aus Lyon. Der Flügelmann ist Mexikaner. Im Kabarett tritt auf: Emmy Hennings: Grüne Joppe, schwarze Satinhosen, blonder Schopf.

Das Kabarett ist ein hübscher Raum, sehr besucht. Violette und lila Ampeln in Pagodenform. Höllenrote, entzückende kleine Bühne. Italiener und Franzosen schmunzeln beim Vortrag der »Beenekens«. (Sie sehen, Romain Rolland, es bedarf nicht des esprit religieux der Madame Dr. Elisabeth Rotten noch des Appel humain samaritanisch geneigter Episkopaten.

Die Zeit ist vorsichtig und langsam. Am Predigerplatz, im kleinen Restaurant »Zum weißen Schwänli«, geschähe auch Ihnen Genugtuung, lieber R. H. Ich folge freundlicher Einladung eines Arztes. Und finde ein stilles, entferntes Kolleg von viermal sechs freien »Genossen« (oft sind es mehr, oft weniger). Sie tagen einmal die Woche, jeden Montag. Jemand verliest eine Disposition der »Kampfesmittel des Arbeitgebers«. Monsieur le directeur Dr. B. führt den Discurs, sachte und einfach, sicher und prinzipiell. Zugegen sind Organisierte und Nichtorganisierte, Propagandisten der Tat und Sozialdemokraten, ein Kondukteur, ein Metallarbeiter, die russische Revolutionärin und der sehr französisch orientierte Redakteur des »Revoluzzer« (eines Blattes, das, nur in der Schweiz, mit sehr direkt-indirekten Mitteln den italienischen Arbeitern Verweigerung der Militärpflicht nahelegte). »Sagen Sie uns, Genosse H. – Sie haben da Sondererfahrung –, was wissen Sie uns von Tarifverträgen?« (folgt Bericht). »Schön. Aber Sie setzen sich da in Widerspruch zu Genosse W. Genosse W. erzählte uns, daß er nur unkündbare Tarifverträge kennt, und daß das Interesse des Arbeitgebers nur unkündbare Tarifverträge verlangt.« (Genosse H. und W. debattieren und einigen sich.) »Schön, und die Streiks? Wer erinnert sich noch des Holzarbeiterausstandes bei uns in der Schweiz? Wie war doch die Situation? ...« »Der ökonomische Streik, ganz richtig. Und außerdem?« Sympathiestreiks. »Was kommt wohl in solchen Sympathiestreiks zum Ausdruck?« Man tut sich selbst genug. »Oder? Genosse C.?« Man befriedigt ein seelisches Bedürfnis. »Oder?« Man hat Gefallen an sich selbst. »Gut, das ist es. Es gibt in der Arbeiterschaft Vorgänge von nicht nur materieller Bedeutung. Es gibt auch – man könnte fast sagen – ästhetische Streiks.«

Gegen 10 Uhr ist die Disposition komplett. Eine neue Disposition wird einem der Genossen übertragen. Die Versammlung zerstreut sich.

Sehen Sie, lieber R. H., so kultiviert man hier in der Arbeiterschaft und unter Gebildeten: ganz ohne Lärm, ganz ohne Aufsehen. Der deutsche Literat, den ein Zufall in die Versammlung verschlägt, ganz ohne Kontakt, ganz voller Abneigung kommunistischen Dingen gegenüber, ist tief erstaunt und beschämt und dankt einem Kreise von Menschen, in dem sich Gelassenheit und Erfahrung das Rüstzeug schaffen für den sozialen Kampf der Zukunft.

EGON ERWIN KISCH

(1885–1948)

Lenins möbliertes Zimmer

Die Spiegelgasse buckelt sich aufwärts und seitwärts, sie ist eng, daß selbst ein Handkarren nicht durchfahren könnte, und wenn sie auch anfangs Miene macht, den Züricher Berg zu erklimmen, so muß sie doch dieses Beginnen auf halbem Wege aufgeben und sich wieder senken, ohne den Fenstern ihrer Häuschen eine Aussicht auf die Wellen des Limmat, auf die kristallene Unendlichkeit des Sees und die blaugrünen Bergwälder zu gewähren. Hier wohnen keine Touristen, keine Vergnügungsreisenden, hier sind kleine Handwerker und Arbeiter ansässig, hier hat

Wladimir Iljitsch Uljanow gelebt, in Sozialistenkreisen unter dem Namen Lenin bekannt, von den Fraktionsgenossen verehrt, von den anderen wegen seiner Konsequenz und Konzessionslosigkeit belächelt – ein Mathematiker der Utopie, ein Narr, der Details für eine Diktatur des Proletariats ausrechnete, als ob die Romanows gewillt seien, sich ihres seit Jahrhunderten ererbten Thrones wegen dieser Berechnungen eines Exilierten zu entäußern und den Kreml zu verlassen, damit dort der Untermieter eines Züricher Flickschusters einziehen könne …

Ja, Herr T. Kammerer ist ein Flickschuster; ich habe seine Bekanntschaft gemacht, indem ich seinen Laden in der Spiegelgasse aufsuchte, um meine Stiefel ausbessern zu lassen. Nachdem er die Arbeit mit achtzig Rappen bewertet hatte, zog ich die Schuhe aus, er stülpte sie über den Leisten, und das Gespräch konnte nun leicht auf den Mieter gelenkt werden, der anderthalb Jahre, von Anfang 1916 bis zum April 1917, bei ihm logiert hat, im Hause neben der Schusterwerkstätte, Spiegelgasse 14, oben im zweiten Stock. Meister Kammerer hat die Wohnung zum Maitermin 1917 gekündigt und ist in die Culmannstraße übergesiedelt, wo er für Herrn und Frau Uljanow gleichfalls ein Zimmerchen reservierte.

»Es ist leider nicht dazu gekommen«, erklärte der Schuhmacher, »am 8. April 1917 hat mir Herr Uljanow mitgeteilt, daß er gleich abreisen muß. Ich habe ihm geantwortet: ›Das Zimmer ist doch bis zum 1. Mai bezahlt, warum wollen Sie jetzt schon weg?‹ Er hat dringend in Rußland zu tun, sagte er mir darauf. Na, ich hab den Kopf geschüttelt, denn daß jemand die

Miete für einen halben Monat verfallen läßt, und dazu, wenn man kein überflüssiges Geld hat wie Herr Uljanow, ist sehr komisch, das müssen Sie doch selbst zugeben. Was er für ein Mieter war, der Herr Uljanow? Mein Gott, ich war zufrieden mit ihm, achtundzwanzig Franken hat er monatlich für das Zimmer bezahlt, das war genug im Krieg, heute würde es mehr kosten, fünfunddreißig bis vierzig Franken mindestens, und er hat uns nicht viel zu schaffen gegeben. Küchenbenutzung war ausgemacht, Frau Uljanow hat gekocht, meistens Eier, so viel Pfeffer hat sie daraufgestreut, und Tee haben sie immer getrunken. Herr Uljanow hat den ganzen lieben Tag am Tisch gesessen, Bücher gelesen und Zeitungen und bis spät in die Nacht hinein geschrieben. Jesus, hat der Briefe und Zeitungen bekommen! Sehen Sie, dieser Winkel war täglich voll, und Herr Uljanow hat sie geholt, damit der Postbote nicht so oft die Treppen steigen muß.«

Der Winkel ist die Ecke eines Regals gleich neben der Tür, eine Reihe alter Pappkartons mit der Aufschrift »Bottines« liegt unten, und darüber ist Raum genug, Briefe und Berichte von Gorki, von Bucharin, von Sinowjew, von Rosa Luxemburg, von Tschitscherin und Radek aufzunehmen.

»Manche Briefe waren an ›Lenin‹ adressiert, und ich hab die Frau Uljanow gefragt, wieso das kommt, da hat sie mir erklärt, ›wir sind russische Flüchtlinge, und das ist ein angenommener Name‹ – ›gut‹, hab ich gesagt, ›das geht mich nichts an, Sie sind beim Meldeamt eingetragen, alles andere kümmert mich nicht‹.«

Herr Kammerer sitzt auf dem Schemel und hämmert auf den Absatz meines Stiefels, sein jüngster Sohn hockt, mit der Ahle hantierend, neben ihm. »Wie sie weggezogen sind, Herr Uljanow und seine Frau, hab ich eine Unmenge von Schriften und Zeitungen verbrannt, einen ganzen Berg, ich konnt's ja nicht in die neue Wohnung mitnehmen, und daß er ein so großes Tier in Rußland wird, hätt ich nie gedacht, das schwöre ich Ihnen. Zum Abschied habe ich ihm Glück gewünscht und ihm gesagt: ›Hoffentlich werden Sie in Rußland nicht so viel arbeiten müssen wie hier, Herr Uljanow!‹ Da hat er nachdenklich geantwortet: ›Ich glaube, Herr Kammerer, ich werde in Petersburg noch mehr Arbeit haben.‹ – ›Na, na‹, hab ich darauf gemeint, ›mehr schreiben als hier können Sie ja gar nicht. Werden Sie denn gleich ein Zimmer finden in Rußland, dort soll doch große Wohnungsnot sein?‹ – ›Ein Zimmer krieg ich jedenfalls‹, hat der Herr Uljanow zu mir gesprochen, ›aber ob es so still sein wird wie bei Ihnen, Herr Kammerer, das weiß ich noch nicht.‹ Dann ist er halt weggefahren.«

Herr Kammerer klopft, zur Bekräftigung dieses von seinem Mieter erhaltenen Lobes, mit dem Hammer auf den Flicken, der meinen Stiefel zieren wird, nimmt das Geld entgegen, und während ich die Schuhe anziehe, zeigt er auf das Nachbarhaus. »Da oben das Fenster, dort hat Herr Uljanow sein Zimmer gehabt. Der Tapezierer Stocker wohnt jetzt drinnen.«

Abgebröckelter Mörtel kennzeichnet die Fassade, ebenerdig ist eine Gastwirtschaft »Zum Jakobsbrunnen«, die Holztreppe steil – schon mehr Leiter als Stiege. Frau Stocker führt mich in die Kammer, die der Herr

Kammerer an Lenin vermietet hatte. Ganz niedrig ist das Zimmerchen, man kann den Arm nicht hochstrecken, ohne die flache Decke zu berühren, drei Meter breit, kaum vier, fünf Meter lang, rechts an der Tür ein eiserner Ofen, dessen Rohr durch das ganze Zimmer geht, in der Holzverkleidung der Mauer neben dem Fenster eine eingelassene Kommode. Das Doppelbett und die vielen Heiligenbilder an den Wänden sind Eigentum der neuen Mieter, doch die Anordnung der Möbel dürfte auch früher nicht wesentlich anders gewesen sein. Dort, wo jetzt der Tisch ist, muß, denn sonst ist kein Platz da, immer ein Tisch gestanden haben in dieser dumpfigen Armeleutestube für achtundzwanzig Franken Monatsmiete, der Tisch, an dem ein Flüchtling im trüben Licht der engen Gasse saß.

MAX FRISCH

(1911–1991)

Begegnung

Jemand berichtet von einer verbürgten Begegnung zwischen Robert Walser und Lenin an der Spiegelgasse in Zürich, 1917, dabei habe Robert Walser eine einzige Frage an Lenin gerichtet: Haben Sie auch das Glarner Birnbrot so gern? Ich zweifle im Traum nicht an der Authentizität und verteidige Robert Walser, bis ich daran erwache – ich verteidige Robert Walser noch beim Rasieren.

LEO TROTZKI

(1897–1940)

Ich fahre morgen mit der Familie in die Schweiz

»Schön, ich fahre morgen mit der Familie in die Schweiz.«

»Hm … ich würde es vorziehen, Sie täten es heute.«

Dieses Gespräch fand um 3 Uhr mittags statt, und um 6.10 saß ich schon mit meiner Familie im Zug, der nach Zürich fuhr. Hinter mir blieben siebenjährige Verbindungen, Bücher, Archive, angefangene Arbeiten, darunter eine Polemik gegen Professor Masaryks Buch über die Schicksale der russischen Kultur.

Das Telegramm von der Kapitulation der deutschen Sozialdemokratie erschütterte mich mehr als die Kriegserklärung, obwohl ich von einer naiven Idealisierung des deutschen Sozialismus weit entfernt war. Im Jahre 1905 und auch später schrieb ich wiederholt: »Die europäischen sozialistischen Parteien haben einen eigenen Konservativismus ausgearbeitet, der um so stärker ist; je größere Massen der Sozialismus erfaßt … Infolgedessen kann die Sozialdemokratie im gegebenen Augenblick ein unmittelbares Hindernis werden auf dem Wege des offenen Zusammenstoßes der Arbeiter mit der bürgerlichen Reaktion. Mit anderen Worten, der propagandistisch-sozialistische Konservativismus der proletarischen Partei kann in einem bestimmten Augenblick den direkten Kampf des Proletariats um die Macht verhindern.« Ich hatte nicht erwartet, daß die offiziellen Führer der Internationale im Falle eines Krieges sich als fähig erweisen würden zur revolutionären Initiative. Aber gleichzeitig ließ ich den Glauben nicht zu, daß die Sozialdemokratie einfach auf dem Bauche kriechen werde vor dem nationalen Militarismus.

Als die Nummer des ›Vorwärts‹ mit dem Bericht über die Reichstagssitzung vom 4. August in die Schweiz kam, war Lenin der festen Überzeugung, es sei eine gefälschte Nummer, die der deutsche Generalstab zum Betruge und zur Einschüchterung der Feinde herausgebracht habe. So groß war noch, trotz allem Kritizismus, Lenins Vertrauen zur deutschen Sozialdemokratie. Zur gleichen Zeit hatte die Wiener ›Arbeiter–Zeitung‹ den Tag der Kapitulation des deutschen Sozialismus als »den großen Tag der deutschen Nation« proklamiert. Das war der Höhepunkt des Austerlitz! – Sein ›Austerlitz!‹ ... Ich glaubte nicht, daß der ›Vorwärts‹ gefälscht war: die ersten unmittelbaren Eindrücke in Wien hatten mich bereits auf das Schlimmste vorbereitet. Und doch blieb die Abstimmung vom 4. August eines meiner tragischsten Erlebnisse. Was würde Engels sagen? fragte ich mich. Die Antwort war mir klar. Aber wie hätte Bebel gehandelt? Da konnte ich keine volle Klarheit finden: Doch Bebel gab es nicht mehr. Es gab nur Haase, den ehrlichen kleinstädtischen Demokraten, ohne theoretischen Horizont und ohne revolutionäres Temperament. In jeder kritischen Lage neigte er dazu, sich vor unabänderlichen Entschlüssen zurückzuhalten und Zuflucht zu nehmen zu halben

Maßnahmen und zum Abwarten. Die Ereignisse waren für ihn zu groß. Und dann folgten die Scheidemann, Ebert, Wels …

Die Schweiz war eine Widerspiegelung von Deutschland und Frankreich, nur in neutralem, das heißt gemildertem und auch kleinerem Maßstab. Zur vollständigen Anschaulichkeit saßen im Schweizer Parlament zwei sozialistische Deputierte mit gleichem Namen und Vornamen: Johann Sigg aus Zürich und Jean Sigg aus Genf. Johann, ein wütender Germanophile, und Jean, ein noch wütenderer Frankophile. Das war der Schweizer Spiegel der Internationale.

Ungefähr im zweiten Kriegsmonat traf ich in Zürich auf der Straße den alten Molkenbuhr, der zur Bearbeitung der öffentlichen Meinung hierher gekommen war. Auf meine Frage, wie sich seine Partei den Verlauf des Weltkrieges denke, antwortete mir das alte Vorstandsmitglied: »Im Laufe der nächsten zwei Monate werden wir mit Frankreich fertig sein, dann werden wir uns dem Osten zuwenden, um mit den Zarentruppen fertig zu werden, und in drei, höchstens vier Monaten werden wir Europa einen dauerhaften Frieden geben.« Diese Antwort ist in meinem Tagebuch wörtlich notiert. Molkenbuhr sprach selbstverständlich nicht seine persönliche Meinung aus. Das war einfach die offizielle Ansicht der Sozialdemokratie. Zur gleichen Zeit ging der französische Gesandte in Petersburg mit Buchanan eine Wette um fünf Pfund Sterling ein, daß der Krieg bis zu Weihnachten beendet sein würde. Da haben wir ›Utopisten‹ doch so manches besser vorausgesehen als diese ›realpolitischen‹ Herrschaften – von der Sozialdemokratie und von der Diplomatie.

Die Schweiz, wo ich gezwungen war, den Krieg abzuwarten, erinnerte mich an die finnische Pension Rauha, wo mich im Herbst 1905 die Nachricht von der revolutionären Erhebung erreichte. Gewiß, auch in der Schweiz war die Armee mobilisiert, und in Basel konnte man sogar den Kanonendonner hören. Und doch erinnerte die helvetische Pension, deren Hauptsorge in dem Überfluß an Käse und dem Mangel an Kartoffeln bestand, an eine ruhige Oase, die von einem Feuerring des Krieges umgeben war. Vielleicht ist die Stunde doch nicht gar so fern, fragte ich mich, wo man die Schweizer Oase Rauha (Ruhe) wird verlassen können, um wieder im Saal des Technologischen Instituts mit den Petersburger Arbeitern zusammenzukommen? Doch diese Stunde schlug erst nach dreiunddreißig Monaten.

Das Bedürfnis, mir selbst Rechenschaft abzulegen über das, was geschah, zwang mich, zu einem Tagebuch zu greifen. Bereits am 9. August schrieb ich darin: »Es ist ganz klar: es handelt sich nicht um Irrtümer, nicht um einzelne opportunistische Schritte, nicht um ungeschickte Erklärungen von der Parlamentstribüne herab, nicht um die Abstimmung der großherzoglich badischen Sozialdemokraten für das Budget, nicht um das Experiment des französischen Ministerialismus, nicht um das Renegatentum einiger Führer, – es handelt sich um den *Zusammenbruch der Internationale* in der verantwortlichsten Periode, für die die gesamte vergangene Arbeit nur eine Vorbereitung gewesen war.«

Am 11. August schrieb ich in mein Tagebuch: »Nur die Entfachung einer revolutionären sozialistischen

Bewegung, die gleich einen stürmischen Charakter wird annehmen müssen, kann das Fundament für die neue Internationale legen. Die kommenden Jahre werden eine Epoche sozialer Revolutionen sein.«

Ich trat aktiv in das Leben der sozialistischen Partei der Schweiz ein. Bei den unteren Arbeiterschichten fand der Internationalismus fast ungeteilte Sympathie. Aus jeder Parteiversammlung nahm ich einen doppelten Vorrat an Überzeugung von der Richtigkeit meiner Position mit. Den ersten Stützpunkt fand ich bei dem seiner Zusammensetzung nach internationalen Arbeiterverein ›Eintracht‹. Nach Verständigung mit der Leitung arbeitete ich Anfang September ein Manifest aus gegen den Krieg und den Sozialpatriotismus. Die Leitung der ›Eintracht‹ lud die Parteiführer zu einer Versammlung ein, in der ich ein deutsches Referat zur Verteidigung des Manifestes hielt. Die Führer jedoch waren nicht erschienen. Sie betrachteten es als zu riskant, zu dieser akuten Frage Stellung zu nehmen, und zogen es vor, abzuwarten und sich vorläufig auf die Zimmerkritik an den ›Exzessen‹ des französischen und des deutschen Chauvinismus zu beschränken. Die von der ›Eintracht‹ einberufene Versammlung nahm fast einstimmig das Manifest an, das trotz all seiner Zurückhaltung ein ernster Antrieb für die öffentliche Meinung in der Partei wurde. Das war seit Beginn des Krieges vielleicht das erste internationalistische Dokument im Namen einer Arbeiterorganisation.

In jenen Tagen kam ich zum erstenmal mit Radek näher zusammen, der zu Kriegsbeginn aus Deutschland in die Schweiz gekommen war. Er stand in der deutschen Partei auf der äußersten Linken, und ich hoffte, in ihm einen Gesinnungsgenossen zu treffen. In der Tat, Radek äußerte sich in schärfster Weise über die regierende Schicht der deutschen Sozialdemokratie. Darin waren wir einig. Aber mit Staunen gewahrte ich bei einem Gespräch mit ihm, daß er an die Möglichkeit einer proletarischen Revolution im Zusammenhang mit dem Krieg wie überhaupt in der nächsten Epoche gar nicht dachte: Nein, sagte er, dazu sind die Produktivkräfte der Menschheit im ganzen betrachtet noch nicht entwickelt genug. Ich war zu sehr daran gewöhnt, zu hören, daß die Produktivkräfte Rußlands für die Eroberung der Macht durch die Arbeiterklasse nicht genügend entwickelt wären. Aber ich hatte mir bis dahin eine solche Antwort von einem revolutionären Politiker eines fortgeschrittenen kapitalistischen Landes nicht denken können. Kurz nach meiner Abreise aus Zürich hielt Radek in derselben ›Eintracht‹ ein großangelegtes Referat und wies ausführlich nach, daß die kapitalistische Welt für die sozialistische Revolution noch nicht reif sei.

Über Radeks Referat wie überhaupt über den Züricher sozialistischen Kreuzzug zu Beginn des Krieges berichtet der Schweizer Schriftsteller Fritz Brupbacher in seinen nicht uninteressanten Erinnerungen. Es ist bemerkenswert, daß Brupbacher meine damaligen Ansichten … pazifistisch nennt. Was er damit meint, ist unverständlich. Seine eigene Entwicklung seit jener Zeit charakterisiert er in dem Titel eines seiner Bücher also: »Vom Kleinbürger zum Bolschewik.« Ich habe eine hinreichend klare Vorstellung von den damaligen Ansichten Brupbachers bekommen, um mich völlig der ersten Hälfte dieses Titels anzuschließen. Was die zweite Hälfte betrifft, so übernehme ich für sie keine Verantwortung.

Als die deutschen und französischen sozialistischen Zeitungen ein klares Bild der politischen und moralischen Katastrophe des offiziellen Sozialismus boten, legte ich das Tagebuch beiseite zugunsten einer politischen Broschüre über Krieg und Internationale. Unter dem Eindruck meiner ersten Unterhaltung mit Radek schrieb ich zu der Broschüre ein Vorwort, in dem ich besonders energisch betonte, daß der gegenwärtige Krieg nichts anderes sei als eine Rebellion der Produktivkräfte des Kapitalismus, im Weltmaßstabe gesehen, – gegen den Privatbesitz einerseits und die Staatsgrenzen andererseits. Das Buch ›Krieg und Internationale‹, wie auch alle anderen Bücher, hatte sein eigenes Schicksal, zuerst in der Schweiz, dann in Deutschland und Frankreich, später in Amerika und schließlich in der Sowjetrepublik. Darüber muß ich hier einige Worte sage.

Meine Arbeit übersetzte ein Russe, der Deutsch nur sehr unvollkommen beherrschte, aus dem russischen Manuskript. Die Übersetzung durchzuredigieren übernahm der Züricher Professor Ragaz. Das gab mir die Möglichkeit, diese eigenartige Persönlichkeit kennenzulernen. Ein gläubiger Christ, mehr noch: Theologe seiner Bildung und Profession nach, stand Ragaz auf dem äußersten linken Flügel des schweizerischen Sozialismus, er vertrat die radikalsten Kampfmethoden gegen den Krieg und war für proletarische Revolution. Sowohl er wie seine Frau erregten meine Sympathie durch den tiefen sittlichen Ernst, mit dem sie an politische Probleme herangingen, was sie von den österreichischen, deutschen, schweizerischen und anderen gedankenlosen Bürokraten der Sozialdemokratie so vorteilhaft unterschied. Soviel wie mir bekannt ist, war Ragaz später gezwungen, das Universitätskatheder seinen Überzeugungen zum Opfer bringen. Für das Milieu, dem er angehörte, ist das nicht wenig. Bei den Unterhaltungen, die ich mit ihm hatte, empfand ich neben der Hochachtung für diesen hervorragenden Menschen beinah physisch einen dünnen, aber absolut undurchdringlichen Schleier zwischen uns. Er war Mystiker durch und durch, und obwohl er seinen Glauben keinen aufzudrängen suchte noch ihn überhaupt erwähnte, umgab er in seinen Reden sogar den bewaffneten Aufstand mit einem Hauch von Jenseitigkeit, der bei mir einen unangenehmen Schüttelfrost hervorrief. Seit ich zu denken begonnen hatte, war ich stets, zuerst intuitiver, dann bewußter Materialist; ich empfand nicht nur kein Bedürfnis nach anderen Welten, sondern ich konnte niemals eine psychologische Brücke zu jenen Menschen finden, denen es gelingt, gleichzeitig Darwin und die Heilige Dreieinigkeit anzuerkennen.

CÄCILIE ZELLER

(1800–1876)

Briefe aus Zürich

An Lisette v. L.
Z. im Juli 1830

Schreibe mir doch noch einmal Näheres über eure Revolution; es interessirt mich sehr, und man hört hier doch nichts Zuverlässiges, denn die jetzigen hiesigen Zeitungen sind, wenigstens rücksichtlich des Fremden mitunter so, daß man denken sollte, die Schweizer Kühe schrieben sie – um nicht zu sagen, *männlichen* Geschlechts – die Berichte über Preußen sind ohne die oberflächlichste Localkenntniß, geschweige richtige Würdigung der inneren Verhältnisse.

Es ist wirklich unbeschreiblich schön hier; je länger ich hier bin, je mehr Schönes entdecke ich; immer noch finden wir in der nächsten Umgebung neue Wege, neue herrliche Punkte bei unsern Spaziergängen. Adelheid wollte die Lage unsers Hauses gern näher bezeichnet haben, aber wenn ich jetzt eben die Augen aufschlage, möchte ich den Muth verlieren zu beschreiben; ich kann nichts, als die Gegenstände nennen, die wir übersehen; eine Vorstellung geben wollen durch Worte, wäre ein vergebliches Unternehmen. Denkt euch ein Thal, so weit, daß die zunächst liegenden Berge, die mit Laub- und Eichenholz bedeckt sind, noch grün erscheinen; ziemlich schroff schließen diese links hin, nicht gar zu ferne, das Thal ab, das, von der Limmat durchschnitten, sich zwischen ihnen und unsern Weinbergen freundlich lagert. Jedes Dorf, das sich hier von frischen Wiesen und Feldern umgeben an die Bergrücken lehnt, sieht aus wie eine Friedensstätte; rechtshin schließen sich die Berge an immer größere, hellere Höhen, die in der Ferne lichtblau werden. Über diese ragen dann an wolkenlosen Tagen der Rigi und die Appenzeller Alpen mit ihren weißen, schimmernden Gletschern hervor. Von unserm Standpunkt aus, gerade unter dieser Bergkette, liegt die Stadt, das Limmatthal vom See scheidend, dessen heller Spiegel sich an die bläulichen Höhen vom See anschließt, bis die mit hübschen Häusern und Baumgruppen geschmückten, oben von Tannenwäldern begrenzten Weinberge unserer Seite die Landschaft schließen. Diese Weinberge bilden eine sehr allmälig aufsteigende Anhöhe, an deren von unten kleinerer Hälfte unser Haus liegt. Ja, aber nun habt ihr doch von fern noch kein richtiges Bild; ihr müßt selbst kommen, liebe Schwestern! und doch würdet ihr euch für den *ersten* Anblick vielleicht einen *größeren* Eindruck versprochen haben; mir ging es fast so. Diese Gegend kommt mir vor wie ein tiefer Mensch, dessen innere Eigenschaften man erst allmälig entdeckt: das Auge kann diese Fülle einzelner, verschiedenartiger Schönheiten nicht auf einmal übersehen. Und sehr viel kommt auch auf die Beleuchtung an; es scheint mir immer recht sinnvoll, daß auch die größte, irdische Herrlichkeit des Lichtes von oben sogar nicht enbehren kann. Unser Gärtchen besteht, da es ganz neu ist, nur erst aus einigen Beeten und meinen *deutschen Blu-*

men, die herrlich blühen; aber dicht daneben sind die schönsten Reben, ein Feld Luzerner Klee, eine prächtigere Farbe gibt es nicht, und ein Rasenplatz mit Obstbäumen, wo wir eine Bank haben. Wir sitzen meistens dicht am Haus unter den Blumen mit der ganzen, schönen Aussicht vor uns; nirgends in der Welt kann sich's so schön frühstücken und lesen. Die größte Freude rücksichtlich der Gegend macht es mir aber doch immer, wenn wir einmal in eine recht weite *Ebene* sehen können. Dann weht es mich an wie Heimatsluft, und das macht mir das Herz weit und die Augen manchmal naß. Recht eigen ist es, daß die deutschen Gewächse hier *dunkler* blühen als bei uns, und doch scheint mir das Klima nicht heißer. Im Gegentheil hat man hier so kalte Morgen, wie wir sie in dieser Jahreszeit nicht kennen und schon Anfangs August hatten wir mehrere herrliche, aber ganz herbstliche Tage; dessen ungeachtet läßt man hier manche Gewächse, die bei uns Niemand aus dem Treibhause nimmt, den ganzen Sommer draußen. Wie das zusammenhängt, weiß ich nicht. Ein besonderes Vergnügen, wenn man freie Aussicht hat, ist das Spiel der *Nebel,* die sich oft in ganz abenteuerlichen Gestalten im Thal herumtreiben, bald Alles, bald Einzelnes verhüllend, bald als bestimmte, ganz nahe *Wolken,* bald als durchsichtige Schleier. Neulich waren wir wie von einer weiten Ebene umgeben, keine Ahnung von einem Berge konnte man haben, da durch den Nebel alle Höhen wie am Horizont scharf abgeschnitten waren. Als ich euch das letzte Mal schrieb, traten wir unsere Fahrt um den See dann wirklich an. Man baut jetzt eine prächtige Straße dicht am Ufer um den ganzen See, die zur Hälfte fertig ist. Diesen Theil sahen wir zuerst. Von dem Reichthum der Kultur und des Bodens, den man hier kennen lernt, bekommt man bei uns keine Vorstellung. Ein Weingarten reiht sich an den andern, ein Dorf an das andere, und diese bestehen theils aus großen, prächtigen Fabrikgebäuden, theils aus Bauernhäusern, die neben *unseren* wie Paläste erscheinen und alle so weiß, als wären sie gestern fertig geworden und fast keins ohne schöne Blumenbeete vor der Thür. Mitunter zeigen sich dann die reizendsten Landhäuser, auf dem Bergrücken die schönsten Waldungen und rechts der See fast in seiner ganzen Ausdehnung. Diese Umgebung hatte unser Weg *fünf Stunden lang* und das andere Ufer ist eben so reich. Eine besondere Schönheit des Sees ist die Färbung des Wassers, wie ich diese bei unsern Gewässern nie sah; man weiß nicht, was man sieht, Farbe oder Licht, den durchschimmernden Boden oder den Widerschein des Himmels: es ist ein Spiel von dem Allen, von dem man kaum wegsehen kann. Jeder Schatten, der ins Wasser fällt, von den Kähnen z. B., hat die herrlichste, dunkelgrüne Farbe. Der lieblichste Punkt ist da, wo der See am breitesten ist; rechts hat man die mit schwärzlichen Tannen bedeckte Insel Ufenau, wo Ulrich von Hutten begraben liegt, links das alte Rapperswyl, dessen graue Burgthürme, von dunklen Linden umgeben, sich im Wasser spiegeln. Unmittelbar vom Ufer steigen die Sterne sanft, aber großartig aufwärts, unten grün, in der Höhe blau und darüber die Schneespitzen der Urner und Appenzeller Alpen. Denkt euch nun über diesen noch den leuchtenden Vollmond, so bekommt ihr doch gewiß Lust, einmal an dieser Stelle zu stehen. Doch in unserer Reise weiter. In Rapperswyl warteten wir ein sehr heftiges Gewitter ab, wobei ein Schiffchen auf dem See in großer Noth war, aber gerettet wurde. Nachmittag machten wir uns noch im Regen auf den Weg nach dem alten, berühmten Kloster *Einsiedel*, gingen über die beinahe eine halbe Stunde lange, aus losen, übergelegten Bohlen bestehende Seebrücke und wollten in einem Dorfe am Fuße des hohen Etzel Vorspann nehmen und Wilhelm jubelte schon über die zu hoffenden vier Pferde; aber nach vielen Fragen und Bitten hieß es, daß nur *eins* und *eine Kuh* zu haben sei. Das schlug nun seine stolzen Gedanken sehr nieder, aber es war schon zu spät, wohl oder übel mußten wir entweder unten bleiben, oder uns von diesem ländlich sittlichen Gespann ziehen lassen; ohnehin blieb letzteres so lange, weil die ein Hälfte erst gemolken werden mußte, daß mein Mann meinte: »die Lüt mached d' Kuh erst« – er spricht aber nur im Scherz schweizerdeutsch. – Endlich ging's vorwärts und der steile, steinige Weg führte nun, mitunter bei herrlichem Blick ins Weite, immer mehr ins hohe Gebirg; wirkliche Alpen im engern Sinne, d. h. von Bergen umschlossene *Wiesen* mit Sennhütten, Kuh- und Ziegenheerden lagen zu beiden Seiten, auf dem Kulm des Berges, eine höchst romantische, kleine Kapelle und ein etwas unheimlich aussehendes Wirthshaus* und hie und da sahen fabelhaft gestaltete Bergthürme aus

* Ehrliche Anmerkung: Es sieht eigentlich gut aus.

der Ferne herein. Mir schien es prächtig, hier am Morgen aufzuwachen, und ich schlug vor, nicht weiter zu gehen; aber Niemand wollte davon etwas wissen. Es sei ein unsicheres Haus gerade auf der Grenze des Kanton Schwyz, wohin alles verdächtige Volk und Diebsgesindel transportirt werde, und der Wirth sei, um selbst sicher zu sein, Hehler und Gehülfe. Da hatte ich nun auch keine Lust nehr zu bleiben, so interessant es gewesen wäre; wir entließen also unsere Kuh und fuhren weiter. Indem kam ein wirklich sehr schauerlich aussehender Bettler vor dem Wirtshaus an und sagte dem in der Thüre stehenden Wirth in rauhen Worten: »er wolle über Nacht hier bleiben.« Dieser antwortete ebenso: »er behalte ihn nicht«, und so bekamen wir die bedenkliche Begleitung mit auf den Weg, der bei immer zunehmender Dunkelheit in immer ödere Thäler, nur bisweilen an einem einsamen Wirtshaus oder einer rauchenden Köhlerhütte vorbeiführte. Dessenungeachtet begegnete uns *nichts*, so gut *Alles* zu etwas gepaßt hätte, und wir kamen gegen 10 Uhr in Einsiedeln an, wovon ich nichts mehr weiß, als daß wir vor Müdigkeit Witz – ich glaube, nicht den besten – machten und dann gut schliefen. Den andern Morgen besahen wir die wirklich majestätische Kirche, in der ein rabenschwarzes Marienbild in einem blutrothen, gestickten Kleide, ganz wie ein Götzenbild aussehend, angebetet wird. Mir preßt es immer das Herz zusammen in so einer katholischen Kirche! Dann sahen wir das prächtige Kloster, den Speise-, Musik- und ehemaligen Komödiensaal desselben – auch die Aufwärter, die ganz wie Marqueurs in einem eleganten Hôtel aussehen und einen sonderbaren Eindruck machen. – Zuletzt sahen wir einen dicken rothbäckigen Abt in einer hübschen vierspännigen Equipage abfahren und fuhren dann selbst bald ab. Das Kloster liegt in einer rauhen, düstern Gegend, hat keinen eigentlichen Ort, aber 73 *Wirthshäuser* um sich herum. Im September kommen hier oft einige 20 000 Pilger zusammen. Wenn man nun von hier aus wieder an die lachenden Seeufer zurückkehrt, freut man sich ihrer Lieblichkeit doppelt, aber auch der Weg dahin ist schön: ein reißender Bergbach, der in einem felsigen Bett rauschend und schäumend fortstürzt, herrliche Waldung, Ziegenheerden, einzelne hohe Baumstämme ganz von Epheu umschlungen, schön gelegene Mühlen etc. Mittags aßen wir in Richterswyl in einem in den See gebauten Pavillon, waren Nachmittags einige Stunden auf der Boken, einem unbeschreiblich schön liegenden, alten ritterlichen Hause, wo meine Schwägerin mit ihren Kindern für einige Wochen wohnte, und kamen dann Abends beim hellen Mondlicht, das den *Abend vorher* nicht etwa schien – es war ganz dunkel, als wir von dem bedenklichen Wirthshause abfuhren – nach Haus, wo die Mädchen und Chronos sich sehr freuten, daß wir wieder da waren. Meine Schwiegermutter war recht hübsch auf der Reise, sehr freundlich und heiter, nur konnte man ihr in ihrer Lebendigkeit kaum nachkommen; außer ihr war nur noch meine jüngste Schwägerin Babette mit. Das ist ein gar zu liebes, treues Wesen, so selbstverleugnend und so verständig; zuweilen scheint sie äußerlich kalt, wo man meint, sie sollte etwas sagen, und wenn man sie dann ansieht, hat sie Thränen in den Augen. Die beiden Reisetage waren nun wirrklich recht schön und genußvoll, aber die gewöhnlichen sind mir doch lieber, oder wenn es einmal etwas Besonderes sein soll, so kann man es hier ganz nahe und ohne allen Umstand haben. Der höhere Theil unsers Berges heißt der *Geißberg*; eine halbe Stunde muß man steigen, dann ist man oben. Da hatten wir nun neulich große Freude, die wol eine Tagereise werth gewesen wäre. Nachmittegs um vier Uhr machten wir uns auf, ich nahm meine Arbeit mit, Gotthold ein Buch, Wilhelm marschirte mit Chronos und die Mädchen trugen das Abendessen. Oben auf dem Berge vor einem schönen Walde, wo man das ganze Limmatthal, einen großen Theil des Sees und rechts *nach Deutschland hin* eine weite Ebene übersieht, lagerten wir uns; mein Mann las vor, ich und die Mädchen arbeiteten und erst als die Sonne herrlich untergegangen war, gingen wir auf einem weiten Umwege nach Haus und wol Jeder von uns hatte das wohlthuende, dankbare Gefühl, das der Genuß wahrer, einfacher Freude zurückläßt.

GEORG BÜCHNER

(1813–1837)

Brief an die Familie

Zürich, den 20. November 1836

Was das politische Treiben anlangt, so könnt Ihr ganz ruhig sein. Laßt Euch nur nicht durch die Ammenmärchen in unseren Zeitungen stören. Die Schweiz ist eine Republik, und weil die Leute sich gewöhnlich nicht anders zu helfen wissen, als daß sie sagen, jede Republik sei unmöglich, so erzählen sie den guten Deutschen jeden Tag von Anarchie, Mord und Totschlag. Ihr werdet überrascht sein, wenn Ihr mich besucht; schon unterwegs überall freundliche Dörfer mit schönen Häusern, und dann, je mehr Ihr Euch Zürich nähert und gar am See hin, ein durchgreifender Wohlstand; Dörfer und Städtchen haben ein Aussehen, wovon man bei uns keinen Begriff hat. Die Straßen laufen hier nicht voll Soldaten, Akzessisten und faulen Staatsdienern, man riskiert nicht, von einer adligen Kutsche überfahren zu werden; dafür überall ein gesundes, kräftiges Volk und um wenig Geld eine einfache, gute, rein republikanische Regierung, die sich durch eine Vermögenssteuer erhält, eine Art Steuer, die man bei uns überall als den Gipfel der Anarchie ausschreien würde …

Minnigerode ist tot, wie man mir schreibt, das heißt, er ist drei Jahre lang totgequält worden. Drei Jahre! Die französischen Blutmänner brachten einen doch in ein paar Stunden um, das Urteil und dann die

Guillotine! Aber drei Jahre! Wir haben eine gar menschliche Regierung, sie kann kein Blut sehen. Und so sitzen noch an vierzig Menschen, und das ist keine Anarchie, das ist Ordnung und Recht, und die Herren fühlen sich empört, wenn sie an die anarchische Schweiz denken! Bei Gott, die Leute nehmen ein großes Kapital auf, das ihnen einmal mit schweren Zinsen kann abgetragen werden, mit sehr schweren. –

GERHART HAUPTMANN

(1862–1946)

Wir wurden nach Zürich eingeladen

Wir wurden von meinem Bruder und meiner Schwägerin Martha nach Zürich zu kommen eingeladen. Wir sollten samt den zwei Söhnchen, die wir mitbrachten, Gäste ihres Hauses sein. Die Freie Straße – nomen est omen! –, wo die Geschwister wohnten, liegt am Zürichberg und ist umgeben von Wiesen und Wäldern.

Natürlich war das Wiedersehen mit Carl, Martha und meinen Freunden Ploetz und Simon das glücklichste.

Simon, der ebenfalls an die Universität Zürich übersiedelt war, steckte, durch Alfred Ploetz angeregt, bereits wie dieser tief im medizinischen Studium.

Als Kuriosum sei erwähnt, daß der Zug, den wir von Berlin nach Frankfurt benutzten, das Wunderwerk eines sogenannten Speisewagens eingestellt hatte. Wir staunten und waren entzückt darüber, nämlich Mary und ich. Leider aber, wie sich herausstellte, vertrug sie den Aufenthalt in dem schönen Gehäuse nicht.

Nichts von den Indegredienzien der »Modernen Dichter-Charaktere« spürte man zunächst in der Züricher Luft, sondern nur freudig hoffende Strebenskraft, keiner Traurigkeit zugänglich. Der Pendelausschlag der Seele bewegt sich nun einmal vom Licht zur Nacht und von Nacht zu Licht.Und die neue Umgebung schien zunächst nur den heitersten Tag zu beginnen.

Man war in der Schweiz, man war in einer landschaftlich unvergleichlich gebetteten Stadt. Ein mächtiger See warf die Bläue des Himmels zurück. Über ihm in der Ferne lag die schemenhaft leuchtende Kette der Alpen. Über den Stadtteil Enge wachte der grün bewaldete Ütliberg, den man unschwer ersteigen konnte. Noch beherrschte die Straßen das trauliche Schweizer Bürgerhaus. Ein solches hatten auch Carl und Martha inne. Empfängliche Jugend, als welche wir uns wohl bezeichnen konnten, spürte zum erstenmal den einzigartigen Geist schweizerischer Bürgerlichkeit. Mir zum mindesten ging es so. Und mir war, als sei ich darin geborgen.

Noch ahnte ich nicht, wie diese Züricher Zeit mein Leben und meine Erfahrung bereichern sollte, sowohl was die Fülle neuer Erscheinungen anbelangt, Persönlichkeiten verschiedenster Art, soziale Institutionen, Parteigebilde kämpferisch-politischer Art, als auch wissenschaftlich neue Gebiete.

Carl, Ploetz und Simon, verbunden mit einem Kreis von Studierenden, waren viel enger noch, als dies in Jena möglich war, um die Universität gruppiert. Und diese hatte damals, ich glaube fast als die erste, dem Frauenstudium ihre Hörsäle freigegeben.

Der Geist des Hauses, das Martha führte, war von einer überaus schönen Klarheit und Sauberkeit. Man muß bedenken, daß Simon und Ploetz, dann auch Mary, ich und die Kinder täglich hier ihre Mahlzeiten einnahmen. Ich habe nie von Martha ein Wort der Klage über zu viele Arbeit, ja überhaupt ein anders als freundlich gehaltenes Wort gehört. Niemals ist es an diesem Tisch junger Menschen formlos oder gar derb und roh hergegangen. Weil Martha ihren vornehm-einfachen Stil unbewußt aufrechterhielt, haben sich auch ältere Leuchten der Wissenschaft im Bannkreis des Hauses wohlgefühlt. Solche, nicht nur der Züricher Universität, die Carl und dem Kreise um ihn besonders nahe standen, waren die Professoren Forel, Gaule und Richard Avenarius.

August Forel war Direktor des Burghölzli, der großen Züricher Irrenanstalt. Er ist es, dessen Erschließungen von überwiegendem Einfluß auf mich gewesen sind. Er hat mir ein unverlierbares Kapitel von Wissen um die menschliche Psyche vermittelt.

Das kleine Haus meines Bruders Carl und meiner Schwägerin Martha in der Freien Straße wurde damals etwas wie eine platonische Akademie, die allerdings mehr den Geist des »Gartens«, will heißen des epikurischen Kreises atmete. Es liegt keine Übertreibung darin. Plortz und Simon, die täglich aus ihren Kollegs kamen, verbanden ihn mit dem Gesamtinhalt der medizinischen Wissenschaft. Carl, nach täglichem Verkehr mit Richard Avenarius, wälzte ruhelos grundstürzende Probleme der Philosophie.

Es ist eine Dreizahl von Professoren, deren Geist gewissermaßen über dem Häuschen der drei Doktoren Carl, Ploetz und Simon schwebte. In einer anderen Dreizahl tauchten über mir und ihnen drei diese noch überstrahlende Sterne auf. Gottfried Keller, der von je in Zürich lebte, Conrad Ferdinand Meyer, der am nahen Seeufer in Kilchberg wohnte, und Arnold Böcklin, der seltsamerweise damals von Florenz nach Zürich übergesiedelt war.

Böcklin war mir von Grund aus bekannt, Keller genugsam, um ihn begeistert zu verehren. Mein Verhältnis zu Conrad Ferdinand Meyer hob erst an. Die Ehrfurcht aber, die wir dem Trrio entgegenbrachten, streifte gleichmäßig an Vergötterung. Wir strebten, auch nur ihren Anblick zu erhaschen, hätten jedoch nie den Mut gehabt, solche Gottheiten anzusprechen.

So anders die Richtung des Weges auch war, den ich schon damals ging, ist doch das wesentliche und beglückte Erfassen der beiden Dichter in Zürich von uns erlebt worden. Sie wurden von uns – Ploetz vielleicht ausgenommen – leidenschaftlich gelesen und diskutiert.

Karl Henckell und Frank Wedekind sind die Namen von jungen, werdenden Dichtern, die damals von dem Hause in der Freien Stadt angezogen wurden. Man traf sich natürlich auch in Lokalen außerhalb.

Aus den medizinischen Kreisen gruppierte sich um Ploetz mancherlei: Agnes Bluhm, Pauline Rüdin und ein gewisser Tomarkin, der möglicherweise zwischen der medizinischen Wissenschaft und dichterischen Ambitionen hin und her schwankte.

Ich habe die Entwicklung dieser drei Persönlichkeiten durch mein langes Leben verfolgen können.

Zu Ferdinand Simon fühlte sich eine bedeutsame Frau, Fräulein Winterhalter, ebenfalls Medizinerin, hingezogen. Die schöne, zarte und überaus kluge Person besaß eine männliche Eigenschaft, nmämlich sie rauchte schwere Zigarren. Ich nenne sie, weil sie für die Vielfalt und Seltsamkeit der Gestalten unter den ersten Studentinnen Europas charakteristisch ist. Ich könnte noch viele andere nennen, aus Deutschland und überall her, hauptsächlich aber aus Rußland und Polen herzugeströmt. Es ist klar, daß der Verkehr mit ihnen unseren Gesichtskreis erweitern mußte.

Was hatten diese jungen Mädchen, besonders aus Rußland und Polen, durchzumachen und zu leisten gehabt, bevor sie an einer deutschen Hochschule in deutscher Sprache hören und verstehen konnten! Welchen Gefahren und Beschwerden hatten sie sich, um ihren Lernhunger zu befriedigen, nicht ausgesetzt!

Wenn ich mich frage, was ich in den vorerst nur angedeuteten Züricher Kreis mitbrachte und was mich schicksalhaft erfüllte, so war es natürlich literarischer Gestaltungstrieb. Ich hatte Zola, dann als ersten Russen Turgenjew, später Dostojewski und schließlich Tolstoi wesentlich in mich aufgenommen, wobei das größte Erlebnis, das mich immerwährend durchwühlte, Dostojewski blieb. In diesem Sinne, wie angedeutet, blieben Keller und Meyer zwar göttliche, aber peripherische Eindrücke.

Ich nun habe den Kreis um Carl mit Dostojewski und wieder mit Dostojewaki infiziert. Die russischen und polnischen Studenten und Studentinnen hielten das Dostojewski-Feuer lebendig, und das Irrenhaus Burghölzli und der große Psychiater Forel warfen Scheiter hinein.

In meinem Gedicht »Promethidenlos« wird an einer gewissen Stelle ein Irrenhaus das »Haus der höchsten Weisheit dieser Welt« genannt – ein schauerlicher Doppelsinn, der mir heute nur zeigt, in welchen Tiefen eines Überpessimismus ich damals ächzte. Dies Haus der höchsten Weisheit dieser Welt habe ich also in Zürich trocken und nüchtern kennengelernt und werde später davon berichten.

Aber auch außerhalb seiner Mauer bin ich immer mit dem Notizbuch in der Hand, wo ich ging und stand, den psychischen Sonderbarkeiten der Menschen nachgegangen. Andere haben mir später gesagt, ich sei kaum ohne Notizbuch gesehen worden.

Zu den ersten Objekten meiner Studien gehörte die Heilsarmee. Immer wieder besuchte ich ihre Andachten. Die charakteristisch gekleideten Mädchen sangen die Kirchenlieder mit mänadischem Temperament, wobei sie die Schellentrommeln schwangen. Es kam ihre Zeitung »Der Kriegsruf« heraus, den ich lange gesammelt habe. Aber vor allem stießen sie immer wieder den gleichen jubelnden Lockruf aus, der, wie bekannt, »Komm zu Jesu! Komm zu Jesu!« lautet.

Jede Andacht unter der Leitung von männlichen und weiblichen Offizieren der Hailsarmee hatten zum Zweck, verstockte Sünder in den Zustand der Zerknirschung zu versetzen und ihr Damaskus herbeizuführen. Kam diese Gnade über ihn, so wurde der verlorenen Sohn – oder die verlorene Tochter – mit aller Liebe zu den Geretteten herübergenommen, wo er dann aus reuigem Herzen eine mehr oder weniger lange, mehr oder weniger rührende öffentliche Beichte ablegte.

War dies nun oder war es kein Irresein? Es war jedenfalls bei Bekehrern wie Bekehrten eine Art Rausch, ein Zustand dionysischer Exaltation. Sie wirkte auf die zu Gewinnenden nicht durch Überzeugung, sondern durch Ansteckung.

Ganz allgemein lag damals in der Luft ein Hang zur Sektiererei.

Man sah auch in Zürich die Schüler des Naturmenschen und Anachoreten Dieffenbach. Ihre Haare wallten bis auf die Schultern. Wo man diese halbnackten Menschen sah und beobachtete, mußte man finden, daß ihnen etwas Fremdes, etwas Unberührtes anhaftete. Mir kam es vor, als hätten sie allenthalben die Tore ihrer Seelen zugemacht. August Forel stand nicht an, ihr Verhalten pathologisch zu nennen.

Und doch schien es, daß, abgesehen von der breiten Wirkung der Sozialdemokratie, das Weltverbesserertum in der Luft liege. So setzte sich Forel selbst, nicht ohne Fanatismus, für Frauenrecht und Antialkoholismus ein. Eine Welt ohne Wein, Bier und Schnaps, so schien es ihm, müsse gesund werden.

Das Frühlingshafte jener und besonders der Züricher Zeit bestand in einer immanenten Gläubigkeit.

Soll ich die abgegiffenen Dreizahl Glaube, Liebe, Hoffnung für sie beanspruchen? Ja! Denn wir waren davon erfüllt. Daß wir erst für die ferne Zukunft glaubten, liebten und hofften, was uns in göttlicher Jugendfülle umgab, ist uns damals kaum klargeworden. Fast mit jedem Schritt wurde damals ein neues Morgen gesucht und erlebt. Eine nagelneue Epoche ging über der Menschheit auf. Man suchte und fand überall das Neue.

ELIAS CANETTI

(1905–1994)

Spionage

Es war eine kleine Wohnung im zweiten Stock der Scheuchzerstraße 73, in der wir lebten. Ich habe nur drei Zimmer in Erinnerung, in denen wir uns bewegten: aber es muß auch ein schmäleres, viertes Zimmer gegeben haben, da einmal für kurz ein Mädchen bei uns war.

Doch ging es schwer mit Mädchen. Die Mutter konnte sich nicht daran gewöhnen, daß es hier keine Dienstmädchen wie in Wien gab. Ein Dienstmädchen hieß hier Haustochter und aß mit an unserem Tisch. Das war die erste Bedingung, die ein Mädchen stellte, wenn es eintrat. Die Mutter, in ihrer hochfahrenden Art, fand das unerträglich. Sie hatte ihre Mädchen in Wien, wie sie sagte, immer gut behandelt, aber sie lebten in ihrer eigenen Kammer, die wir nie betraten, und aßen für sich in der Küche. »Gnä' Frau« war die selbstverständliche Anrede. Hier in Zürich war es aus mit der gnä' Frau, und die Mutter, die die Schweiz wegen der Friedensgesinnung des Landes so sehr mochte, konnte sich mit den demokratischen Sitten, die bis in ihren eigensten Haushalt eingriffen, nicht abfinden. Sie versuchte es bei Tisch mit englisch und begründete den Gebrauch dieser Sprache vor Hedi, der Haustochter, damit, daß die beiden Kleinen es allmählich vergäßen. Es sei notwendig, daß sie es wenigstens bei den Mahlzeiten wieder auffrischten. Das war zwar die Wahrheit, aber es diente auch als Ausrede, um die Haustochter von unseren Gesprächen auszuschließen. Sie schwieg, als ihr das erklärt wurde, aber sie schien nicht beleidigt. Sie schwieg sogar ein paar Tage, aber wie staunte die Mutter, als Hedi eines Mittags einen Fehler, den Georg, der Kleinste, in einem englischen Satze machte und den die Mutter passieren ließ, selber mit unschuldiger Miene *ausbesserte*! »Wieso wissen Sie das?« fragte sie beinahe empört, »können Sie denn englisch?« Hedi hatte es in der Schule gelernt und verstand alles, was wir sagten. »Sie ist eine Spionin!« sagte die Mutter später zu mir, »sie hat sich eingeschlichen! Das gibt es nicht, daß ein Dienstmädchen englisch kann! Warum hat sie's nicht früher gesagt? Sie hat uns belauscht, diese elende Person! Ich laß meine Kinder nicht an einem Tisch mit einer Spionin zusammensitzen!« Und nun erinnerte sie sich daran, daß Hedi nicht allein zu uns gekommen war. Sie war mit einem Herrn erschienen, der sich als ihr Vater vorgestellt hatte, der uns und die Wohnung in Augenschein nahm und sich sehr genau nach den Arbeitsbedingungen seiner Tochter erkundigt hatte. »Ich habe mir gleich gedacht, das kann nicht der Vater sein. Er sah aus wie einer aus guter Familie. Er hat mich ausgefragt, als ob *ich* eine Stelle suche! *Ich* hätte an seiner Stelle nicht strenger fragen können. Aber der Vater eines Dienstmädchens war das nicht. Sie haben uns eine Spionin ins Haus gesetzt.«

Es gab überhaupt nichts bei uns zu spionieren, aber das störte sie nicht, sie maß uns auf alle Fälle eine Bedeutung bei, die Spionage gerechtfertigt hätte. Umsichtig traf sie ihre Gegenmaßnahmen. »Wir können sie nicht gleich entlassen, das würde auffallen. Wir müssen sie noch 14 Tage dulden. Aber wir müssen aufpassen. Wir dürfen nie etwas gegen die Schweiz sagen, somst läßt sie uns ausweisen.« Es fiel der Mutter nicht ein, daß niemand von uns je etwas gegen die Schweiz sagte. Im Gegenteil: wenn ich von der Schule berichtete, war sie des Lobes voll und das einzige, was sie gegen die Schweiz auf dem Herzen hatte, war die Institution der Haustochter. Ich mochte Hedi, weil sie nicht kriecherisch war, sie stammte aus Glarus, das eine Schlacht gegen die Habsburger gewonnen hatte, und las manchmal in meiner Schweizergeschichte von Öchsli. Und obwohl ich immer gewonnen war, wenn die Mutter »wir« sagte, »wir müssen dies oder wir müssen jenes«, – es war dann, als würde ich in ihre Entscheidung gleichberechtigt einbezogen –, machte ich noch einen Rettungsversuch, und zwar einen besonders schlauen, denn ich wußte, womit man die Mutter bestechen konnte: nur mit geistigen Dingen. »Aber weißt du«, sagte ich, »sie liest so gern in meinen Büchern. Sie fragt mich immer, was ich lese. Sie borgt sich auch Bücher von mir aus und spricht mit mir darüber.« Da machte die Mutter ein ernstes Gesicht. »Mein armer Junge! Warum hast du mir das nicht gesagt? Du kennst die Welt noch nicht. Aber du mußt es lernen.« Sie schwieg und ließ mich jetzt ein wenig zappeln. Ich war alamiert und drängte: »Was ist es? Was ist es?« Es mußte etwas ganz Schreckliches sein, ich kam nicht drauf. Vielleicht war es so schlimm, daß sie mir's überhaupt nicht sagen würde. Aber nun sah sie mich überlegen und mitleidig an und ich spürte, daß sie damit herausrücken würde. »Sie soll eben in Erfahrung bringen, was ich dir zu lesen gebe. Verstehst du nicht? Dazu hat man sie uns ins Haus geschickt. Eine echte Spionin! Hat Geheimnisse mit meinem Zwölfjährigen und schnüffelt in seinen Büchern herum. Sagt nicht, daß sie englisch kann und hat sicher schon alle unsere Briefe aus England gelesen!«

Nun fiel mir zu meinem Schrecken ein, daß ich Hedi beim Aufräumen mit einem englischen Brief in der Hand gesehen hatte, den sie dann rasch weglegte, als ich näherkam. Das berichtete ich jetzt gewissenhaft und wurde feierlich ermahnt. Wie feierlich es gedacht war, erkannte ich daran, daß es mit »mein Sohn« begann. »Mein Sohn, du mußt mir alles sagen. Du glaubst vielleicht, es ist nicht wichtig, aber alles ist wichtig.«

Damit war das Urteil endgültig gefällt. Vierzehn Tage saß das arme Mädchen noch bei uns am Tisch und übte mit uns ihr englisch. »Wie harmlos sie sich gibt!« sagte die Mutter zu mir nach jeder Mahlzeit. »Aber *ich* habe sie durchschaut! Mich täuscht man nicht!« Hedi las weiter in meinem Öchsli und fragte gar, wie ich über dies oder jenes denke. Manches ließ sie sich von mir erklären und sagte ernst und freundlich: »Du bist aber gescheit.« Ich hätte sie gern gewarnt, ich hätte ihr gern gesagt: »Bitte sei doch keine Spionin!« Aber es hätte nichts genützt, die Mutter war fest entschlossen, sie zu entlassen und begründete das nach vierzehn Tagen damit, daß unsere materielle Lage sich unerwartet verschlechtert habe. Sie sei nicht mehr imstande, sich eine Haustochter zu leisten. Sie bitte sie, das ihrem Vater zu schreiben und zu erklären, damit er sie abhole. Er kam und war nicht weniger streng und sagte zum Abschied: »Da werden Sie jetzt selber etwas arbeiten müssen, Frau Canetti.«

Vielleicht empfand er Schadenfreude darüber, daß es uns nun schlechter ging. Vielleicht mißbilligte er Damen, die nicht selber ihren Haushalt besorgten. Die Mutter sah es anders. »Dem habe ich einen Strich durch die Rechnung gemacht! Der hat sich schön geärgert! Als ob es bei uns etwas zu spionieren gäbe! Natürlich, es ist Krieg und man kontrolliert die Post. Es ist ihnen aufgefallen, daß wir viele Briefe aus England bekommen. Hops, setzen sie uns eine Spionin auf den Hals. – Weißt du, ich versteh's ja. Sie stehen allein in der Welt und müssen sich vor den Mördern schützen.«

Sie sprach oft davon, wie schwer es sei, allein als Frau in der Welt dazustehen, mit drei Kindern. Wie man da auf alles aufpassen müsse! Nun, da sie mit einem Schlag Haustochter und Spionin losgeworden war und sich darüber sehr erleichtert fühlte, übertrug sie dieses militante Gefühl der Einsamkeit, die man unter solchen Schwierigkeiten verteidigen müsse, auf die Schweiz, die von kriegführenden Ländern umgeben war, fest entschlossen, sich nicht in den Krieg hineinziehen zu lassen.

Jetzt begann die schönste Zeit für uns: wir waren allein mit der Mutter. Sie war bereit, den Preis für ihren Hochmut zu zahlen und besorgte, was sie noch nie in ihrem Leben getan hatte, die Arbeit selbst. Sie räumte auf, sie kochte, die kleinen Brüder halfen beim Abtrocknen des Geschirrs. Ich übernahm das Amt des Schuhputzens, und da die Brüder in der Küche dabei zusahen, um mich zu verhöhnen – »Schuhputzerli! Schuputzerli!« heulten sie und tanzten wie Indianer um mich herum –, verzog ich mich mit den schmutzigen Schuhen auf den Küchenbalkon, schloß die Tür und stemmte mich dagegen mit dem Rücken, während ich die Schuhe der Familie putzte. So war ich bei dieser Beschäftigung allein, sah den Kriegstanz der beiden Teufel nicht, ihr Gesang war auch bei geschlossener Balkontür nicht zu überhören.

KLAUS MANN

(1906–1949)

Die Pfeffermühle

Die »Pfeffermühle« setzte sich durch: Sie gefiel. Die Züricher zeigten sich noch empfänglicher und dankbarer als ein Jahr vorher die Münchener. Es folgte eine Tournée durch die Schweiz, woran sich Gastspiele in der Tschechoslowakei, Holland, Belgien, Luxemburg schlossen. Im nächsten Herbst: Ein neues Programm in Zürich, danach wieder die internationale Tour. So ging das weiter; in der Zeit vom Januar 1933 bis zum Sommer 1936 hatte die »Pfeffermühle« über tausend Vorstellungen. Und da sollte man sich in Berlin nicht fuchsen!

Das tat man denn auch, nicht zu knapp. Erst wurde die Ausbürgerung verhängt, eine Geste, die in diesem Fall besonders sinnlos schien; denn Erika war, durch ihre Heirat mit dem englischen Dichter W. H. Auden, Untertanin Seiner Britischen Majestät.

Störender als der nichtige Bannfluch waren die »spontanen Demonstrationen«, die von den Nazis und ihren Schweizer Freunden, den »Fronten«, gegen die »Pfeffermühle« inszeniert wurden. Im Züricher »Kursaal«, wo die Truppe damals gastierte, kam es zu einem Skandal, mit dem verglichen die Zwischenfälle anläßlich von Erikas Victor-Hugo-Rezitation, Zauberers »Deutscher Ansprache« und meiner »Geschwister«-Premiere heiteres Kinderspiel waren. Die Schweizer Faschisten, von ihren deutschen Meistern abgerichtet und ausgerüstet, begnügten sich nicht mit den üblichen Stinkbomben und Trillerpfeifen; es wurde mit scharfer Munition geschossen; auch hieß es, eine Zeitbombe sei irgendwo unter der Bühne versteckt. Bis zum Ende des Gastspiels gab es jeden Abend ein Polizeiaufgebot zur Protektion der »Pfeffermühle«. Denn die Vorstellungen gingen weiter. Nicht nur Erika legte Wert darauf, sondern auch die Schweizer Behörden. Aus Prestigegründen war man abgeneigt, den Radaumachern nachzugeben, ohne diese andererseits gar zu sehr provozieren zu wollen. Wie verhielt man sich in einem solchen Dilemma? Der Stadtrat und andere Instanzen befaßten sich mit dem Fall, der in der Presse plötzlich aus dem Feuilleton in den politischen Teil aufgerückt war. Die »Pfeffermühle« war eine *cause célèbre*, was aber nichts half: Sie bekam in Zürich keine Spielerlaubnis mehr, und auch in anderen Schweizer Städten gab es bald Schwierigkeiten.

Während Heinrich Mann, Erika und ich längst offiziell geächtet und verstoßen waren, blieb die Situation meines Vaters noch für eine Weile unentschieden, jedenfalls im technisch-legalen Sinn. Er hatte sich, seit der »Machtübernahme«, noch nicht öffentlich über das deutsche Regime geäußert; aber man wußte, daß es ihm greulich war. Er rechnete sich zunächst noch nicht unbedingt zu den Emigranten, dachte aber nicht daran, nach Nazi-Deutschland zurückzukehren. (Nach ein paar Monaten im Tessin und einem längeren Aufenthalt in Südfrankreich ließ er sich im Herbst 1933 in Küsnacht am Zürichsee nieder.) Seine Bücher waren in Deutschland noch nicht offiziell verboten; aber schon im Jahre 1933 hätte niemand es sich einfallen lassen, in einem deutschen Buchladen mit nicht gesenkter Stimme nach einem Werk von Thomas Mann zu verlangen. Ein unerwünschter, verdächtiger Autor, wenn auch noch nicht völlig diffamiert! Er war noch nicht ausgebürgert, aber sein abgelaufener deutscher Reisepaß wurde ihm nicht verlängert. Er könne einen neuen Paß bekommen – so lautete der amtliche Bescheid –, in Deutschland nämlich! So versuchte man, ihn zurückzulocken. Gleichzeitig aber konfiszierte man sein Hab und Gut, die Bankguthaben, das Münchener Haus mit Bibliothek, Mobiliar, Automobilen und was es sonst noch zu klauen gab; die gleichgeschaltete Presse machte ihn fast täglich zum Objekt absurder Verleumdungen und Gehässigkeiten; die »Repräsentanten deutscher Geistigkeit«, vom Komponisten Richard Strauss bis zum Karikaturisten Olaf Gulbransson, taten sich zusammen, um den Vortrag »Leiden und Größe Richard Wagners«, den die meisten der Herren zugegebenermaßen nicht gelesen hatten, als eine »Verunglimpfung des germanischen Genies« anzuklagen.

Zurückkehren, in eine solche Heimat? Er konnte es nicht erwägen. Aber die Trennung war bitter, viel bitterer für ihn, den in deutscher Art und Tradition so tief Verwurzelten, als für seine international akklimatisierten Kinder. Die Vorstellung, von seinem deutschen Publikum endgültig, oder doch bis auf weiteres, abgeschnitten zu sein, quälte und kränkte ihn; er versuchte, das Unvermeidliche so lange wie irgend möglich hinauszuzögern. Erika und ich drängten, ein Fehler wahrscheinlich; das bedächtige Tempo gehört wohl essentiell zu seiner geistig-moralischen Persönlichkeit.

Er mußte sich Zeit lassen, ein Jahr, zwei Jahre; schließlich war er soweit. Im Feuilleton einer Schweizer Zeitung wurde die Emigrantenliteratur herabgesetzt, wobei der Kritiker feststellte, daß Thomas Mann dieser Kategorie nicht zuzurechnen sei. Thomas Mann reagierte mit einem unzweideutigen Bekenntnis zur Emigration. Die Nazis zogen die Konsequenz: Der Autor der »Buddenbrooks« war, laut Hitlerscher Verfügung, kein Deutscher mehr. Mit ihm wurden sein Eheweib, Katharina Mann, geborene Pringsheim, und seine vier jüngeren Kinder – Angelus Gottfried Thomas (»Golo«), Monika, Elisabeth und Michael Thomas – der deutschen Staatsbürgerschaft verlustig erklärt.

ERIKA MANN

(1905–1969)

An verschiedene Redaktionen in der Schweiz

Küsnacht/Zürich, 22. 11. 1934

Sehr geehrte Redaktion,
Ich gestatte mir, Ihnen untenstehend eine Erklärung abzugeben mit der höflichen Bitte, sie in einer Ihrer nächsten Nummern gefl. erscheinen zu lassen.

Für Ihr liebenswürdiges Entgegenkommen danke ich Ihnen zum voraus allerbestens.

Für eine Belegnummer Ihrer Zeitung wäre ich Ihnen sehr verbunden.

Mit vorzüglicher Hochachtung, Erika Mann

Anläßlich der Begebenheiten* in meiner »Pfeffermühle« ist soviel geschrieben worden, daß ich nun auch ein paar Worte dazu sagen möchte. Worte, die nicht die Begebenheiten betreffen sollen, sondern nur die »Pfeffermühle«.

Sie erinnern sich: Wir sind vor etwa einem Jahr zum ersten Mal in die Schweiz gekommen, in der Absicht, ein Gastspiel von 14 Tagen, höchstens 4 Wochen zu geben. Wir fingen an zu spielen, der »Hirschen« Saal in Zürich war täglich ausverkauft, das Interesse, die freundliche Bereitwilligkeit unsere Dinge zu hören, war so groß in Zürich, daß wir blieben und wiederkamen. Wir haben in vielen Schweizerstädten und Städtchen gespielt, – in Basel und Bern, in Olten und Chur, in Schaffhausen und Biel, in Thun und in Liestal, in Ascona und in Luzern. Es war

* Im November 1934 kam es im Züricher »Kursaal«, wo die »Pfeffermühle« auftrat, zu gewalttätigen Auseinandersetzungen mit Schweizer »Frontisten«. EM erklärte sich bereit, das Gastspiel abzubrechen, die Polizei übernahm aber die Verantwortung; das Ensemble durfte, wenn auch vor halbleerem Saal, weiterspielen. Da EM keine Unterkunft in Zürich finden konnte, mußte sie jeden Abend mit dem Bus nach Küsnacht fahren; ein Dorfpolizist holte sie an der Haltestelle ab und begleitete sie nach Hause. Seit der Verabschiedung der »Lex Pfeffermühle« (1934) im Kanton Zürich durfte die »Pfeffermühle« in der Schweiz nur in anderen Kantonen gastieren.

schön für uns zu wissen: Eine wirkliche Verbundenheit bestand zwischen uns und unserem Publikum, – einem Publikum übrigens, das aus allen Schichten der Bevölkerung zu uns kam. Tippmädchen und Bauern sind in der »Pfeffermühle« gewesen, Arbeiter und die Gäste in Packards. »Reklame« haben wir nie viel für uns gemacht. Wir waren von Anfang an getragen von sehr viel Freundlichkeit und interessierter Zuneigung. Auch jetzt, da eine Gruppe von jungen Leuten sich so leidenschaftlich gegen uns bemüht, fehlt es uns nicht an ermutigenden Zurufen aus allen Kreisen des Landes. Es kommen viele Briefe von Leuten, die uns herzlich, ja dankbar gesinnt sind und die bitten, den »Radau« nicht symptomatisch zu nehmen, – er sei es nicht, versichert man mich täglich. Andere Briefe beschimpfen mich in den derbsten Ausdrücken, – ich brauche kaum zu erwähnen, daß die Schreiber *dieser* Briefe ohne Ausnahme anonym bleiben. Ich aber möchte antworten. Darf ich es in großer Kürze hier versuchen?

Was wirft man uns vor? Ohne auch nur einen Beweis anhand eines unserer Gedichte zu liefern, ruft man, wir seien eine »Hetzbühne«, die alle »Ideale« »in den Schmutz ziehe«. Wir mißbrauchten aufs Unerhörteste das »Gastrecht«, indem wir unseren »Privatdreck« über die reinen Wiesen der Schweizerlandschaft ergössen. »Besten Gruß Anonymus.« Wäre ein Krieg, der kommen könnte, unser Privatdreck? Ist die Not, sind die Irrtümer und die Verbrechen, die auf der Welt geschehen, unser Privatdreck? Welche »Ideale« werden in den Schmutz gezogen, welches »Gastrecht« wird mißbraucht, wendet sich einer gegen Unterdrückung und Gewalt?

Die »Pfeffermühle« ist ein kleines Unternehmen, ein Kabarett, das unterhalten soll, das mit Musik- und Tanzeinlagen, mit Liedern und Szenchen den Gästen die Zeit vertreibt, während sie bei ihrem Wein sitzen. Ich weiß, daß solch eine »Kleinkunstbühne« fast nichts bedeuten kann innerhalb des großen Welttheaters. Aber ebenso sehr weiß ich, daß jede künstlerische Arbeit ihre »Gesinnung«, ihre innere Haltung haben muß und daß es wertlos wäre, auch nur »Kabarett« zu machen und Liedchen zu schreiben, wenn nichts dahinter stünde, keine Meinung, kein Glaube und keine Hoffnung.

Die »Pfeffermühle« ist keine »Hetzbühne«, sie ist keine »Parteibühne« und kein »Emigranten-Theater«. Sie ist eine Vereinigung von jungen Leuten der verschiedensten Nationalität (Schweizer, Deutsche, Russe, Österreicher), die sich Mühe gibt, auf anständigem Niveau unterhaltend zu sein und auf unterhaltende Art nachdenklich. »Die Pfeffermühle gibt zu bedenken ...«, – könnte über unseren Programmen und Einladungen stehen. Wir versuchen, in der leichten Form, die wir uns gewählt haben, die schweren Dinge zu sagen, die heute gesagt werden müssen, – und wir hätten allen Grund, uns zu schämen, wollten wir jemals damit aufhören.

Die kleine Gruppe wohlhabender und sorgloser junger Herren aber, die uns mit Gewalt davon abhalten will, sollte einmal einen Abend lang unvoreingenommen zuhören, eh sie ihre unwissenden Kameraden auf der Straße in den Kampf gegen uns hetzt. Nicht einer von den Schreiern im Kursaal, des bin ich sicher, weiß genau, warum er schreit, es sei denn, er schriee wissend für Krieg, Unterdrückung und Gewalt.

JAMES JOYCE

(1882–1941)

Offener Brief*

28. April 1919
Universitätsstraße 29, Zürich

Im April 1918 gründete ich gemeinsam mit Mr. Claud Sykes in Zürich eine professionelle Theatergruppe, »The English Players«, um literarisch belangvolle englische Stücke in der Schweiz aufzuführen. Das Kapital wurde von den Gründern ohne Hilfe oder Subvention von anderer Seite aufgebracht. Das erste Stück, das herausgebracht wurde, war Oscar Wildes »The Importance of Being Earnest«. Nach der Aufführung zahlte ich gemäß den von dem Regisseur Mr. Sykes gegebenen Anweisungen den Künstlern die von ihm bestimmten Gagen. Mr. Henry Carr, ein der

* Joyce schickte Durchschläge dieses Briefes an alle Personen, die ihm einfielen und die imstande und bereit schienen, diesen Brief einer breiteren Öffentlichkeit bekanntzumachen.

Truppe angehörender Laien-Schauspieler, damals zeitweiliger Angestellter des Britischen Generalkonsulats, forderte am Tage darauf von Mr. Sykes eine zusätzliche Zahlung von 150 Franken. Mr. Sykes beauftragte mich, diese Forderung als ungerechtfertigt und geschäftswidrig zurückzuweisen. Ich suchte das Britische Generalkonsulat in Zürich auf, um von Mr. Carr einen Betrag von Fr. 25.-, fällig geworden durch Eintrittskarten, die er zum Weiterverkauf erhalten hatte, zu kassieren. Er weigerte sich, diesen Betrag zu bezahlen, und als ich ihm Mr. Sykes' Entscheidung mitgeteilt hatte, nannte er mich einen Lumpen und Betrüger, erklärte, er werde einen Boykott aller unserer künftigen Aufführungen organisieren und mir, wenn er mich das nächste Mal auf der Straße träfe, den Hals umdrehen. Er erklärte ferner, er werde mich die Treppe hinunterwerfen, falls ich nicht das Büro verließe. Ich erwiderte, dieser Sprache sollte man sich in einem Konsulatsbüro nicht bedienen, und verließ daraufhin das Büro. Ich schickte eingeschriebene Protestbriefe an den damaligen Generalkonsul, Mr. Percy Bennett, und an den Britischen Botschafter in Bern, Sir Horace Rumbold. Von keinem von beiden erhielt ich eine Antwort. Ich ging daraufhin gerichtlich wegen Verleumdung vor und meldete Mr. Carrs Drohung der Zürcher Polizei. Auf Anraten des Konsulatsanwaltes, Mr. Georges Wettstein, erhöhte Mr. Carr seine Forderung auf Fr. 500.- und behauptete, das britische Konsulat sei exterritorial. Die Schweizer Regierangsbehörde, an die sich mein Anwalt, Mr. Konrad Bloch, gewandt hatte, wies die letztgenannte Behauptung zurück, und das Schweizer Gericht erklärte die frühere Forderung für nichtig und erließ ein Urteil zu meinen Gunsten, Gerichtskosten zu Lasten des Beklagten. In der Folgezeit brachten »The English Players« in Zürich, Genf, Lausanne, Montreux, Interlaken, Bern, St. Gallen und Luzern englische Aufführungen von Stücken von Synge, Mr. Shaw, Sir James Barrie, Davies, Houghton, Robert Browning, Oliver Goldsmith und Mr. Martyn heraus. Alle diese Aufführungen wurden auf Betreiben von Mr. Carr und mit vollem Einverständnis von Mr. Percy Bennett und dem Britischen Botschafter in Bern, Sir Horace Rumbold, boykottiert und verunglimpft. Die Kosten dieser Aufführungen wurden von meinen Partnern und mir getragen, und trotz des moralischen Erfolges und des Interesses, das sie hervorriefen, war ein schwerwiegendes Defizit die Folge. Dieses wäre noch größer ausgefallen, wären wir nicht so großzügig durch die verschiedenen amerikanischen Kolonien [in der Schweiz] und die freundliche Haltung von an der englischen Literatur interessierten Schweizer Bürgern unterstützt worden. Der Plan, Purcells Oper »Dido and Aeneas« auf englisch am Zürcher Stadttheater aufzuführen, den die Intendanz auf meinen Vorschlag hin aufgegriffen hatte, wurde dank der feindlichen Einstellung der britischen Behörden in der Schweiz aufgeschoben. In Zürich und in allen anderen Städten, in denen sie spielten, waren die »English Players« (arme Künstler, die ihre Zeit für ein mageres Entgelt opferten) der von den hiesigen britischen Behörden angezettelten Verleumdung und Verunglimpfung ausgesetzt. Eine weitere Aufführung auf englisch, französisch und italienisch, von mir in Verbindung mit italienischen und französischen Theatertruppen organisiert, wurde ebenfalls boykottiert.

Ich bin Kriegsgefangener, aber in Anbetracht meines Gesundheitszustandes im Juli 1915 von der österreichischen Regierung freigelassen und auf Ehrenwort in die Schweiz entlassen worden. Drei Monate nach den geschilderten Vorfällen rief mich der Konsul Mr. Bennett zum aktiven Militärdienst im United Kingdom auf und drohte mir an, mich auf die schwarze Liste zu setzen, falls ich seiner Aufforderung nicht binnen 48 Stunden nachkäme. Ich weigerte mich, diesem ungeheuerlichen Dokument Folge zu leisten, und schickte es mit zwei höflich ablehnenden Zeilen postwendend an ihn zurück. Ich darf hinzufügen, daß ich während meines Aufenthaltes in der Schweiz fünf schwere Iritis-Anfälle hatte und in der Zürcher Augenklinik wegen akuten grünen Stars operiert worden bin. Mr. Percy Bennett unterrichtete Mr. Frank Gschwind, den gegenwärtigen Leiter der Truppe, daß er, Mr. Bennett, mich aus militärischen und politischen Gründen aus der Schweiz werde ausweisen lassen. Das ist ihm nicht gelungen. Er selbst freilich wurde durch das Außenministerium vom Zürcher Generalkonsulat in einen anderen Teil der Welt versetzt.

Mr. Carr verließ Zürich, während das Verfahren wegen Verleumdung anhängig war. Ich zog infolgedessen die Klage zurück. Der Konsulatsanwalt, Mr. Wettstein, drängt jetzt mich auf Zahlung der ihm entstandenen Kosten und droht mir mit Gefängnis, falls ich nicht zahle. Er besteht auf Pfändung meines Eigentums und hat weitere Beschlagnahmungen gefordert, die, sollte ihnen stattgegeben werden, die Mittel, von denen ich und meine Familie leben, erheblich beschneiden würden.

Ich darf abschließend feststellen, daß sich die Einbuße, die Mr. Sykes und ich erlitten haben, insgesamt auf mehr als Fr. 10 000.- beläuft. Vom Britischen Konsulat und der Britischen Gesandtschaft haben wir von Anfang an kein einziges Wort der Anerkennung oder des Dankes gehört, auch wurde uns weder Hilfe angeboten noch haben wir einen einzigen Penny erhalten.

HUGO BALL

(1886–1927)

Zur Gründung des Cabaret Voltaire

Als ich das Cabaret Voltaire gründete, war ich der Meinung, es möchten sich in der Schweiz einige junge Leute finden, denen gleich mir daran gelegen wäre, ihre Unabhängigkeit nicht nur zu genießen, sondern auch zu dokumentieren. Ich ging zu Herrn Ephraim, dem Besitzer der »Meierei« und sagte: »Bitte, Herr Ephraim, geben Sie mir den Saal. Ich möchte ein Cabaret machen.« Herr Ephraim war einverstanden und gab mir den Saal. Und ich ging zu einigen Bekannten und bat sie: »Bitte geben Sie mir ein Bild, eine Zeichnung, eine Gravüre. Ich möchte eine kleine Ausstellung mit meinem Cabaret verbinden.« Ging zu der freundlichen Züricher Presse und bat sie: »Bringen Sie einige Notizen. Es soll ein internationales Cabaret werden. Wir wollen schöne Dinge machen.« Und man gab mir Bilder und brachte meine Notizen. Da hatten wir am 5. Februar ein Cabaret, Mde. Hennings und Mde. Leconte sangen französische und dänische Chansons. Herr Tristan Tzara rezidierte rumänische Verse. Ein Balalaika-Orchester spielte entzückende russische Volkslieder und Tänze.

Viel Unterstützung und Sympathie fand ich bei Herrn M. Slodka, der das Plakat des Cabarets entwarf, bei Herrn Hans Arp, der mir neben eigenen Arbeiten einige Picassos zur Verfügung stellte und mir Bilder seiner Freunde O. van Rees und Artur Segall vermittelte. Viel Unterstützung bei den Herren Tristan Tzara, Marcel Janco und Max Oppenheimer, die sich gerne bereit erklärten, im Cabaret auch aufzutreten. Wir veranstalteten eine RUSSISCHE und bald darauf eine FRANZÖSISCHE Soirée (aus Werken von Apollinaire, Max Jacob, André Salmon, A. Jarry, Laforgue und Rimbaud). Am 26. Februar kam Richard Huelsenbeck aus Berlin und am 30. März führten wir eine wundervolle Negermusik auf (toujours avec la grosse caisse: boum boum boum boum – drabatja mo gere drabatja mo bonoooooooooaaa drabatja ma gere drabatja ma bonooooooooooo –). Monsieur Laban assistierte der Vorstellung und war begeistert. Und durch die Initiative des Herrn Tristan Tzara führten die Herren Tzara, Huelsenbeck und Janco (zum ersten Mal in Zürich und in der ganzen

Welt) simultanistische Verse der Herren Henri Barzun und Fernand Divoire auf, sowie ein Poème simultan eigener Composition, das auf der sechsten und siebenten Seite abgedruckt ist. Das kleine Heft, das wir heute herausgeben, verdanken wir unserer Initiative und der Beihilfe unserer Freunde in Frankreich, ITALIEN und Russland. Es soll die Aktivität und die Interessen des Cabarets bezeichnen, dessen ganze Absicht darauf gerichtet ist, über den Krieg und die Vaterländer hinweg an die wenigen Unabhängigen zu erinnern, die anderen Idealen leben. Das nächste Ziel der hier vereinigten Künstler ist die Herausgabe einer Revue Internationale. La revue paraîtra à Zurich et portera le nom »DADA«. (»Dada«) Dada Dada Dada Dada.

Zürich, 15. Mai 1916

CLAIRE GOLL

(1890–1977)

Die Geburt von Dada

Man hat die Geburt von Dada als Zusammenschluß einiger junger Umstürzler in der hitzigen Atmosphäre eines Kabaretts geschildert. Die Historiker legen sogar Ort und Datum fest: 5. Februar 1916, Cabaret Voltaire, Zürich, Spiegelgasse 1, nicht weit von der Behausung Lenins, der in Nummer 14 logierte. Für Yvan und mich, die im Kern dieser Neuentwicklung steckten und alles miterlebten, sah die Wahrheit viel weniger spektakulär aus.

Als ich Mitte 1917, noch vor Goll, in Zürich ankam, fand ich die Stadt keineswegs vom Dada-Fieber geschüttelt vor. Tatsache war, daß die Schweiz noch nie so viele avantgardistische Köpfe beisammen gesehen hatte, von Arp zu Stefan Zweig, von Tristan Tzara zu Else Lasker-Schüler, von Hugo Ball zu Emil Ludwig, und zeitweise auch Werfel, Lehmbruck, Janco, Jawlensky und andere. Wir alle waren über die Schrecken des Krieges empört, wir alle bekämpften die reaktionäre Kunst ebenso wie die Verlogenheit des Wortes. Aber das pazifistische Ideal war nicht überall verbreitet.

»Ihr mit euren humanistischen Krokodilstränen«, spöttelte Tristan Tzara im Vorbeigehen und verschwand, bevor Yvan vom Tisch aufstehen konnte.

Seit unserem Umzug nach Zürich waren wir mit Arp, Richter und Hugo Ball freundschaftlich verbunden. In den literarischen Diskussionen war viel von Expressionismus, Kubismus und Futurismus die Rede, aber das Wort »Dada« fiel so gut wie nie, außer wenn jemand die Zeitschrift oder die Galerie Dada erwähnte. Zu jener Zeit sprach kein Mensch von der »Dada-Gruppe« oder dem »Dada-Stil«. Hugo Ball, Arp, Tzara, Huelsenbeck, Arthur Segal, Janco nannten ihre Gedichte oder Bilder »abstrakt« und vor allem »simultan« – ein Modewort, das damals für alles mögliche galt. Robert Delaunay hatte es 1912 aufgebracht. Was bedeutete »simultan« in unseren Gesprächen? Eine Mischung von Kubismus und Futurismus, deren Ziel es war, gleichzeitig ein dynamisches und vielschichtiges Abbild der Wirklichkeit zu geben. Mehrere Leute taten sich zusammen, um ein in drei Sprachen geschriebenes Gedicht zu deklamieren; Arthur Segal teilte seine Leinwand in neun Rechtecke auf und malte das gleiche Motiv in neun Variationen.

Die Standpunkte waren keineswegs so deutlich, wie die Historiker jetzt behaupten. 1917 vermischten sich die Futuristen mit den Expressionisten, Bruitisten (Geräuschmacher), Criisten (Schreier), Vokalisten, Primitivisten, Mouvementisten, Collagisten ... Um sich den italienischen Futuristen, die seit 1910 in ihrer Richtung arbeiteten, nicht zu deutlich anzuschließen und ihre Abhängigkeit zu vertuschen, brachten die Zürcher Künstler lieber ganz Ungereimtes hervor: »Dada ist nichts, Dada ist alles, Dada war früher da. Ich will nicht einmal wissen, ob es vor mir schon Menschen gegeben hat ...«

Yvan und ich freuten uns, junge Leute unserer Generation zu treffen, lehnten es aber ab, uns an eine Gruppe zu binden. Im gleichen Maß, wie wir uns den neuen Freunden widmeten, hielten wir auch die alten Beziehungen zu Joyce, Romain Rolland und Guilbeaux aufrecht und trafen gelegentlich Schriftsteller wie René Schickele und Otto Flake, der dann einen Schlüsselroman über die Dadaisten und einen Essay über den Marquis de Sade geschrieben hat. Täglich gingen wir ins Café, wo ich alte Bekannte aus dem Berliner »Café des Westens« wiedersah. Darunter waren der Dichter Alfred Ehrenstein, gebürtiger Ungar und einer der Gründer der Gruppe heimatloser Sozialisten, und der Schriftsteller Ferdinand Hardekopf, dessen Arbeiten mein Exliebhaber Kurt Wolff veröffentlichte.

Im Terrassen-Café fanden wir meist, umgeben von einem bewundernden Hofstaat, Else Lasker-Schüler vor, die mit Bonbons spielte. Sie hatte immer welche bei sich, in allen Farben und Formen, in knisterndes Zellophan oder Silberpapier gewickelt. Sie kramte sie aus ihrer Tasche, dem Kleid, dem Ausschnitt, schichtete sie auf dem Tisch zu Pyramiden auf oder benutzte sie als Dominosteine. Sie zahlte sogar mit diesen Süßigkeiten, und die Kellner machten den Zirkus mit, denn ihr Ruf als Exzentrikerin hatte sich bis zum letzten Piccolo herumgesprochen. Ihr verzieh man alles. Sie war damals die größte deutsche Dichterin, und niemand wagte es, ihr etwas abzuschlagen.

Sie maßte sich jedes Recht an, als erstes die Verfügungsgewalt über jeden Mann, der in ihre Nähe kam. Da sie sich in Yvan verliebt hatte, rief sie uns immer an ihren Tisch. Man konnte sie nicht unbedingt als schön bezeichnen, aber sie hatte ihren eigenen Stil: Sie verkörperte die exotische, orientalische Kindfrau. Darum nannte sie sich in ihren Gedichten auch gern »Jussuf, Prinz von Theben«. Ihre sehr kurzgeschnittenen schwarzen Haare ließen das Gesicht und besonders die tiefdunklen Augen zur Geltung kommen. Trotz ihrer vierzig Jahre faszinierte Else Lasker-Schüler die Männer durch ihr total alogisches, aberwitziges Verhalten.

Ihr Problem bei Yvan war, mich aus dem Weg zu räumen. Nachdem sie es mehrmals mit Charme und indirekten Aufforderungen versucht hatte, wechselte sie die Taktik und schleuderte mir eines Tages, als ich ins Café kam, massive Grobheiten entgegen. Ich hätte ihr am liebsten Vitriol ins Gesicht geschüttet, aber mir fehlten sogar die Worte, und ich lief weinend hinaus.

Goll kam mir sofort nach.

»Du weißt doch, wie exzentrisch sie ist. Sie redet drauflos, sie ist verliebt in mich, aber das interessiert mich nicht.«

Am nächsten Vormittag kam Else Lasker-Schüler, um sich zu entschuldigen. Goll kündigte mir ihren Besuch an und riet: »Schenke ihr irgendwas; sie ist ja wie ein Kind.« Ich gab ihr dann ein Onyxarmband mit kleinen Perlen, das ich von Yvan hatte.

Im »Café Odeon«, dem Treffpunkt unserer Generation, verbrachten wir unsere Nachmittage mit Diskussionen über die Kriegsberichte und neue künstlerische Ereignisse, zum großen Teil aber kreisten unsere Gedanken jetzt um den expressionistischen Tanz.

Der Musiker Laban hatte nämlich in der Seehofstraße einen Tanzkurs eröffnet. Sophie Täuber, Arps Freundin, tanzte dort, und alle Ballerinenliebhaber tanzten hinterher. Für die Mannsbilder war die Jagd auf ein kleines Hinterteil und expressionistische Kurven eine ebenso ernsthafte Beschäftigung wie Malerei oder Schriftstellerei, und sie wandten ebensoviel Energie auf für das Aufspüren von Wild wie für neue künstlerische Einfälle. Es lag wohl am Alter oder vielmehr an der Jugend: Hans Richter, unbestritten Entführungsfachmann, war achtundzwanzig Jahre alt, Hugo Ball einunddreißig, Arp dreißig, Janco zweiundzwanzig, Goll und ich sechsundzwanzig. Selbst wenn wir manches tragisch nahmen, fegten unsere Jugend und Lebenslust jeden Trübsinn weg. Außer unseren Gesprächen und Artikeln hatten wir unsere Liebesnächte, unsere Intrigen, unsere Flirts, unsere schöne Bummelei. Morgens flanierten wir über den Limmatquai zum See hinunter und sahen den Rentnern zu, die dort die Enten und Schwäne fütterten. Manche hatten ihre Lieblinge und warfen die Brotstückchen nur den Schwänen zu, wobei sie sich bemühten, die Möwen zu verscheuchen, die im Fluge zuschnappten, bevor die Bissen ins Wasser fielen.

Und das Wort »Dada«? Manchmal stieß der eine oder andere diesen Ruf aus. Er bedeutete eher »Pst, Ruhe!« als eine Ideologie oder eine künstlerische Schule. Wenn Arp sagte »Ich bin Dada«, meinte er: »Ist mir doch schnuppe« oder »Laßt mich in Ruhe, ich denke nicht daran, alles zu erklären.«

MAX FRISCH

(1911–1991)

Erstes öffentliches Auftreten von Bertolt Brecht

23. 4. 1948: erstes öffentliches Auftreten von Bertolt Brecht in Zürich, es blieb das einzige. In einem kleinen Keller, Antiquariat der Volkshaus-Buchhandlung, sitzen hundert oder hundertzwanzig Leute eingepfercht zwischen Bücherwänden; die Buchhändle-

rin veranstaltet ab und zu solche Lesungen. Brecht hört sich gehorsam meine kleine Begrüßung an, dankt mit höflichem Nicken, setzt sich an den kleinen Tisch, ohne sich auszubreiten, eher hilfsbedürftig, ohne die Zuhörer anzublicken, Brecht mit Brille und mit einem Blatt in der Hand. Ob der Titel, den er rasch genannt hat, in den hinteren Reihen verstanden worden ist, scheint fraglich. Bedrängt von der Nähe der Zuhörer – die vordersten könnten ihre Arme auf den kleinen Tisch legen, was sie natürlich nicht tun, sie sitzen mit verschränkten Armen – verliest er halblaut das Gedicht an die Nachgeborenen, erhebt sich dann flink, das Blatt in der Hand, nein, drei Blätter, und tritt zur Seite, wo es dunkel ist. Weg mit seiner Person! Es lesen Therese Giehse und Helene Weigel, die großen Könnerinnen, und man vergißt, daß Brecht zugegen ist. Nachher, oben in der Buchhandlung, gibt es wenig von Brecht; vieles ist noch ungedruckt. Einige von den Zuhörern, als sie ihre Mäntel nehmen, mustern den grauen Mann aus Distanz; Brecht wird nicht bedrängt. Später sitzt man als kleines Grüppchen bei einem Bier: Brecht, Weigel, Giehse, die dankbare Buchhändlerin, die für die Lesung nicht viel zahlen kann, das Übliche, hundert Franken; Brecht scheint ganz zufrieden.

BERTOLT BRECHT

(1898–1956)

Puntila und sein Knecht Matti im Schauspielhaus

10. 6. 48

PUNTILA UND SEIN KNECHT MATTI im schauspielhaus inszeniert, assistiert von hirschfeld. anfangs befürchtungen wegen steckels vitalität; er stürzt los mit der wucht eines tanks und der empfindlichkeit einer mimose. unter benutzung alter kredite und vermittels [eines] rapid entworfenen grundarrangements, das die schauspieler entfesselt, wurde die diskussionszeit auf etwa 3 minuten in 4 wochen reduziert. das ist wichtig. da sich die gewissen neuerungen (der ersten phase: natürlichkeit, soziale charakterisation, epische »kisten«, klare erzählungen der geschichte usw) nur praktisch, durch ausprobieren, erzielen lassen. schwieriger als mit den schauspielern steht es mit dem veralteten beleuchtungsapparat, mit dem die bühne nicht gleichmäßig stark beleuchtet werden kann, so daß man mit scheinwerfern die gesichter herausleuchten muß; die während der aufführung von ruth gemachten fotos zeigen, wie das scheinwerferlicht die gesichter dann förmlich ausblendet, was das zuschauen anstrengend macht. der bühnenmaler teo otto ist ein begabter neherschüler. wiederaufgenommen habe ich nehers trommeln-in-der-nacht-mond der münchener aufführung; vor die als hintergrund benutzte große wand aus birkenrinde wurden, wie firmenschilder gemacht, enbleme von sonne, mond und kleinen verschiedenen wölkchen gehängt (gemacht aus messing oder lackiertem holz), und die wand wurde für die tage stark, für die nächte schwach beleuchtet (natürlich niemals mit gefärbtem licht). das ist eine lösung für landschaft.

HANS MAYER

(* 1908)

Schweizer Exil

Durch Kurt Hirschfeld bekam ich Karten für das Schauspielhaus Zürich, wann immer ich darum bat. Überhaupt hatten die Leute vom Schauspielhaus vielfältige Beziehungen zu den anderen Emigranten. Es kam ihnen nicht in den Sinn, sich als Privilegierte oder gar als »halbe Schweizer« aufzuspielen. Weshalb ich keine Schwierigkeiten hatte, eine Freikarte für die *Uraufführung von »Mutter Courage und ihre Kinder«* zu erhalten. Hirschfeld war mein Lektor; Emil Oprecht war der einflußreiche Präsident des Verwaltungsrates, und er war mein Verleger, auch wenn das vorerst noch Papier bleiben mußte. Die Aufführung vom 19. April 1941 kann ich noch aus der Erinnerung beschwören. Erst an jenem Abend wurde ich für Brecht gewonnen. Der hatte mich früh schon »befremdet«: etwa mit der Berliner Aufführung von »Mann ist Mann«. Freilich: die »Dreigroschenoper«

war herrlich; ich konnte alle Songs gut vortragen und mich selbst dabei begleiten. Das war zuerst ein Erfolg gewesen bei unseren bürgerlichen Festivitäten, später bei den sozialistischen Studenten, besagte aber nicht allzuviel. Die Gedichte der »Hauspostille« freilich, das war für mich der eigentliche Brecht. Ihm selbst hatte man mich einmal in Berlin im Jahre 1931 kurz vorgestellt. Er reagierte unwirsch, als ich die »Hauspostille« erwähnte. Später habe ich ihm das berichtet. Er wußte nichts mehr davon; jener junge Jurist und ketzerische Kommunist war nicht beachtet worden.

Der Stückeschreiber der »Mutter Courage« aber wirkte ganz anders auf mich. Dies war große dramatische Form; es handelte sich unzweifelhaft sowohl um episches wie um politisches Theater, doch hatte sich die Beziehung zur Tradition verändert. Kein Entlarvungsspiel mit Denk- und Sprachrequisiten von Goethe oder Hölderlin, wie in der »Heiligen Johanna der Schlachthöfe«. Diese Chronik aus dem Dreißigjährigen Krieg war wirklich eine, die Sprache glitt mühelos zwischen Alt und Neu, und war doch unverkennbar Diktion von Brecht. Sogar Emotionen wurden nicht ausgespart.

Freilich haben wir an jenem Abend in Zürich offensichtlich eine höchst anfechtbare Aufführung ertragen müssen, wie der zornige Brecht im fernen Helsinki den Kritiken der schweizerischen Presse zu entnehmen glaubte. Hirschfeld als verantwortlicher Dramaturg mußte Rechenschaft ablegen. Er hat mir davon erzählt. Am schlimmsten war offenbar, daß Schauspieler und Zuschauer auf das fortschrittliche

Gerede der Titelgestalt hereinfallen konnten. Die Courage eine tragische »Niobe«, wie ein Kritiker gerühmt hatte? Das fehlte noch! Dies Vorurteil hat Brecht nicht ruhen lassen. Er formulierte später im Gespräch mit Friedrich Wolf: es interessiere ihn nicht, ob die Courage »sehend werde«, also ihre Umwelt begreife. Der Zuschauer solle sehen. Wenn er sieht, daß die Courage nicht sieht.

Damals in Zürich stand Therese Giehse auf der Bühne. Auf Wunsch von Brecht schrieb ich 1950 für den Band »Theaterarbeit« des Berliner Ensembles eine Erinnerung an die Züricher Gestalten der Giehse, also auch an diese erste Courage. Die Musik hatte Paul Burkhard geschrieben: leichte Anklänge an Weill, auch an deutsche Volkslieder. Die Songs als Teil der Handlung, so daß eine musikalische Dramatik bisweilen überhand nahm. Aber so sehe ich das heute: beim Reflektieren über jenen historischen Theaterabend. Natürlich konnte man viele Rollen nicht deckend besetzen: das Ensemble war klein und arm. Wolfgang Langhoff mußte sich den jungen und brutalen Eilif erspielen; der kluge Paryla war ganz gewiß von sich aus kein tumber Schweizerkas. Dennoch war das eine ergreifende Aufführung in Lindtbergs Regie und im Bühnenbild von Teo Otto. Und die Giehse wurde, etwa im Lied von der Großen Kapitulation, niemals übertroffen: auch nicht von sich selbst in der viel »richtigeren« Interpretation, die sie mit Brecht erarbeiten konnte.

RETO HÄNNY

(* 1947)

Wir sind die Kulturleichen dieser Stadt

WIR SIND DIE KULTURLEICHEN DIESER STADT; ein kleiner bunter Zug, keine 200 Leute, zog in den Abendstunden des 31. Mai vom Bellevue Richtung Opernhaus, Seifenblasen blaternd, singend lärmend – man konnte dies alles sehen, in einem vom Erziehungsdirektor dann kurzerhand verbotenen Film des Ethnologischen Seminars; um Stämme, bedrohte Minderheiten zu filmen, um mit Randgruppen zu arbeiten, braucht man nicht mehr nach Neu Guinea, in den tiefsten Urwald, im Dschungel der Städte sind sie leichter zu finden –; auf den Transparenten die Wut auf eine verkehrte Kulturpolitik: so begann, Ende Mai, was vielen zum UNVERGESSLICHEN OPERNABEND werden sollte, was im Laufe des Sommers dann aber immer weitere Kreise zog: es brach auf, wurde sichtbar, was über Jahre hin sich angestaut hatte. Die Wut hat eine lange Geschichte.

Als Beitrag zum Abstimmungskampf um einen – inzwischen vom Volk oder der immer verschwindenderen Minderheit, die sich noch an die Urne bequemt, gutgeheißenen – 61-Millionen-Kredit für den Umbau des Opernhauses war die Demo geplant worden, aufgerufen hatte die Aktionsgruppe Rote Fabrik (ARF), eine Vereinigung engagierter Kulturorganisationen wie »Rock als Revolte«, »Freaks am Friitig«, die mit Forderungen nach mehr und erschwinglicherer Alternativkultur, nach Räumlichkeiten für Jugendliche und Kulturschaffende in letzter Zeit mehrfach an die Öffentlichkeit zu treten versucht hatten, kaum angehört (Räumlichkeiten fordernd unter anderem in der Roten Fabrik – so genannt der roten Backsteinfassade wegen –, in einem Gebäudekomplex, einstmals im Besitze von ITT, der laut einem nun bereits drei Jahre zurückliegenden Volksentscheid in ein Kultur- und Begegnungszentrum umzuwandeln wäre), und die sich, in Provisorien zwischendurch kurze Zeit vertröstet und mit leeren Versprechen gefüttert, nun mal anders Gehör verschaffen wollten: für einmal sollte das Opernpublikum eine halbe Stunde lang vor besetzten Türen auf seine Kultur warten und sich die Anliegen der Andern Kultur anhören müssen. Was friedlich, durch Gags aufgelokkert, geplant, eine kleine Minderheit allenfalls zu Gewalt entschlossen, war von kurzer Dauer: Polizeieinheiten, mit Schlagstock und Schild gerüstet, aus dem Innern der Oper stürmend, setzten brüsk einen Punkt hinter die Diskussion; der Weg in die Hallen war garantiert, das Publikum konnte, wohlbeschützt, nur leicht verspätet endlich zu den teuren Plätzen kommen, einige Roben mußten anderntags, von Wurfgeschossen wie Eiern und Tomaten und Spucke verdreckt, in die Chemische Reinigung gebracht werden, auf Kosten des Hauses, entschuldigte sich der Direktor; deplorable Zustände; »Wenn die alternative Kultur so auf tritt, ist sie für uns keine Alternative«, begrüßte der Opernhausdirektor unter Beifall sein Publikum.

Gewalt eskalierte. Derweil der Stadtpräsident nur einige hundert Meter weiter in der Tonhalle die Zürcher Junifestwochen eröffnete.

Eine der Schwächen unserer Gesellschaftsordnung, erfährt man aus der Zeitung, könnte darin gesehen werden, daß uns die positiven Leitbilder abhanden kämen, hätte der Stadtpräsident gemeint. Nach der Ansprache spielte das Orchester im, wie es heißt, wiederum aufs schönste geschmückten Tonhallesaal »Till Eulenspiegels lustige Streiche«. »Die Prominenz feierte – und draußen tobte die Straßenschlacht«, »Von der Seifenblase zum Pflasterstein«, titelte anderntags ein Boulevardblatt.

Kulturen prallten offen aufeinander; Junifestwochen einmal anders: Bellinis »Sonnambula« und ähnliches exquisit mit teurer Tödlichkeit ausgestattet im Plüsch, Jango Edwards Road-Show auf dem Paradeplatz, Fantasie auf der Straße. Und Gewalt. »Der Stadtrat hätte die Gelegenheit gehabt, politisch zu handeln. Nun hat er provokativ reagiert. Nach allem, was passiert war, hätte es Politiker gebraucht, die gesprächsbereit sind«, betonte nach der ersten Scherbennacht in einem Interview ein Kantonsrat der SP, der zu vermitteln suchte. Aber der Knüppel hat keine Ohren, die Sprache des Knüppels, in Communiqués niederschlagend, ist objektiv: kopflos.

Sündenböcke müssen her. Erschreckend, wie Stellungnahmen von Politikern und Behörden zu den Ereignissen von 1968 und 1980 sich ähneln.

Und um Sündenböcke ist man wiederum nicht verlegen, wer zu vermitteln versucht, wird von der Gewalt der Gewalt bezichtigt.

»Es ist deshalb alles daran zu setzen, die Drahtzieher und Organisatoren zu demaskieren, es ist mit aller Härte und jedem geboten erscheinenden Mittel gegen die Landfriedensbrecher vorzugehen. Die Zürcher Polizei kann auf die Solidarität der SVP zählen. Ebenso schuldig sind diejenigen, die vom Schreibtisch aus politisch Andersdenkende laufend verunglimpfen« – (tatsächlich, doch eine unfreiwillige Weisheit wohl, dieser Satz) –; »man kann, wenn dann die Drachensaat in der Gosse aufgeht, seine Hände nicht in Unschuld waschen wollen und sich von den Gewalttaten distanzieren, die ihren Ursprung in der permanenten Hetze linker Politdemagogen haben« – GEHT EINMAL EUREN PHRASEN NACH BIS ZUM PUNKT, WO SIE VERKÖRPERT WERDEN; BLICKT UM EUCH, DAS ALLES HABT IHR GESPROCHEN. Wenn es so weitergeht, und Anzeichen gibt es genug, sind wir bald einmal bei den widrigen Zuständen angelangt, die aus der Geschichte bekannt sein sollten, die logischen Folgen sind Bürgerkrieg, schlimmer noch: Lynchjustiz – und was ihr dann seht, ist nicht mehr zerschmettertes Glas, nein, brennende Bücherhaufen, rauchende Öfen. Eingebrannt ins Hirn sehe ich Bilder aus Truffauts Film »Fahrenheit 451«. Noch ist es nicht soweit; zuviel, das wir nicht »hoch genug schätzen und nicht zäh genug verteidigen« können, steht auf dem Spiel, mehr als nur verfassungsrechtlich garantierte Freiheiten, auch die Garantie der Freiräume, rücksichtsloser Humor, radikale Fantasie, ohne die es keine Veränderung geben kann – sollte dies alles mal nicht mehr möglich sein, beherrscht smalltalk die Szene, und die schönsten Utopien, zusammen mit zu Klassik zerquetschtem Gut voll verschütteter Sprengkraft, können in Schweinsleder gebunden auf den Bücherborden der Macht verrotten.

Und doch darf es nicht drum gehen, die Macht zu dämonisieren, zu einem Monster, einer übermächtigen allesbeherrschenden Instanz. Ganz im Gegenteil, selbst wenn einem das Gebrüll aus Ratsaal und Zeitungsspalten, als öffentliche Meinung deklariert, schon auf die Nerven gehen kann. Denn die Macht ist nicht so sehr etwas, das jemand für alle Zeiten besitzt, kein erratischer Block, vielmehr etwas, was sich entfaltet, vielfältigst aufgeteilt; »nicht so sehr das erworbene oder bewahrte ›Privileg‹ der herrschenden Klasse, sondern vielmehr die Gesamtwirkung ihrer strategischen Positionen – eine Wirkung, welche durch die Position der Beherrschten offenbart und gelegentlich erneuert wird«. Wollte man sie beschreiben, müßte man »mit der Hartnäckigkeit des Spähers« bereit sein, »im Detail auf der Stelle zu treten und auf Kleinigkeiten zu achten«; nicht einzig auf vorgeschobene, zu Brutalität sich hinreißen lassende Statisten und auf den Geschoßhagel, der einen Hagel aus der Gegenrichtung provoziert; nein, genauso und viel perfider zeigt sich die Gewaltmaschinerie in der Sprachhandhabung, besonders schön deutlich in der Kunst des Sperrdrucks, beispielsweise in der NZZ, deren Lokalteil zum Hetzblatt zu verkommen scheint. Und diese Maschinerie ist verletzbar, ist störungsanfällig, an den Oberflächen wie von unten her, ob im öffentlichen Diskurs oder durch spielerische Vereinnahmung und Verballhornung, mit Fantasie statt Ideologie, wie die aufgebrochene Unruhe rasch zeigte; vielleicht gerade deshalb, weil diese Opposition von keiner starren Theorie, die sich gewandt schubladisieren ließe, von keinen Rädelsführern, nach denen man zwar krampfhaft sucht, und keiner hierarchischen Organisation zusammengehalten wird, »fürchten die Politiker sie wie der Teufel das Weihwasser; denn diese Minderheit ist lautstark, hartnäckig und schwer aufs Kreuz zu legen, und ich glaube nicht, daß es ein Mittel gibt, um sie in absehbarer Zeit zum Schweigen zu bringen«.

Aber man versuchts. Was nach immer neuen Demonstrationen und zähen Verhandlungen den Jungen übergeben worden war, eine lottrige Liegenschaft, die sie mit mehr Idealismus als Geld ausbauten und weiter aufzubauen planten, wird ihnen (wieder) weggenommen, Kreisen, unter anderem der SP, die sich vermittelnd für die Anliegen der Jungen einsetzten, dreht man den Strick, – und man weiß genau, daß es wieder Schlamassel gibt, Rabatz, Meis. (Der Kriminalität hat man einen Riegel geschoben, meint man, Drogenprobleme sind gelöst: Fixer können wieder versteckt in irgendeiner Toilette draufgehen.) »Die Entwicklung der letzten Tage hat den Eindruck verstärkt, daß jene Elemente, welche Krawall und Auseinandersetzung suchen, die Oberhand gewannen«; tatsächlich: gegen den Strich gelesen. Es herbstet. –

MAX FRISCH

(1911–1991)

Protokoll

Meine jüngste Tochter ist dabei gewesen, aber nicht verprügelt und nicht verhaftet worden. Sie sagt: Es war ein Plausch, alle ganz fröhlich, man saß mitten auf der Straße (Bellevue), das war der Plausch.

EINS ZWEI DREI, GLOBUS FREI! Der Ruf der Jugendlichen vor dem ehemaligen Warenhaus GLOBUS, das leer steht. Ein behördlicher Anschlag: »Wer unrechtmäßig in dieses Gebäude eindringt oder dazu anstiftet macht sich strafbar.« Ein solches Eindringen ist aber nicht geplant, hingegen eine Demonstration vor dem Gebäude, Kundgebung des Protestes, weil es mit dem geforderten und von den Behörden versprochenen JUGENDZENTRUM nicht vorangeht. Polizei auf Pikett. Was die Demonstranten nicht haben erwarten können: die Polizei sperrt das Trottoir vor dem Gebäude, wo sie sich versammeln wollen, dadurch werden die Demonstranten auf die Fahrbhn gedrängt. Verkehrsstörung. Die Polizei (Dr. R. Bertschi) verlangt Abzug in wenigen Minuten, was selbst bei gutem Willen nicht möglich ist; auch kommt der eigene Ordnungsdienst nicht gegen die stärkeren Lautsprecher der Polizei an. Es entsteht Unwillen. Einsatz der Polizei nach Plan, Einsatz von Wasserwerfern, Gegenwehr mit Pflastersteinen und Bierflaschen und Holzlatten, Einsatz von Knüppeln, Verhaftungen, Verletzte auf beiden Seiten. Verhaftete werden in den GLOBUS-Keller verbracht, wo sie, auch wenn sie keinerlei Gegenwehr leisten, nochmals mit Knüppeln zusammengeschlagen werden, Ohnmächtige bekommen Fußtritte in die Hoden. Ein Polizist findet, ein Verwundeter müßte ins Spital gebracht werden; sein Kamerad in Uniform: Der Sauhund soll verrecken. Später auf der Hauptwache werden die Verhafteten neuerdings mit Knüppeln empfangen. Strafvollzug durch Polizei.

Tod eines Kindes. Schlagzeilen und Meldungen der ersten Stunden geben den Demonstranten sofort die Schuld, daß ein sechsjähriger Knabe in einem Krankenwagen gestorben ist. Folge der Verkehrsstörung. Erst nach drei Tagen muß Stadtrat A. Holenstein die verbreitete Empörung etwas dämpfen: »Die Darstellung, die man im Fernsehen und in verschiedenen Zeitungen sehen konnte, war übrigens falsch … Der Fahrer sagte aus, daß er durch diesen Umweg fünf bis acht Minuten langsamer gewesen sei … Ich möchte aber noch einmal betonen, daß der Tod dieses Kindes nicht ohne weiteres den Demonstrationen zugeschrieben werden kann.«

In der ersten Sondersitzung des Stadtrates erwägt Stadtpräsident Dr. Sigmund Widmer, ob man Militär einsetzen soll.

Die Jugendlichen (Studenten, Mittelschüler, Lehrlinge) wollen eine Vollversammlung einberufen, um die Situation zu diskutieren. Sie bekommen keinen Saal dafür von der Stadt. Auch Wirte, die über Räumlichkeiten als Eigentum verfügen, verweigern sie den Geächteten. Schließlich bekommen sie das VOLKSHAUS unter der Bedingung: 10 000 Franken Garantie für allfälligen Sachschaden. Wir garantieren mit drei Schecks. Teach-in, sie hocken auf dem Boden, Diskussion bis Mitternacht, dazwischen Gitarren, dann putzen sie den Saal, gehen nachhause. Die städtischen Detektive auch. Kein Stuhlbein ist zu bezahlen.

Jugendliche (mit Bärten) berichten, daß Polizisten eine Woche vor dem Krawall zu ihnen gesagt haben: Wartet nur, am nächsten Samstag bekommt ihr's! Man hat ihren Krawall programmiert.

Ein Student namens Thomas Held, bekannt als Srecher der FORTSCHRITTLICHEN STUDENTENSCHAFT ZÜRICH, nicht verhaftet, da er sich keines tatsächlichen oder angeblichen Hausfriedensbruchs schuldig gemacht hat, wird sofort aus seiner Lehrerstelle entlassen; eine anonyme Morddrohung nötigt ihn zur Zeit, sich zu verstecken.

Beim Sammeln von Unterschriften (ZÜRCHER MANIFEST) oft die Antwort: Ich bin vollkommen einverstanden, aber das kann ich mir nicht leisten, ich bin Staatsangestellter / ich bin Assistent / ich bin Redaktor / ich bin beim Fernsehen usw.

Die Polizei erscheint jetzt in Zivil. Wenn auf der Bahnhofbrücke fünf Leute zusammenstehen, sagt ihnen ein Detektiv, was sie zu tun haben: verschwinden. Eine kleine Gruppe, die verspricht, daß sie keinerlei Widerstand leisten wird, versucht einen Marsch in einer Gegend, wo dadurch keinerlei Verkehrsstörung entsteht; sie lassen sich von Detektiven sofort ihre Transparente abnehmen.

Ein Zivilist, der auf die Hauptwache kommt, wird niedergeknüppelt; danach weist er sich als Rechtsanwalt aus, Automobilist, der seine Park-Strafe bezahlen will.

Ein Lehrling, der nicht dabei gewesen ist, hat seine langen Haare zu schneiden, wenn er die Stelle behalten will.

Verhaftete, die verhört werden, haben nicht das Recht, die Vorgänge nach ihrer Wahrnehmung darzustellen; sie haben lediglich auf die gestellten Fragen zu antworten: ob sie einer Vereinigung angehören, einem Club usw.

Eine junge Bühnenbildnerin kam von Frankfurt, wußte von nichts, als sie beim Hauptbahnhof in die Wasserwerfer geriet, lief weg, wurde von drei Polizisten niedergeknüppelt und in den GLOBUS-Keller geschleift; dort Schläge mit dem Knüppel zwischen die Beine.

Ein ausländischer Student sofort abgeschoben: ohne Untersuchung, was er wirklich geetan oder nicht getan hat.

Ärzte bestätigen, daß zahlreiche Verletzungen, die sie zu behandeln haben, »sicher nicht im Handgemenge entstanden sind«, sie sind zu erklären nur aus »systematischen Prügeln«. Der Chef der Kriminalpolizei, Dr. Hubatka, bestreitet gegen Augenzeugenbericht, daß er bei Mißhandlungen daneben gestanden hat, ohne Einhalt zu gebieten.

Ein erwachsener Zivilist (aber in kurzer Hose, da er gerade von seinem Segelboot kam) mischte sich auf der Quaibrücke ein, als ein jugendlicher Demonstrant, der bereits auf dem Boden lag, mit Fußtritten in alle Körperteile behandelt wurde; er wollte die Namen der betreffenden Polizisten wissen, wurde mit Knüppeln niedergeschlagen und ebenfalls auf die Hauptwache gebracht, wo er sich später als Arzt auswies.

JÜRG FEDERSPIEL

(* 1931)

Der Sprayer

Seit Anfang 1977 wurde die Stadt Zürich von einem Künstler, im Volksmund *Sprayer* genannt, heimgesucht: gespenstische Kobolde mit kühnem, elegantem Strich auf leere Wände mit ungemischten Farbtönen gespritzt: Fische stolzieren auf Füßen aus einer Vagina; Argusaugen auf Luftschutztüren; Briefkästen besitzen plötzlich über Nacht gespritzte Arme und Beine; blaue Schlangen schleichen aus Kellereingängen herauf, und Augen, immer wieder Augen; ein Auge hat eine Hand, die um eine Hausecke tastet, drohend und neckend zugleich; Toiletteneingänge, über welche eine lüsterne Schlange schleicht; Feuerschaumlöscher als Corpus eines Feuerteufelchens; Geisterchen, die sich in die Ecke drücken, um zu erschrecken, und Skulpturen, denen er ihre Blöße zu verdecken hilft; Zwerge, deren Hände wie Königsszepter aussehen, mit einer Zielscheibe statt eines Herzens; Würmer, die endlich ihr wahres Gesicht zeigen; Spinnen, die ihre eigene Häßlichkeit erkannt haben und sich verkriechen wollen; fitzige Kerlchen, die den Treppensteiger begleiten; und immer wieder Frauen (früher oft Weiber genannt), primäre und sekundäre Sexualsubjekte (früher Sexualobjekte genannt). Bis zur Verhaftung des *Sprayers* (mit bürgerlichem Namen Harald Naegeli) am 13. Juni 1979* war der Künstler ein *zweijähriges* Tagesgespräch, denn zahllose gespritzte Figuren und selbsterfundene Symbole, die zuweilen an die Geheimzeichen der Zigeuner erinnern, schmückten (so sagten die einen), verunzierten (sagten die andern) die Stadt Zürich.

Es gibt eine genaue Zahl, nämlich die Zahl 1001, die für jene Nächte steht, während derer Harun al

* Der Sprayer hatte sich erwischen lassen. Er wollte, wie er selber sagte, gefaßt werden. Ohne präzise Schuld – kein Ruhm. Eine Wand in der ETH-Nähe gefiel ihm besonders, und dem eifrigen Übertüncher gefiel sie auch. Der Sprayer war, wie alle Sünder, müde geworden. Tausend und eine Nacht hatten ihn erschöpft.

Raschid sich sein Bagdad erzählen ließ. Harald Harun – um es so zu sagen – befriedigte seine Unlust wie jener, nachts versteht sich, und auch er durfte nicht erkannt werden.

Bald gab es Sprayer-*buttons* zu kaufen, bevorzugt von Gattinnen der originellen, kleingeldverdienenden, bekannten Graphiker-, Photographen- und Art Directors-Gesellschaftsschicht mit Klassenbewußtsein; die Sprayer-Gegner waren vor allem die Mauer- und Hauswandbesitzer, die ihr Eigentum verunglimpft sahen. So eine Dame in einem Leserbrief an den Zürcher »Tages-Anzeiger«: »Ich finde es empörend, daß sich in dieser Angelegenheit unser Herr Stadtpräsident wohlwollend geäußert haben soll. Was der Sprayer tat, war ein Vergehen, ein Delikt. Es geht nicht darum, ob die Zeichnungen schön sind oder nicht, sondern allein um das Gesetz und gleiches Recht für jeden Bürger. Bitte mehr Gerechtigkeit, meine Herren ... *Eine Verehrerin der echten Kunst*« ...

Sie hat natürlich recht, was das Delikt betrifft; aber was ist echte Kunst?

Eine Schweizer (oder deutsche oder französische) Antwort wäre: *Kunst ist dort echt, wo sie hingehört*: Ins Museum, ins Eigenheim. Ja, aber *wer* bestimmt, daß sie dorthin gehören darf? Die Keller der Schweizer Museen, und wohl auch des Louvre, sind vollgestapelt mit Kunstwerken, die ein Kellerasselndasein führen. Zu Recht? Zu Unrecht? Das Wort am Samstagabend und die Kunst am Sonntagmorgen?

Was die anonyme, leserbriefschreibende Dame auszeichnet, ist wohl dies: Es geht nicht um Qualität. Und sie ist keine Kassandra, wenn sie interpretiert:

Nun werden Nachahmer folgen. Ein anderer, ein kunstloser Manierist, hat mit (groben) blaugespritzten Visagen die Nachfolge bereits angetreten.

Doch der Original-Sprayer, Harald Naegeli, hat nichts gegen ihn. Im Gegenteil. Warum sollte er? Der Qualitätsunterschied wird so definierbar.

Herbst, die Blätter kleben gelb und rot auf dem verregneten Asphalt. (Hat jemand etwas gegen Naturbeschreibung?) Der Sprayer, heute vierzig Jahre alt, lebt in einem zerfallenden Haus am Zürichberg. Bäume überschatten den Pflastersteinvorhof und schützen vor dem Anblick architektonischer Trostlosigkeiten mit fast unerschwinglichen Mieten; Zürich gehört zu den teuersten Städten zumindest Westeuropas. Geräte liegen herum, Werkzeuge, ein Bruder ist Schreiner. Ein paar Steinhaufen sind zu sehen, und als ich später frage, was die Steinhaufen zu bedeuten hätten, zuckt er die Schultern und lacht. »Steinhaufen. Einfach Steinhaufen.«

»Ein Hund bellt. Er kann nicht lesen. Er kann nicht schreiben« (Ringelnatz) – ich möchte nicht bleiben. Eine Stimme fragt, wer da sei, beruhigt dann den Beller und jemand öffnet, zögernd zuerst und dann großzügig, weitzügig die Haustür. Wir schütteln uns die Hände, ich rede von meiner Hundephobie, er lacht, fragt, was ich trinken möchte. »Kaffee oder lieber etwas Stärkeres? Sie sehen so aus, als hätten Sie lieber etwas *Stärkeres*.« Aha. Der fromme Amateur-Alkoholiker schüttelt den Kopf: »Kaffee, gerne.«

Der Sprayer bringt mir – als eine Geste der Höflichkeit – einen Becher mit Rahmeis, eine Flasche Vermouth (*Stärkeres* nennt er das, nicht ahnend, daß

Schwächeres dieser Art mir fast Übelkeit verursacht. Nun ja). Er geht wieder hinaus, um Wasser für den Kaffee zu kochen. Ich schaue mich um. Ein vergessenes Bühnenbild eines Strindbergstückes, auf den ersten Blick; und dann meine Freude über das verstaubte, abgewetzte Polster einstiger Großbürger, durchfurzter Plüsch, vom Zahn der Zürcher Zeitlosigkeit gebleichte Vorhänge, ein Blüthner-Flügel, den die Nachkommen Steinways nicht einmal anpinkeln würden (das Instrument ist zweifellos mit absolutem Musikgehör gestimmt); ein Stück Silbertapete; zwei mürrische Siamkatzen; anderthalb Meter Meyer's Konversationslexikon von 1906; ein Kamin, mit Pappschachteln gefüllt, zerschlissene Orientteppiche.

Ich fühle mich wohl. Wenn man die Monstrositäten seiner Ahnen benutzt und *braucht*, bekommen sie erst ihren Stil und Wert. Modern ist die Collage, die ich mit einem Spoerri verwechsle, sie stammt aber von Tapies. Der Sprayer selber baut und klebt Collagen, einige der besten stammen aus den sechziger Jahren. Auf dem Notenständer sehe ich ein Musiknoten-Gebilde, Schönberg, Klavierstück Opus 33; auf dem Boden liegt ein zerfleddertes Buch von Jürg Laederach. »Ich mag seine quecksilbrige Sprache«, sagt er später und deutet dann mit dem Finger auf zwei meiner Bücher hin, sie liegen lesebereit da, er murmelt etwas und bittet, nicht zu rauchen. Mein sogleich folgender Raucherhustenanfall gefällt ihm wohl: Ich gehe für ein paar Stunden der Besserung entgegen.

Worüber werden wir reden? »Sie schreiben so … ich weiß nicht … manchmal so provokante Sachen

…« Der Sprayer hält inne, denn ich muß lachen. Er begreift und grinst mit. Wir wollen ja über *seine* Fähigkeit des Provozierens reden. (Rasch zurück zu Hürlimann, dem Stifter des Brandes der Telefon-Zentrale Zürich-Hottingen: nach der ersten Begegnung beklagte sich Hürlimann bei einem gemeinsamen Bekannten über meinen Zigarettenverschleiß und die damit verbundene Qualmerzeugung – natürlich bin ich entzückt über solche Allzumenschlichkeiten.)

Der Sprayer hat den Kaffee gebracht, gießt die Tassen voll, – Milch? Zucker?

In den oberen Stockwerken quietschen in fast regelmäßigen Abständen Türen, und manchmal wird eine zugeknallt.

Ich beginne von seinem Buch zu reden, von der Sammlung seiner *Sprayereien*.

Er bereue diese Veröffentlichung eigentlich schon, bemerkt er.

»Meine Bilder sollen wieder verschwinden, übermalt werden. Das ist richtig. Jetzt gibt es schon Leute, die …«, er zögert. Ja, Leute, die ihn feiern. Beifall von der falschen Seite, bemerke ich, er ist einverstanden. Der *Art Directors Club* von Zürich hat ihm einen 20 000-Franken-Preis angeboten; er lehnte ab. Ob der Art Directors Club auch einmal Heinrich Heines »Belsazar« gelesen hat? Wohl kaum.

Und wenn das Beispiel Schule macht, frage ich, was dann?

»Das Beispiel *soll* Schule machen«, antwortet er ohne zu zögern. »Es soll die ganze Stadt erfassen, nein, das ganze Land!« Ob er, Gerüchten zufolge, im Tessin schon gesprayt habe?

Er habe überall Nachahmer, bemerkt er, es sei bloß schade, daß sie ihn *nachahmen*, statt etwas Neues zu spritzen.

Die erste Frage meiner Bekannten, als ich von meinen Besuchen beim Sprayer erzählte: *Wie sieht er aus?*

Ja, wie sieht er aus? Hager, großgewachsen, eine Spur Raskolnikoff in den Gesichtszügen, nachlässig gekleidet, ein Hauch von Landadel, stubenhockerische Hautfarbe (er ist Nachtarbeiter), Sensibilität mit einem Anflug von Neurasthenie. Sein Lachen, das immer unerwartet kommt, hat Kraft, es kommt von innen.

Wer sind die Leute, die in dieser Stadt wohnen? (Ich bin nicht sicher, ob ich die Frage genauso gestellt habe.) »Die Leute sind vereist, total vereist.« Vereist?

Ein Hörfehler: »Vergreist. Vergreiste Leute, die Macht ausüben.«

Eigentlich möchte aber *er* zuerst Fragen stellen. Gut. Ich nicke.

»Was bezwecken Sie mit der Geschichte, die Sie schreiben wollen?«

Ich versuche, eine Art Porträt eines *anderen* Zürichs zu zeichnen, unter dem Titel: »Drei Widerstandskämpfer«.

Der Sprayer lacht.

»Und wer sind die beiden anderen?«

»Fritz Zorn alias Angst, und Hürlimann.«

»*Bundesrat Hürlimann?*«

»Nein. Erinnern Sie sich an den Brand der Telefon-Zentrale Hottingen 1968?«

»Hürlimann, Hürlimann, – was hat er getan?«

»Er hat sie angezündet«, antworte ich.

»Ist nicht wahr!« Der Sprayer stößt einen Lachschrei des Entzückens aus und haut sich vor Vergnügen aufs Knie. Dann muß ich ihm die Geschichte erzählen, und er hört nachdenklich zu; kommentiert nicht.

»Naegeli, Hürlimann, Angst (Fritz Zorn) sind alles alte Zürcher Namen, nicht wahr?« Er nickt, lacht, schenkt wieder erkaltenden Kaffe ein; – er möchte jetzt nicht über sich reden.

PETER WEBER

(* 1968)

Der Hauptbahnhof

Der Hauptbahnhof Zürich wurde um die Jahrhundertwende, als sich die Stadt stürmisch entwickelte und bereits über hunderttausend Einwohner zählte, von derselben unaufhaltsam eingewickelt. Der Hauptbahnhof Zürich, der im ausklingenden neunzehnten Jahrhundert zunehmend mit der Stadt in Berührung gekommen war, in dessen Sog- oder Strahlenbereich die Bahnhofstraße, das Bahnhofsquartier, das Industriequartier, das Arbeiterquartier geplant wurden oder sich ergaben, erschwerte im anbrechenden zwanzigsten Jahrhundert die Verbindung vom Industriequartier, das bis achtzehnhundertdreiundneunzig zur eigenständigen Gemeinde Außersihl gehört hatte, nach

Außersihl. Der Hauptbahnhof Zürich formt seither zwischen den Stadtkreisen vier und fünf einen eigenen, den unabhängigen Kreis Gleis aus.

Der Hauptbahnhof Zürich wurde neunzehnhundertdreiunddreißig für die geplante Landesaustellung erweitert, die Geleise wurden aus der Wannerschen Halle entfernt und in eine neue Bahnhalle verlegt, die direkten Ausgang zum Bahnhofsplatz hatte und teilweise über der Sihl lag.

Der Erweiterungsbau des Hauptbahnhofs Zürich konnte fünfzehn Geleise aufnehmen.

Der Hauptbahnhof Zürich veränderte sich in den folgenden Jahrzehnten praktisch nicht mehr, blieb fünfzig Jahre lang dieselbe gutmütige, alte Dame, die unter ihrem Rock verkehren ließ, blieb fünfzig Jahre lang dieselbe breitbusige, saumgekleidete alte Dame mit zu weitem Ausschnitt. Die etwas bullige alte Dame verkam, seit das Kopfperron und die neuen Gleishallen in Betrieb waren, mehr und mehr zu einem Mädchen für alles. Unter dem weiten Rock des Mädchens für alles nisteten sich Dienstleistungen jeder nur erdenklichen Art ein: Gepäckaufbewahrung, Ruheräume für das Zugpersonal, das Büro des Verkehrsvereins, die Telefonzentrale, verschiedene Bahnhofbuffets, Sexkinos, Stundenhotels, Coiffeursalons, Swissair Terminals. Unter dem altmodischen Rock des Mädchens für alles staute sich aus mehreren Gründen einiges an. Die ehemalige alte Dame sollte in den siebziger Jahren abgebrochen und durch einen Hochhauskomplex ersetzt werden, weil ohne historischen Wert. Das Mädchen für alles im abgetakelten, ausgeriffelten, zunehmend zerknitterten und zerfransten Alte-Dame-Kleid wurde mit Provisorien vorderhand auf Trab gehalten. Das Mädchen für alles wurde aufgehurt, in die unterschiedlichsten Korsette gezwungen und schön auf Trab gehalten, so daß es weiter geschwängert werden konnte.

Der geplante und an allen Ecken und Enden angezettelte Hauptbahnhof Südwest soll in Anzahl und Umfang beschränkten Anlagen für Autozubringer, Kurzparkierer, Taxi- und Park- and Ridekunden bringen. Der projektierte Hauptbahnhof Südwest wird mit einer vollwertigen zweiten Umsteigeachse das Publikum aus den Kellergängen heraus wieder an die Oberfläche bringen. Der knapp und vor allem von der in entfernteren Sadtteilen wohnenden Bevölkerung gutgeheißene Hauptbahnhof Südwest wird in verschiedenen Etappen gebaut werden, bringt erneut sechs Geleise mehr und macht den Sackbahnhof mit vier Geleisen der S-Bahn unter der Museumsstraße zum Durchgangsbahnhof. Der neue HB Südwest soll den in fünfzig Jahren aufgestauten Bedarf decken und die öffentlichen Verkehrsmittel wieder konkurrenzfähig machen. Der neue HB Südwest löst alte Knoten. Der neue HB Südwest wird über dreihunderttausend Personen pro Tag bewältigen können und wird den Stadtkreisen vier und fünf, die seit den fünfziger Jahren massiv an Einwohnern verloren haben, erheblichen Zuwachs an modernen Neuwohnungen bescheren. Der neue HB Südwest ist Stadtrealisierung nach neuesten Erkenntnissen. Der neue HB Südwest wird mit Sicherheit höher als vierzig Meter werden und verletzt damit das heilige, tausendjährige Gesetz, nicht höher als die Großmünstertürme zu bauen. Im neuen HB Südwest werden Gottesdienste in Englisch abgehalten. Der unterirdische Geldfluß soll durch ein großangelegtes Kanalsystem in den neuen HB Südwest umgeleitet werden. In den untersten zwölf Stockwerken des neuen HB Südwest werden wunderbare Grundwasserbadeanlagen eingerichtet, die vom Geldfluß gespeist werden. In den unterirdischen Geschossen des neuen HB Südwest werden Moos- und Flechtenarten guten Nährboden finden. Die geheizten, weitverzweigten unterirdischen Geschosse des neuen HB Südwest garantieren neue Misch- und Nischenkulturen. Der neue HB Südwest wird auch in den unterirdischen Geschossen Ladenfronten bieten müssen, um die Untergrundkriminalität einigermaßen im Rahmen zu halten. Der Gepäckverkehr wird im neuen HB Südwest ins zweite Untergeschoß verlagert. Der neue HB Südwest stellt die Stadt in einen neuen Zusammenhang. Der neue HB Südwest wird das Zentrum der internationalen Schnellzuglinien und soll von Rom, Madrid, London, Paris, Berlin, Prag, Wien aus direkt angesteuert werden. Die Wannerschen Halle wird als schützenswert betrachtet und soll im neuen HB erhalten bleiben. Der neue HB Südwest wird der Stadt Zürich mit der entleerten Wannerschen Halle den ersten Platz bringen. Der neue HB Südwest wird die Bahn-Zweitausend, die S-Bahn, einen Teil der Sihlpost, Dienstleistungen wie Banken und Versicherungen, ferner Schulungs- und Erholungszentren, Fixerräume, Ladeanlagen, Parkplätze, Gemeinplätze unter einen Hut bringen.

MAX FRISCH

(1911–1991)

Zürich

Heimatgefühle im COOPERATIVO, Restaurant an der Militärstraße; das Haus wird demnächst abgerissen ... Hier verkehrte Lenin, bis er nach Rußland abreiste. Später speiste hier unter italienischen Arbeitern auch Mussolini: als Sozialist. Ein Bildnis von Mateotti, den der faschistische Mussolini ermorden ließ, und über der braunen Täfelung an der verrauchten Wand ein frisches Plakat der Sozialdemokratischen Partei der Schweiz; der Text liest sich wie eine Selbstverständlichkeit, die allerdings noch immer nicht verwirklicht ist. Eine juke-box zeigt an, daß wir uns in der zweiten Hälfte des Jahrhunderts befinden, und die jungen Männer tragen wieder Bärte. Über der juke-box in glänzendem Rahmen das verblichene Foto-Porträt von dem bärtigen Urahn: CARLO MARX. Arbeiter essen an den langen Tischen mit weißem Tischtuch, bedient von Kellnern in weißen Kitteln. Die Kost ist italienisch. Hier wurden damals antifaschistische Zeitungen redigiert, die man nach Italien schmuggelte. Wir trinken ein Bier unter der verrauchten Büste von Dante. Ein familiäres Lokal, dabei ein hoher Raum, ein Ort historischer Hoffnungen –

RENATO P. ARLATI

(* 1936)

Begegnung im »Conti«

Ich trete ein und sehe
mich
im Hintergrund des Lokals sitzen.
Vor mir liegt ein Buch. Eine Kaffeetasse steht auf dem Tisch. Ich bin nicht erstaunt
mir
hier im Café »Conti« zu begegnen. (Ich erinnere mich, daß ich eben heute morgen noch daran dachte ... ins Café »Conti« zu gehen.) Ich unterließ es erst ... mich jenem Herrn, der ich selbst war, zu nähern.
Ich begnügte mich damit, ihn gesehen und festgestellt zu haben, daß alles in Ordnung war. –
Allerdings, was jener, der
ich selbst war
dachte, als er mich mit zufriedener Miene eintreten sah, konnte ich mir schlecht vorstellen. Ich bin eingetreten und war zugleich dort. Ich nehme an,
daß er
(ich)
ebenfalls zufrieden war. –
Ich saß am Caféhaustisch. Vor mir – wie gesagt – lag ein Buch. Auf dem Tisch stand eine Kaffeetasse. Nun könnte man weiterfahren: Das Buch, das auf dem Caféhaustisch lag, nun, war jenes Buch, in dem ich mich zu lesen entschlossen hatte, und das ich, eigens um darin zu lesen, ins Café »Conti« mitge-

bracht hatte. Es steckte in meiner Manteltasche. Ich war eben eingetreten und wollte irgendwo einen Ort, einen Tisch suchen, um mich zu setzen. Die Kaffeetasse: Mich verwirrt die Kaffeetasse!

PETER WEBER

(* 1968)

Mitternacht

Ich hechelte.
Ich kroch.
Ich hatte es eilig.
Rotweiße Baulatten versperrten mir den Weg.
Gelb: Die Verkleidung der Gepäckwagengriffe.
Gelb: Pufferköpfe.
Gelb: Fahrpläne: Abfahrt Zürich.
Schwarz: Kondukteurhüte.
Der Hut gab keine Ruhe.
Ich bog links weg.
Ich stand still.
Rot: Die Augen eines wegfahrenden Zuges.
Der Strom ging aus.
Alle Tore waren augenblicklich zu.
Die Ausgänge vergittert.
Der Hauptbahnhof wird über Nacht geschlossen.
Die Züge sind alle abgefahren.
Es gibt keine Menschen.
Leise schneit es Laute.

Man hat mich vergessen.
Der Himmel ging mir an die Haut.
Der Himmel fiel unentwegt vom Himmel.
Die Haut ist das tiefste Meer.
Ich hatte nichts als Ohren.
Fern das Tosen.
Ich hatte, meine Liebe, den letzten Zug nach dir verpaßt.

Durch Leere tastete ich mich zu den Telefonkabinen vor.
Frei schwebten sie im Raum.
Brach die Türe auf.
Weil es drin nach Asche, Geifer, Abgestandenem
roch, wählte ich deine Nummer in Direktwahl:
Du. Du. Du. Du.
Meine Liebe, wenn ich deine Nummer wüßte:
Ich würde deine Nummer wählen, warten, entatmet
warten, bis deine Stimme das endlose Tuten bräche,
das mein Herzschlag ist.
Ich würde kein Wort sagen.
Ich könnte kein Wort sagen.
Du würdest mich an meinem Schweigen erkennen.
Ich wäre deinem Atem Heimat.
Ich würde dir Gehör leihen.
Ich könnte dir Gehör leihen.
Ich will dir meine Ohren schenken.
Ich habe heute Geburtstag.

Ich wählte eins sechs zwei und hörte mir den Wetter-
bericht an.
Heftige vertikale Umlagerungen.
Veränderlich.
Natürlich.

Da beschloß ich, mich des unseligen Informationshuts, unter dessen Macht ich stand, der mich zwar in die Mitte aller Dinge, nicht aber zu dir hin geführt hatte, zu entledigen.
Enthauptete mich.
Hinterlegte ihn zuinnerst im Hauptbahnhof.
Fühlte mich erleichtert.
Kopflos.
Suchte nach einem Ausweg.
Fand nach langem Horchen, Tasten und Schnüffeln vorne bei den Geleisen eine Öffnung, durch die ich schlüpfen konnte.

Luft.

Trottete, trieb die Geleise entlang.
Löste mich von der Vorstellung, auf direktem Weg etwas erreichen zu können.
Wieder im Keller, versuchte ich mich an den Tisch zu setzen.

Am Nullpunkt.
Zersplittert.
Zwischen Knochenstücken: Sand.
Zwischen Herz, Niere, Leber: Sand.
Zwischen Hammer, Amboß und Steigbügel: Sedimente.
Hinter den Augen: Kiesel.
Auf der Zunge: Schotter.
Ein Gefühl wie November.

In diesem November gibt es weder Flut noch Ebbe, sondern braunes, wüstes Wetter.

In dieser Wüste schreit kein Löwe.
Die Sonne taub.
Der Himmel läßt sich nicht an die Wand malen.
Nichts ist unverfroren.

Leise rieselt der Schnee draußen vor der Tür.

Stimmen, durch die Decke sickernd.
Fernsehapparate.
Auf dem Tisch die Schlucht.
Klaffend.
Sumpf drin.
Dann fiel Schnee von der Decke.
Nicht von jener Sorte, die ans Herz geht:
Toter, tausendjähriger Schnee.
Schnee von gestern.
Man wurde sanft zugeschneit.
Lebendig begraben.
Ambitionen wurden mitbegraben.
Später hörte ich von weit entfernt Geflüster:
»Es isch emol en Maa gsi, de het en hohle Zah gha, in dem Zah hets es Trückli gha, i dem Trückli hets es Briefli gha, auf dem isch gschtande: Es isch emol en Maa gsi, de het en hohle Zah gha …«
Der Schnee wurde Daune.
Ich erhob mich, löste Flausen ab und verschob Gliedmaßen nach oben in die Küche.
Dort war kaum Neues anzutreffen.
Erregung in der Flasche.
Aromat im Schrank.
Ging ins Wohnzimmer, schaltete den Fernsehapparat aus.

Zwei Elternteile lagen immer noch so da, wie sie seit Menschengedenken dalagen:
Verwunschen.

Ich nahm ein warmes Bad.
Es war das Gefühl, zu vermoosen, Laub zu werden.
Es ist das Gefühl, Rhizom zu sein.
Trost.
Das Wasser iat in Zürich ausgesprochen weich und verhältnismäßig billig.

Wieder am Tisch, verriegelte ich die Türe gewissenhaft.
Versuchte, mich auf eigene Kräfte zu besinnen.
Klopfte mich ab.
Brauchte neue Haut.
Spannte mich selbst in den Rahmen ein.
Spannte Nerven im Zettel auf.
Verpuppte mich am Tisch sitzend.
Wurde Wetterweber.
Gegenwart wurde eingefädelt.
Begann kopflos Wetterspruch an Wetterspruch zu setzen.
Formeln.
Wurde meiner Wetterländereien erinnert.
Ließ von dir ab, Liebe.
Gab auf.
Mußte dir etwas vorspielen.
Der Hauptbahnhof ist ein Sackbahnhof.
Erzählte, was davor, dahinter, dazwischen liegt.
Entdeckte die anderen Seiten.
Setzte mich mit dem Gestöber auseinander.

Zerschrieb unsägliches Gestöber.
Kam hinter den Mond.
Erlag der Macht und den Süchten des Mondes.
Wurde Ohr.
Träumte zäh.
Tanzte den Tempeltanz für Ohren.
Trank Ohr aus.

GUIDO LOOSER

(1892–1937)

Brief aus dem Zürichsee

Ja, aus dem See! Ich schreibe aus ihm, denn ich bin lebendiger Erinnerung voll. Gestern war's. Ich bestieg mein braunes Boot, drehte den Außenmotor an, und er mahlte mich durchs Wasser seeaufwärts. Da saß ich nun inmitten der spiegelnden Herrlichkeiten; Wellen gluckten am Bug, quirlten in glitzernden Bläschen hinter dem Schiff hinaus und säumten weißlich die blaue Wasserstraße. Zürich hing im herablassenden Sattel zwischen Zürichberg und Uetliberg. Sonntäglich war es, buchstäblich. Einzelne Segel takelten vor dem Quai auf, Ruderboote strichen vom Ufer. Das war weit weg und gewissermaßen in Zürichs privatem Wasserbassin. Denn der See beginnt erst zwischen Zollikon und Kilchberg. Das wissen die Zürcher und Zürcherinnen auch, und wenn sie ein Schäferstündchen haben wollen selbzweit, kommen sie bis in die Höhe unserer Dörfer, legen die Ruder ein, verknoten das Segel. Die Glücklichen! Die Naiven! Denken sie nicht der Fernrohre, die vielen neugierigen Augen ihr Glück widerspiegeln? Sei es um den Preis, glücklicher ist man nie, als dreihundert Meter von jedem Ufer entfernt, wo die Sonne glutet und der Luftzug in den warmen Kleidern tuschelt.

Wie war es schön! Aber ich bin ja noch auf dem See. Noch rattert mein Motor. Und die Uferhänge erheben sich zu beiden Seiten zum blauen Himmel, an dem ein Nebelschleier verduftet und die Sonne ihr septemberdunkles, wehmutvoll-heiteres Gold verschüttet auf Waldhänge, Reben, Gärten und vergnügte Häuserstirnen. Sie sind alle wie frisch gewaschen; vielleicht bleicht sie der verdunstende Tau so rein. Die »Schipf« ist wie der Sonntag selber. Wohlhabend, gepflegt und feierlich wie ein Sonntag vor hundert Jahren. Und er lebt noch und ist noch feierlich und bespiegelt sich im See, indessen in der Herrliberger Kirche die Glocken tragend sich schwingen und vom Kirchhügel ihr Getön herüberschaukelt. Das Gefängnis in Meilen – weiß ist es und von fern so groß – steht breit heraus in den See. Keine weiße Flagge verkündet, daß es leer sei; möge allen dort hinter den Holzkastenfenstern heute eine gute Besinnung kommen. Hört ihr das lautlose Gleiten der Flut hinüber zur waldigen Au und aus ihrem Grün wieder herüber an euer Gemäuer?

Auf der Höhenterrasse über dem Dorf leuchten die roten Dächer der Hohenegg. Ihr Armen dort oben! Ich bin ergriffen. Wie habe ich es gut, und die sonntäglichen Menschen am Ufer auch, und die Vögel in der Luft und die Blumen der Gärten und die Fische! Sei euch die Sonne Milde und Zuversicht, sei euch der Himmel ein verklärtes Versprechen für jetzt und einst. Alle Innigkeit meines Herzens gehört euch, euch ganz!

Ich gleite tiefer in den See, denn die Hügelhänge werden höher. Als stiege das Wasser zum Bootsrand herauf, so fühle ich mich ganz drinnen in ihm, umwogt, umspiegelt, umkühlt, umblendet. Über den Körper geht ein herrlicher Schauer, durch den Sinn ein Jubeln: dies ist ein Herbsttag, wie ich keinen sah. Vergrünend die Wiesenhänge, verblühend die Ufergärten, und die Seefläche schimmernd blau über sanftgrüner Tiefe, als ob Himmel und Seegrund sich durchdrängen in seligem Wiegen, in stiller Versöhnung. Stille ist weithin. Weit biegen die Ufer sich ins Land auseinander. Nebeldunst döst über dem Wasser, hat sich niedergelassen, schleiert auf und ab, ist zart wie ein Hauch, wie der Atem aus ruhendem Erdreich. Mittag steht am Himmel, warm steht die Sonne still, und in den Dörfern ist Ruhe, einsame Straßen liegen zwischen Häusern, einsame Gärten schlafen hinter Mauern und Gebüsch. Die Boote haben heimgefunden. So still ist es, so weit, so frei. Auf die Augenlider fällt es wie Schlaf und Traum. Des Tages hohe Zeit schweigt in der Runde, und das Herz ist in Seligkeit müde.

Der Etzel steigt in sanfter Steigung empor, fast müßte sein Schatten über mich fallen, aber er neigt sich zurück, den Bergen zu, und die Sonne strömt herab über seine Wiesen und Weiden. Und jetzt öffnet sich der See nach Stäfa hin. Neue Welt, neuer unendlicher Zauber! Blaues Gebirge steigt kreuzweis auf, hebt sich hoch und höher, hebt in den Himmel verschimmernde Zacken mit Schnee, gleitet herunter in grünen Mulden zum Etzel, fließt in unendlich klingenden weichen Hügeln zum Bachtel. Und umfaßt zu seinen Füßen das Becken des Sees. In schwarzem Strich eilt der Damm hinüber zum Schloß Rapperswil. Türme stehn dort, hingehauchte Silhouetten, geheimnisvolle Züge eines mittelalterlich verschlafenen Gesichtes. Und davor Ufenau und Lützelau. Eilande und Einsamlande, Zuflucht frommer Seelen, Asyl Verfolgter und Verwundeter. Daß einst Klöster dort waren, wer würde es nicht verstehen, nicht wissen, nicht fühlen? Welch eigenvolle sublime Melancholie da gewaltet haben wird. Fern den Ufern und allen Versuchungen, und so nah verschwenderischer Schönheit der umgebenden Natur; dem Ohr zu hören, dem Auge zu sehen, der Sehnsucht zu erreichen. Wie groß die Versuchung, wie erhaben die Majestät eines in Schönheit waltenden Gottes.

Leichter Wind zittert über das Wasser. Wind macht die Umrisse klar, Wind bringt das Ferne nah, Wind bringt die Welt zum Schweigen. Wind hat so viel Traurigkeit, süße, bezwingende Traurigkeit. Stärker glucksen die Wellen am Bug, das Rattern des Motors flattert unruhig davon. Segel beugen sich in sanftem Druck, neigen sich seitwärts, gleiten stolz; in dunkler Sonne leuchten die Dörfer, feierlicher dunkeln Berge und Himmel. Die Melancholie der Vesperzeit läutet von Turm zu Turm. Abend kündet sich an, Abend wartet und steigt schrittweis hernieder.

Das Kirchlein der Ufenau steht grau in den lispelnden Bäumen; ich gleite dem Ufer zu. Badende liegen am Strand, stehn im Wasser, sonnen sich auf Felsen. Jauchzen ist selten, eine Handorgel schweigt wieder. Da erleben Menschen Tiefes und wissen es nicht. Der See hat sie ganz; sie wollen sich kaum trennen. Und mich nimmt er auch. Selig kühlt er mir Knie und Brust, aufatmend gebe ich mich ihm hin; frei, kein Kleid engt ein, eigene Schwere ist aufgehoben. Nur das Herz schlägt, und es fühlt es nicht, denn es ist eins mit dem Takt der ewig sich bewegenden, sich hebenden, sich senkenden, tragenden Flut. Wo nimmt sie ihn her? Aus der Tiefe, wo Grund ist, aus der Tiefe, wo Erde ist; tief steigt er auf aus der Mitte durch Gestein und Erz, tief klingt er hinab in die Mitte durch Gestein und Erz. Erde klingt so, Welt klingt so, und der Himmel klingt so. Das ist der Rhythmus des göttlichen Herzens. Feierlich sind die Badenden immer; sie wissen es nur nicht, sie trennen sich kaum. Und jeden Tag holen sie sich ein wenig Seligkeit. So segnet ihnen der Sommer den Winter. Das Bad hat mich der Körperlichkeit enthoben. Ich fühle den Körper nicht mehr. Die Luft mit dem leisen Geruch von Seetang und fernen Gärten durchströmt mich, das Wasser spiegelt die Abendsonne in mich, der Wind klingt verwehte Schallgeräusche von den Ufern in mich. Eins sind Natur und ich, Stunde und ich, Zeit und ich. Das Boot steuert seeabwärts, der wandernden Sonne nach. Gleich weit von jedem Ufer entfernt, liegen Hügel und Dörfer in Umrissen, die klarer, einfacher werden. Das linke Ufer hat bläulichrote Schatten über sich gebreitet, nur die lang hinziehenden Höhenzüge sind scharf gezeichnet; der niedrige, langsam ansteigende Zimmerberg, dahinter die rasch aufklimmende, schroff den Westen abschließende und jetzt schon nach der Sonne greifende Albiskette. Zwei Striche auf die Himmelsfläche, in einem energischen Zug geworfen. Könnte mein Auge schärfer sehen, ich müßte das Kirchlein von Kilchberg auf der Anhöhe sitzen sehen und darunter C. F. Meyers Haus mit den Pappeln. Es ist sein Ufer. Früh im Schatten, ernst, große Linien verbergen die Einzelheiten; städtische Aristokratie wählte dorthin Wohnsitze, Industrialismus dröhnt aus Fabriken. Arbeiterlos, Nervosität unangepaßter Lebensleidenschaft ist traurig und vorwurfsvoll. Aber von Zeit zu Zeit rasen Schnellzüge wie atemstockende Freudenschreie durch die Landschaft – nach dem Süden, nach Rom. Und steht man fröstelnd schon im Abendschatten, weitet sich der Blick in die sonnenüberschüttete Herrlichkeit von See und Gebirge. Dort kommt die Sonne her jeden Morgen; dort verweilt sie am längsten jeden Abend. Dort ist das Tor ins Licht, in den Himmel. Zukunftsreich eines gläubigen, sehnsüchtigen Protestanten, wie C. F. Meyer einer war.

Das rechte Ufer strahlt in der gedrängten Fröhlichkeit des scheidenden Tages. Die Fenster sind offen, Türen stehen weit, an den Kicchtürmen funkeln die goldenen Zeiger, Badende plätschern in Sand und Gestein, ruhen in Gärten und auf grauen Mauern. Zuruf und Heiterkeit, Lieder und Geschrei. Jeder Baum tritt hervor, die bläulichen Reben sind eine rundlich vergnügte Gemeinde, die stumm und froh von den Hängen auf das Treiben am See niederschaut. Jedes Dorf hat seine Besonderheit, ein Gewand neuer und alter Zeit. An den Kirchtürmen erkennt man

Seldwyla. Meister Gottfried pokuliert irgendwo. Hochzeiten halten vor beliebigen Gasthöfen. Jedes Ding hat eine goldene Seite. Über dem ländlichen Frieden träumt ein Hauch liebenswürdiger christlicher Legenden.

Wie ich fahre, fahren andere Menschen auch abwärts und aufwärts, zu mir und von mir. Während ich fahre, zur selben Zeit, ist allüberall Schicksal am Werk. Glückliche vergessen sich, Verzweifelnde quälen sich. Vollendete sterben, Neugeborene öffnen die Augen. Einer ist böse, ein anderer verträumt. Vielleicht ist ein Dichter begnadeten Herzens voll, vielleicht ein Maler seiner Berufung eben gewiß geworden. Mystische Tatsache! Jeden und allen Erlebens ist zu einer und jeder Sekunde ein Teil irgendwo auf der Welt lebendig und gegenwärtig. Menschheit ist wie eine große Blume, wie ein Herz und ein Hirn! Und nichts darf fehlen, um ihrer Gesamtheit und Ganzheit willen. So ist in jeder Zeit ihr Atem, ihr Herzschlag nur ein Herzschlag aller Seelen. Erschütternd ist die Notwendigkeit, mit der wir in ihr schlafen, erschütternd ist die Gnade, mit der wir in ihr sein dürfen, mit der wir zu allen gehören, allen verschwistert – Welt sind.

Es ist nichts anderes, als wenn in der Feierlichkeit einer Sekunde, und wie feierlich ist es jetzt um mich, alle Stimmen laut würden vergangener und gegenwärtiger Zeit. Rieselnde, tropfende Flut meines geliebten Sees, lauschest du auch, lauschest du immer, hast du nie aufgehört zu lauschen, seit der Gletscher über dich weg ins Gebirge zog, Wälder dich umsäumten, erste Menschen erschrocken sich in dir bespiegelten und in unsicherem Kahn deine Güte versuchten. Geschicke erfüllen sich im Umkreis deines Geländes. Die helvetischen Ursitze wurden eine Beute der Römer. Römische Kohorten kampierten an deinen Ufern, bauten Straßen und Wachttürme. Die Alemannen zerschlugen diese Werke wieder, gruben dem römischen Weltkoloß das Grab und lebten in Höfen und Weilern. Der Geist des heiligen Gallus bezwang die wilden Barbaren. In die urwaldhaften Täler begannen die Glocken erster Kapellen und Klöster friedsam zu läuten. Germanische Kaiser entsandten ihre Feldherren und Statthalter; Burgen thronten von den Anhöhen. Zürich ward eine Stadt. Die Eidgenossenschaft überwand den Bruderkrieg und löste sich vom Reich. Der reformatorische Geist trotzte Rom; der revolutionäre Seebauerngeist der Aristokratie; Vaterlandsliebe dem französischen Joch. Kaufmann und Fabrikherr trugen Weltstadtallüren an deine Gestade. Jammer des Weltkrieges schlug Wellen herein bis zu dir. Wissenschaft grübelt; Seelen sind sehnsüchtig und glauben an eine Zukunft.

Einzelne Gestalten steigen aus der Versenkung. Waldmann beugt den stolzen Nacken dem Henkerbeil, Hutten stirbt auf der Ufenau seinen einsamen Tod; Paracelsus steigt über die Anhöhen, in den Pflanzen und Gestirnen das Heil seiner Kranken zu suchen. Zwingli bricht von der Kanzel des Großmünsters den Bann des Mittelalters und singt im Kreise seiner Familie Lieder zum Preise Gottes. Der tolle General Werdmüller treibt seinen Spott mit Menschen und Teufel. Der übereifrige Pfarrherr Hirzel läßt zum Sturm läuten gegen Zürich. Salomon Geßner denkt über Idyllen und zierlichem Porzellan seine liebenswürdigen Träume. In Bodmers streitbarer Feste tummeln sich Schweizer und Gäste. Wieland und Klopstock huldigen des Tages froher Stunde, Goethe gedenkt seiner Lili und singt seinen Schmerz in die herbstliche Milde des Sees. Keller und Meyer vollenden Leben und Werk, Wagner und Brahms lauschen der Musik ihrer Eingebungen. Und kaum ist ein Dorf, wo nicht heute ein Dichter seine Fenster gegen den See hin öffnet, ein Maler in stiller Werkstatt sich mit der bunten Farbigkeit seiner Werke umgibt – große und werdende, städtische und volkstümliche, sehnsüchtige und gesättigte. Klingt nicht des Großmeisters Lienert Schwäbelpfyffli über den Etzel zu uns?

Nun ist die Sonne versunken. Kühl weht der Abend; die Dämmerung weht von den Ufern her, weich und sanft. Ruhiger plätschert das Wasser. Eingeschlafener Wind weht flüsternd nur ab und zu. Aber hinter mir ist der Mond, duftig wie Flaum von Löwenzahnkerzen. Langsam nur füllt er sich mit Licht, wird behäbig glänzend, und bald ist er allein mit dem Gefolge der Sterne. Alles umhüllt die Nacht. Schließt alles in eins, Menschen, Erde, Wasser und Himmel; alles in eins, in die Geborgenheit eines unsagbar gütigen Willens, und ich weiß es nicht mehr, gehöre ich mir oder dem Wasser oder der Erde. Lautlos gleitet mein Boot an den verlassenen Steg.

JAKOB CHRISTOPH HEER

(1859–1925)

Ballonfahrt

Als ich Lehrer in Zürich geworden war, ließ ich neben dem Unterricht die schriftstellerische Feder schon fleißig laufen, und ihr verdanke ich es, daß ich auf sehr ungewöhnlichem Wege wieder nach Lenz, meinem früheren Wirkungskreis im Oberland, auf Besuch geriet, nämlich mit dem Luftschiff!

Unversehens war in Zürich ein Aeronaut aufgetaucht, Eduard Spelterini, und entwickelte mir den Plan, in unserer Stadt – wie schon in anderen, namentlich am Mittelmeer – Luftfahrten mit Gästen in der Gondel zu unternehmen. Er bat mich, der erste zu sein, nachher unseren Flug am Himmelszelt dahin in einer Zeitung zu schildern, und erzählte mir viel von den wonnigen Gefühlen des Menschen in den hohen Lüften.

Seine Einladung war mir nun freilich eine große Überraschung. In der gesamten Stadt war noch niemand auf den Gedanken gekommen, als Gast in den Korb eines Luftschiffers zu steigen. Gewiß hatte man schon Ballone gesehen, doch die sie geführt hatten, waren Akrobaten gewesen, die froh aufatmeten, wenn sie die eigenen Glieder wieder heil zur Erde brachten. Kein Vernünftiger hätte sich ihnen anvertraut. Spelterini aber, der das freie, sichere Auftreten eines Künstlers und Weltmannes hatte, wußte meine Zuversicht zu gewinnen, und da ich von Jugend auf dem

Luftfahrtwesen, wenn auch nur in Büchern, mit phantasievoller Neugier gefolgt war, entschloß ich mich, das Abenteuer zu wagen.

Doch das forderte die Bedenken und Vorwürfe meiner Freunde und Bekannten heraus. »Ist dir dein Leben nicht mehr lieb?« fragten sie mich, und hinter meinem Rücken behaupteten einige, der Verstand sei mir ins Wanken gekommen. Dieser Ansicht war auch die Polizei. Sie lud mich zu einer Untersuchung vor über meine Zurechnungsfähigkeit. Nachdem ich eine halbe Stunde lang allerlei Zwickfragen mit ziemlicher Sicherheit beantwortet hatte, ließ man mich feierlich ein Schreiben unterzeichnen, daß mein Verstand normal sei und ich ohne Zwangsvorstellungen, die mir durch dritte geheimnisvoll eingeflößt worden seien, in das Luftschiff steigen werde. – Verstand normal? Als ob nicht jeder Mensch ein paar Knöpfe im Kopf hätte!

Es war ein herrlicher Sommersonntagnachmittag, als die Fahrt zustandekam. Auf einem von Bäumen eingerahmten weiten Platz spielte die Musik, viele Zuschauer; Herren, Damen und Kinder; waren zugegen. Die Goldkugel des sich füllenden und straffenden Ballons, dem schon das Netzwerk übergeworfen war, wuchs über die Bäume empor. Mit heiterem Lächeln ließ der Kapitän durch ein paar Soldaten die Gondel, einen stattlichen, viereckigen Weidenkorb, darunterschieben. Da meldeten sich noch zwei Franzosen zur Mitfahrt an, die schon früher in ihrer Heimat an Luftreisen teilgenommen hatten: ein alter, in der Diplomatie tätiger Graf und ein junger Zeitungsschreiber.

Wir stiegen in die mit Strickwerk umhängte Gondel, zuletzt Spelterini selbst, der sich auf den Rand stellte und an den Aufhängtauen festhielt. Wie ein rennbereites Pferd, das losbrechen will, zitterten Ballon und Korb und drängten in die Luft.

»Loslassen!« rief der Kapitän den Soldaten zu, die das Flugzeug noch an Stricken zurückhielten. Die Musik schmetterte. »Hurra!« riefen die Zuschauer, Tausende von Taschentüchern winkten. Wir aber erlebten Wunderbares: Der Ballon stand still, die Erde sank zurück, der Blick taumelte in die Fernen. »Auf Wiedersehen – auf Wiedersehen!«

Wie ein Riesenvogel schwebte die »Urania« – so hieß das Luftschiff – empor, und die Fäden der Zusammengehörigkeit zwischen uns vier kleinen Menschen und der altgewohnten mütterlichen Erde lösten sich. Es war ein übermächtiger Eindruck. Die innigste Freude beherrschte mich, der Seele wuchsen die Flügel!

Zauberisch schön war der Niederblick auf die Stadt, die uns in lachender Klarheit noch eine Weile heimatlich anmutete, aber bald in unendlicher Tiefe unter uns lag. Zwischen den Hausdächern bemerkten wir ein Rieseln wie von schwarzem Sand. Das waren die Menschen auf den Straßen. Auf dem See sahen wir eine Menge größerer und kleinerer Schwimmkäfer einherlaufen. Das waren die Dampf- und Lustboote. Wir sandten die erste Brieftaube aus. Ich merkte, daß das Schreiben im Ballonkorb nicht leicht geht, obwohl er so ruhig zu stehen scheint wie ein Tisch. Es ist schwer, Auge und Hirn von den ausgerollten Bildern der Erde hinweg auf ein kleines Stück Papier zu sammeln. Mechanisch schrieb ich: »An Bord der ›Urania‹ befinden sich Kapitän und Gäste vortrefflich« und steckte den Gruß in einen unter die Steuerfeder der Taube gehefteten Kiel. Allein, der trauliche Vogel wollte nicht fortfliegen, sondern saß noch geraume Weile auf dem Kranz des Korbes und hielt Umschau. Dann nahm er doch in einer schönen Spirale von Norden nach Osten den Niederflug und entschwand tief unten unseren Blicken. Von fünf Tauben aber, die wir so entließen, kehrten, wie wir nachträglich hörten, nur zwei in ihre Schläge zurück.

Eine Zeitlang schien es, als ob uns die Kugel über den Zürichsee gegen die Schneeberge tragen wolle, und nur noch sachte stieg sie in der stillen Abendluft. Da warf der Kapitän einen Sandsack aus; in einem breiten goldigen Streifen, wie das Korn des Sämanns, glitt der Staub zur Erde zurück, wir stiegen höher empor, so hoch wie der Rigi, wie der Pilatus, deren Gipfel zu uns herüberwinkten. Grenzenlos tief lag die Stadt unter uns, ein Häufchen weißer Kieselsteine, die ein spielender Hirtenknabe an einen blauen Wasserfaden hingelegt hat. Kein Laut drang mehr zu uns empor, das Reich des Klanges war zurückgeblieben; so still war es um uns, wie es auf Erden einmal sein wird, wenn das Menschengeschlecht ausgestorben ist.

Im warmen Abendstrom des Lichtes strich das Schiff, von unsichtbaren Schwingen getragen, gegen Südosten. Unter uns stand in träumender, durchsichtiger Bläue ein Hügelzug, doch für unsere Augen plattgedrückt und nur erkennbar an dem Dunkel der Wälder. Die Rundsicht entfaltete sich stets mehr, wie ein Riesenblumenkelch ging die Erde auseinander. Wir sahen eine unendliche Zahl weißer Tupfen, die miteinander durch weiße und schwarze Fäden verbunden waren. Die großen Tupfen waren Städte, die kleinen Dörfer, die weißen Fäden Straßen, die schwarzen Eisenbahnlinien, rauchende Bahnzüge, und alles so klein und einander nahe geschoben, als wäre es ein Bild aus einer Nürnberger Spielschachtel.

»Welch allerliebstes Waschbecken«, rief der junge Franzose, »und dort noch ein zweites!« Es waren hübsche Seen. Wir überquerten das eine der Wasser. Bis in große Tiefe sahen wir durch die klare Flut den Grund, nur die Mitte blieb dunkel, und plötzlich entdeckten wir in der Tiefe das Widerbild des Ballons, nicht größer als ein Kopf. So mochte er den Leuten auf dem Erdboden erscheinen! Zu uns herab jedoch erstrahlte die machtvolle innere Wölbung der »Urania« im reinen Goldorange, wie das Innere eines von der Abendsonne erleuchteten Domes. Unter der Einwirkung des wunderbar rein durch die Luft flutenden Sonnenlichts stieg er stetig, und als der Kapitän noch einen Sack Sand ausschüttete, neigte sich vor uns unversehens der gewaltige Alpenkranz, die Menge der schneeweißen Häupter. So weit wie die Unendlichkeit dehnte sich die Himmelskuppel, kalt und starr, tiefdunkel, ja schwarz im Scheitelpunkt, dann in unmerklichen Übergängen sich abtönend in die zarte Rosenröte des Gesichtskreises. In dem grenzenlosen lichten Feld stand nicht ein einziges Wölkchen, die Sonne aber war kein mildes goldenes Gestirn mehr, sondern eine kleine, weißglühende Kugel, wie ein drohendes, stechendes Auge, erzürnt, daß wir es gewagt hatten, in die Bäche ihres Lichtes einzudringen. Zu lange darf man nicht in den leeren Himmel blicken. Neben dem Gefühl der Erhabenheit erweckt er dasjenige grenzenloser Einsamkeit, und die Seele muß bald wieder die Erde suchen.

Wie schön, wie warm sie dort unten liegt, das silberne Hochgebirge zum Stirnschmuck! Der einzelne Berg ist nicht mehr majestätisch, aber der gesamte Kranz, der Bogen, der fern in Österreich aufsteigt, in der Schweiz die höchsten Flammen schlägt und hinter den Spitzen Savoyens wieder versinkt. Auch der Kapitän war ergriffen von der Schönheit der leuchtenden Berge: »Fast noch herrlicher sind sie als das Meer!« Und als ein Sänger, der ebensogut der Oper als Künstler hätte angehören können wie dem Ballon als Leiter, warf er ein Lied in den blauen Raum. Ich erschrak. Seine Stimme klang hohl, leer, windverweht, als käme sie aus weiter Ferne. »Es ist nur die Wirkung der hohen Lüfte«, lächelte er, und etwas anderes war es wohl auch nicht, daß den beiden Franzosen und mir die Ohren brümmelten, als hätten wir Bremsen unter dem Hut. Im übrigen waren wir hellauf und guter Dinge und merkten, daß Speise und Trank nirgends besser schmecken als im Luftschiff.

In raschem, kühlem Luftstrom fuhr der Ballon mit Schnellzugsgeschwindigkeit dahin, doch hätten wir das nicht bemerkt ohne den Blick in die Tiefe. Für das Auge wanderte der Erdboden, stand die Ballonglocke still; sie erschien uns als der einzige feste Punkt, der Angelpunkt des Weltalls. Das wiegte uns in ein Gefühl vollständiger Sicherheit.

Und immer wechselten die Landschaften. Seen und Ströme blitzten auf, selbst der ferne Bodensee mit all seinen Teilen und Buchten, aus den für den Blick niedergedrückten Bergen Stücke des Vierwaldstättersees wie vom Himmel gefallene Spiegelscherben, dazu die blauen Augen kleiner Seen und die Silberschlangen der Flüsse, der Rhein bis weit hinter den Schwarzwald hinab. In die weitesten Fernen lag die Welt hell und klar. Ob wir nicht einen Eindruck von der Kugelgestalt der Erde erhielten? Nein, aus der Höhe des Luftschiffes gesehen ist sie eine Schale mit erhöhten Rändern, weil die Berge, welche die Fahrer unter sich haben, nur ihre waagrechte, diejenigen in der Ferne des Gesichtskreises aber ihre senkrechte Gestaltung vorweisen.

Vor uns lag die Bergwelt des Oberlandes, ein anmutig bewegtes, von hundert weißen Häusertupfen besetztes Landschäftchen, und die Höhen anzusehen wie die Hügelchen eines hübschen Parkes. Dahinter aber schlugen die Berge höher, und wie eine mächtige Randwoge des Landes stand mit einer Krone schneeigen Gischtes, in der Tiefe von rötlichen Streifen umspielt, der Säntis. In dieses unebene Land hinein wollte der Kapitän mit uns nicht fahren. Ein Luftschiff kann nicht absitzen an einer Bergwand. Nur eine Stunde war seit unserer Abfahrt aus der Stadt vergangen, und schon traf er, sehr zum Bedauern der Gäste, die Vorbereitungen für den Niederstieg. Er zog die Leine an, die Klappe auf dem Scheitel des Ballons öffnete sich, sausend entströmte ihr das Gas, langsam senkte sich das Schiff. Die Erde wurde uns wieder nachbarlich, das liebe Grün der Wälder, die wie dunkle Wolken unter uns gelegen hatten, trat wieder hervor, die kleinen Seen öffneten die Augen groß, die Alpen, die dagestanden hatten wie die weißschimmernden Kronblätter der Weltrose, wuchsen wieder zu Bergen an, die Weite schloß den geöffneten Kelch enger. Der Pfiff einer Lokomotive stieg zu uns empor und brachte uns den ersten Tongruß der Erde, auf der Straße sahen wir die Menschen wie Ameisen sich rühren; sie mußten etwas Besonderes haben, denn zu Hunderten wimmelten sie heraus aus den Dörfern. Bald hörten wir ihre Rufe: »Der Ballon kommt, der Ballon!«, und alle machten sich auf die Beine, uns zu empfangen.

Ich aber bemerkte mit Verwunderung, daß wir gerade über der Gegend schwebten, in der ich lange Lehrer gewesen war. Dort am grünen Hang lag mein braunes Bauerndörfchen Lenz, und daneben stand mein weißes Schulhaus.

Wir waren wieder in einen sanften Luftstrom hineingeraten; kaum merkbar glitt das Schiff vorwärts und abwärts, der Kapitän aber äußerte Besorgnis wegen der vielen Menschen, die zu unserem Empfang durch das Land rannten. Er liebte es, einsam zu landen, weil er auf seinen Reisen von der Bevölkerung beim Niederstieg oft seltsam begrüßt worden war. Das eine Mal mit dem Weihwasser des Priesters, mit geschwungenen Rauchfässern und dem Bild des Gekreuzigten, das andere Mal mit Flintenschüssen, deren Spuren die »Urania« noch trug. »Sie sind hier bekannt«, wandte er sich an mich, »bitte, rufen Sie den Leuten schon aus der Höhe zu, daß sie uns ruhig aufnehmen möchten, steigen Sie zuerst allein aus, eilen Sie zu ihnen hin, halten Sie ihnen eine Rede und erklären Sie ihnen recht deutlich, daß das ein

Luftschiff sei, nicht von Eisen, sondern von Seide, die zart behandelt sein will. Jedenfalls wirken Sie dahin, daß die Bauern nicht schießen!« Ich aber lachte Spelterini aus: »Sie sind hier nicht im Neapolitanischen und nicht in der Walachei, jedermann kann hier lesen und schreiben, und jedes Kind weiß, was ein Ballon ist.«

»Schon gut«, erwiderte er, »meine Herren, Sie sehen dort das Wiesenviereck im Walde, dort steigen wir ab.« Scherzte er? Die Lichtung schien uns aus der Höhe überhaupt zu klein, um das Schiff aufzunehmen, und ich hatte das Vorgefühl eines genickbrechenden Abenteuers. »Stricke halten!« rief er uns zu und riß an der Schnur. Die Erde stürzte uns entgegen, der Wald kam heraufgeschwebt mit hundert frischen Wipfeln, und die Wiese unter uns wurde breit. Ein Bäuerlein flüchtete mit Kuh und Kleewagen eilends davon, wohl aus Furcht, das Gefährt der Lüfte könnte sein eigenes zerdrücken. Es muß auch für die Leute auf dem Erdboden ein wunderbares Schauspiel sein, wenn das schöne Ungeheuer wachsend aus der Höhe niedersaust, merkwürdiger selbst als der Aufstieg in die Luft. Man sagte uns nachher, der Ballon sei abgestürzt wie ein auf die Beute stoßender Weih.

Plötzlich aber schwebten wir wieder ruhig, doch nur noch doppelt so hoch wie die Tannenwipfel unter uns, und sachte trugen uns jene weichen, unsichtbaren Arme, die uns emporgehoben hatten, in die Himmelsgefilde, wieder zur Erde, dem mütterlichen Grund. So sachte, daß wir nicht spürten, wie die Gondel den Boden berührte, und es erst innewurden, als der Kapitän lächelte: »Meine Herren, wir sind gelandet.« Wir wußten nicht, wie uns geschehen, eine Bäuerin kann einen Korb voll Eier nicht sorgfältiger abstellen; hätte eines am Boden unserer Gondel gelegen, es wäre nicht zerbrochen, und wir beglückwünschten Spelterini wie uns selber zu der herrlichen Fahrt und ihrer schönen Vollendung.

JÜRG LAEDERACH

(* 1945)

A wie Zürich

Das Leben ist hart und bringt sie alle um. Es gibt nur wenige überlebende Anekdoten aus der Stadtguerilla: Ein Basler, in Zürich spätabends, stiftet Unordnung. Läuft ungeniert in der Straßenbahn umher, obschon es freie Sitzplätze gibt. Er ringt, ohne um Erlaubnis gefragt zu haben, die Hände. Gefragt, schreit er: Ich bin zu spät für den letzten Zug nach Basel. Der Tramführer: Um Sie noch wegzubringen, tun wir alles. Er beschleunigt, der Basler erwischt den Zug.

Umgekehrt: Die Basler in Basel haben gemerkt, daß kein Autofahrer ihr Stadtzentrum findet. Also montieren sie am Rande der Stadt Wegweiser, an jeder Kreuzung einen weiteren, um die Autos ins Zentrum zu leiten. Beim Näherkommen findet der Autofahrer den ersten Pfeil, folgt dann allen anderen. Er kommt in die Stadt, die Pfeile weisen ihn weiter. Er befindet sich nach einer Viertelstunde wieder vor der Stadt, die Kühlerhaube zeigt Richtung Zürich.

Basler und Zürcher vertragen sich nicht. Sagt das schweizerische Kollektiv. Das schweizerische Kollektiv kann sich nicht irren. Zum Beispiel stimmt es bei Wahlen und Entscheidungen immer richtig ab. Wer dies anders sieht, wird das nächste Mal nicht wiedergewählt. Das Kollektiv, in seiner Selbstauffassung päpstlich unfehlbar, braucht eine Spiegelung, vermittels welcher es sich, ohne daß es ihm auffällt, hassen kann; eine Schneise für den Wahrheits-Blick wider Willen.

Heroisch-unfreiwillig haben die Zürcher die Funktion der Spiegelfläche wie auch des Projektionsziels übernommen. Zahllos waren die früheren Gegensatzgeschichten zwischen Baslern und Zürchern. Die tatsächliche Distanz wurde allerdings mit den Jahren kleiner, die Städte näherten sich so an, daß die Gegensätze darunter litten. Vertrugen sich früher die Identitäten nicht, so dient heute die Feindfolklore dazu, die Identitäten überhaupt herzustellen.

Seit einiger Zeit läuft es auf eine Verallgemeinerung des Phänomens hinaus. Waren früher die Basler ihrer eigenen Versicherung nach Nichtzürcher, so hat sich das Nichtzürchertum auf die ganze Schweiz, minus Zürich selber, ausgedehnt. Zürich, einverstanden, ist nicht viel, aber es ist die größte Hausansammlung der nationalen Dorflandschaft, also läuft dort die größte Soziodynamik, also ist dort früher von der Leine, was anderswo erst später los ist. Zürich ist das gesellschaftliche Zukunftslaboratorium, und von der Zukunft, so sagt die Schweiz, kann immer nur Bedrohung ausgehen.

Eigentlich hätten, von ihrer Anführer-Rolle her, die Zürcher in der aufkommenden Anti-ZH-Bewegung die ersten aggressiven Nichtzürcher sein müssen. Die Attraktivität des Zustands, seine Exklusivität wären für sie wie geschaffen gewesen. Nachdem aber bereits die ganze Schweiz über ihren eigenen Mut, bei der Weltausstellung in Sevilla, Spanien, auf ihren Ausstellungspavillon die Aufschrift: »Dies ist nicht die Schweiz« zu setzen, tödlich erschrak, kann man von den Zürchern keinerlei offene Nichtzürcherschaft verlangen.

Merke: Bis in die Negation seiner selber springt der Schweizer, einzeln wie als Kollektiv, niemals. Es hieße, philosophisch, »sich als Schweizer nicht zu setzen«. Doch überall gibt's in der Schweiz eine Bank. Man setzt sich unbedingt immer. Das ist kein Wortspiel, sondern philosophisch wesentlich, denn dieses Land hat zwischen Setzung und sitzen nie unterschieden. Der schweizerische Descartes: Ich habe mich gesetzt, also bin ich.

Der Basler sagt kurzatmig-erschöpft, wenn er aus seinem täglichen Zug von Zürich her steigt: »Ich gang nimm noch Ziiri.« – In reines Deutsch übersetzt: WINNZG. (»Werd I Nimmer Naa Züürig Gehn«.)

Die Nichtzürcherschaft der Basler erschöpfte sich in Geschichten vom Zwar-tagsüber-Hinreisen, aber dann vom rechtzeitigen abendlichen Heimkommen. Tagsüber weg sein, abends wieder im eigenen Bett schlafen: die schweizerische Reise-Epik schlechthin. Das ganze, riesig ausgebaute Autocar-Wesen, diese Transport-Flotten mit Stereo, Spültoilette sowie Eisschrank, dienen nur dem Zweck, den Schweizer abends nach der Reise des Tages heimzubringen. Kein Schweizer Zug fährt abends nach halb elf. In den Prospekten wird das »Mehrere-Nächte-auswärts-Verbringen«

eigens erwähnt. Es wirkt preismindernd. Die Basler Polizei kontrolliert jede Nacht die Passagiere des Letztzuges: Nach Mitternacht am Bahnhof gesehen – es unterblieb wieder mal die Verhaftung.

Die ganz allmählich von den Baslern übernommene Nichtzürcherschaft durch die Restschweiz ist lauter, gröber, ja pöbelnder, als es die laute, pöbelnde der Basler war. Laute, pöbelnde Basler sind einer alten Überlieferung zufolge unendlich viel feiner laut und kultivierter pöbelnd als die Urhorden der anderen, »die es drüben, jenseits, auch noch gibt«. Zürich wird in der neuen Anti-ZH-Theorie als ein Schwamm (Meerschwamm? Fliegenpilz? Tiefseekrake?) gesehen, der die Vitalsäfte des Restlandes aufsaugt und selber tumeszent anschwillt, während die Abgesogenen, außen um Zürich herum, absterben und verdorren.

Das Erstaunliche an der Theorie ist die Ausdehnung der Zürich zugeschriebenen Absaugwirkung: Bis weit ins Mittelland hinein, ja bis Bern, reichen Zürichs dürrebringenden Tentakel. Zürich wird unter dem Blick zur Schweiz, die Schweiz zu Zürichs Wurmfortsatz. Neulich wollte Zürich dem Flughafen Genf die letzten internationalen Linienflüge stehlen. Dafür hätten die Genfer in Straßenbahn, Bus und Flugzeug stündlich dreimal nach Zürich und von dort aus in die weite Welt fliegen (fliehen) dürfen. Auch die offene Revolte der französischen Schweiz vermochte den Spieß nicht umzudrehen: Linienflüge von jedem Flughafen aus, nur von Zürich aus nicht. Ausschaffung von Zürchern, dreimal stündlich, zu anderen Schweizer Flugfeldern.

Schweiz und Schweizer sind eine nicht abbrechende Serie überpinselter, stiller Schrecklichkeiten. Nur wer unerschrocken, mit nackter Hand ohne Gummihandschuh, die Berührung nicht scheut, überlebt rein; alle sich entsetzt Abwendenden werden angesteckt. Es ist nun dank Nichtzürcherschaft so, daß die schreckliche Schweiz fast alle ihrer Schrecken als Modell in den schrecklichen Zürchern wiederfindet und sie, nachdem sie die Zürcher so fremd gemacht hat, wie sie sie braucht, auch offen als schrecklich beschimpft.

Dies ist der erwähnte Heldenmut der Zürcher; Opfer zu werden bei den seltenen Gelegenheiten, da die Schweiz sich kollektiv selber attackiert, mit vereinten Kräften fürchterlich an ihren Fundamenten rüttelt. Wie stark die Schweiz rüttelt, wird ihr selber übers Fernsehen mitgeteilt. Das wiederum liegt fest in Zürichs Hand.

Es ist eine rein akademische Frage, was den Zürchern denn prinzipiell vorgeworfen wird. Sie haben sich einen Sieger; den Wirtschaftskapitän und Staatsmann Alfred Escher, als Denkmal aufgestellt, während die Basler einer Niederlage die schönste Gedenkstätte errichteten, nämlich der Niederlage der Eidgenossen 1444 gegen Franzosen und Österreicher bei St. Jakob. Die Zürcher sind gern jenseits ihrer Grenzen anerkannt, die Basler sind so schlau, übers knappe Davonkommen froh zu sein. Und beide arbeiten auf ihren früheren Zustand hin. Die Zürcher, um zu ködern, servieren auf ihren Einladungen Kaviar, die Basler, um nie mehr erobert zu werden, jedem ein Würstchen, ein halbes Brötchen, man darf dazu zweimal Senf verlangen.

Sie sind unerträglich ordnungsversessen, sie fressen sich auf Kosten ihrer Umgebung fett, sie sind humorlos und verstehen keinen Spaß, man darf in ihren Tramwagen nicht laut singen, überall bestrafen sie Ausgelassenheit, sie beobachten dich nur darum geradezu psychiatrisch genau, weil sie dir etwas wegnehmen wollen, sie verteilen und nehmen Geld unterm Ladentisch, und zum Schluß finden sie sich selbst korrupt, sie entwickeln manchmal sowas wie Jugend und Unruhe, auf das sie sofort mit dem Knüppel eindreschen, und das schlimmste (darauf kann nur die identische Restschweiz kommen): sie haben das Maul immer weit aufgerissen, sie sind nicht nur ordnungsversessen, aus Fremd-Beute fleischfressend usw., sie reden den ganzen Tag ausschließlich davon, es gibt keine anderen Themen.

Die Basler haben ein viel feineres Maul und reden unendlich viel mehr. Aber wer würde sich, angesichts des Zürcher Kolosses, jemals für uns interessieren, wenn wir die schätzenswert fast vollkommene, fast völlig verwirrte Minderheit der Basler tadelten?

Und sie finden sich gut. Wer? Die Zürcher geben zu verstehen, daß sie im gesamten Schweizer Verband arm dran wären, wenn sie nicht eben ihr Zürich hätten, das wiederum den Verband nicht braucht. Darin, nur darin, unterscheiden sie sich von allen anderen, die sich diese Aussage nicht leisten können. Und darin werden sie dann, sagen die Nichtzürcher, vom Spiegelbild ausgehend zu regelrechten Regelbrechern, ja zu gesellschaftlichen Autarkie-Mafiosi, die man nur dank der schweizerischen Faszination durchs Verbrechen wieder in die Arme schließen kann. Etwas fester als üblich; man hat ja mit ihnen, durch bloßes Anschauen, gemessen an Landesverhältnissen atemraubend viel erlebt.

JAMES JOYCE

(1882–1941)

Bahnhofstrasse*

Ein narrendes Paar Augen zeigt
Dem Weg mir, wenn der Tag sich neigt,

Den grauen Weg, dess' Zeichen fern.
Der Stelldicheins- und der Trennungsstern.

Ah, Stern des Bösen! Stern aus Weh!
Hochherzige Jugend kommt nimmermeh',

Noch Altersweisheit, doch zu verstehn
Die Zeichen, die narrend mit mir gehen.

Zürich 1918

* Auf der Bahnhofstraße in Zürich hatte Joyce 1917 einen Anfall seines Augenleidens (»grüner Star«)

MARGRIT BAUR

(* 1937)

Zürich, sagen die Touristen

Zürich, sagen die Touristen, ist eine behagliche Stadt. Und wenn sie die Behaglichkeit einer Gummizelle meinen, gebe ich ihnen recht. Wer nicht an die Wände anstößt, spürt ihre Beschaffenheit nicht, und wer sich schön still hält, wird belohnt mit jener dumpfen uterinen Geborgenheit, die für viele das Wohlbefinden macht.

Aber immer sind welche da, die halten nicht still. Immer gibt es ein paar, die treten gegen diesen Bauch, die wollen endlich geboren und entnabelt sein. Und da strampeln sie dann durcheinander und suchen das Karzinom oder wenigstens einen tauglichen Feind, sie rennen gegen die gepolsterten Wände an und treffen mit den Fußtritten doch meistens nur ihresgleichen. Die andern nämlich – falls es sie gibt – sind natürlich nicht zu erreichen. Sie sitzen weit weg, und ihre Logenplätze – falls es sie gibt – sind natürlich auch nicht bequem. Und im übrigen haben sie auf mehr Bequemlichkeit – falls es sie gibt – natürlich ein Recht, denn sie meinen es gut und väterlich, und was man gegen sie vorbringt, ist erstunken und erlogen; eine Legende ; ein gewaltiges Mißverständnis; Geschwätz. Nur wir natürlich, wir sind darauf hereingefallen, weil wir Proleten sind. Weil wir ohnehin nichts begreifen. Weil wir immer nur ans Geld denken und keinem etwas gönnen außer uns.

Dabei ist es längst aktenkundig: Es geht uns gut. Man lebt hier in Rechtschaffenheit und in Biederkeit und im Wohlstand und leistet seinen Beitrag zur Kultur. Man kommt in Kreißsälen zur Welt, wächst in der Hygiene auf, lebt weiter mit Kalorientabellen und stirbt spät und fast immer im Bett. Man hat von allem etwas mehr, als man braucht. Die Wohn- und Arbeitsverhältnisse sind menschenwürdig, die Spitäler und Schulhäuser zeitgemäß, Ungeziefer kennt man kaum, und die Dreckarbeit machen noch immer die Italiener.

Soll einer sagen, daß er bei so viel Wohlleben nicht zufrieden ist. Weiß er denn einen Ort, wo er es besser haben kann als hier? Er lese doch nur die Zeitung, da steht's drin : Auf der ganzen Welt ist die Welt nicht so in Ordnung wie bei uns. Er sehe sich die Beispiele auswärtigen Unglücks an –: Beweisen sie nicht hinlänglich das eigene Glück?

ROSA LUXEMBURG

(1870–1919)

Brief an Leo Jogiches

[Paris, 1. April 1894]. Sonntag früh

Mein liebstes, mein teuerstes Geschöpf, in diesem Augenblick erhielt ich Deinen süßen Brief. Du irrst, Einziger: Im gegebenen Fall »putschen« wir einander nicht auf. Ich bin in der gleichen Lage wie Du.

Ich träume vom Wiedersehen mit Dir, mein einziges Glück. Ich habe schwer mit mir zu kämpfen, um die Referate und das übrige nicht zum Teufel gehen zu lassen und zu Dir zu fliegen, aber ich schäme mich. Übrigens spüre ich und bin sicher, daß Du mich von selbst rufen wirst, wenn das alles getan ist. Mein Krümelchen, teures, mein goldenes Bengelchen! Willst Du nach Locarno fahren?

Wohin Du auch Lust haben magst! Selbst wenn Du den ganzen Sommer in Zürich bleiben wolltest – für mich ist es überall gut mit Dir. Jetzt bin ich außerstande, an ein Dorf zu denken. Ich denke nur an Dich. Übrigens, in diesem miesen, lärmenden Paris, wo ich andauernd einen schrecklichen Katarrh von der Luft und Kopfschmerzen von dem Krach und Lärm habe, kommt mir Zürich mit dem Zürichberg so still, sauber, duftend vor wie ein wahres Paradies. Mein Gold, sag, vielleicht möchtest Du lieber sofort Nach Weggis! Ich fahre sehr gern sofort auch dorthin, sowie Du schreibst. Ich wiederhole: Wohin Du willst, wohin Du schreibst – fahre ich ohne Überlegung. –

ELSE LASKER-SCHÜLER

(1869–1945)

Brief an Eduard Korrodi

1919

Hochzuverehrender Herr Doktor!
Vielleicht tun Sie mir den großen Gefallen, den Herrn Bundesrat so im Vorbeigehn zu fragen, ob ich wieder in die Schweiz kommen darf? Die Möwen vom Zürchersee schreiben mir so sehnsüchtige Briefe und ich sehne mich nach den weißen Vögeln, schreiender Schnee, wilde Bräute der Nordsee, weichgefiederte Abenteurerinnen. »Wär ich doch eine Möwe! Ich brauchte nicht auf mein Visum warten.« Als ich diesen Seufzer in Berlin vor dem Fräulein Schweizergesandtschaft ausstieß, meinte sie argwöhnisch, »wer weiß, ob nicht doch einem dieser weißen Vögel ein schwarzes Herz unter den Daunen lauert?« Doch der verantwortlichen Dame leuchtete es ein, daß die Vögelinnen, die alljährlich als Gäste Ihre Stadt besuchen, das Edelweiß des Meeres sind und am Tintenklecks ihres Busens *sterben* würden. Dennoch zeigte die gemilderte Beamtin betroffen in meinem alten Paß auf das Wort – »Schriftstellerin«!? Sie hat schon den richtigen Instinkt, denn Schriftstellerinnen sind immer tätig, und tätige Menschen sind gefährlich, oft sogar unzurechnungsfähig; aber ich sei nur erdentrückt, erklärte ich ihr, sozusagen eine Dichterin, das Blumige aller Aufsätze und Artikel hinge wohl mit den Blättern im Zusammenhang, aber nicht am Kopf.

Seitdem wartet das belehrte Fräulein mit mir Tag und Nacht auf mein Visum. Mir ist, als ob ich schon wochenlang im Wartezimmer eines Nervenarztes warte. Sanitätsrat Magnus Hirschfeld hat mir Fichtennadelbäder verschrieben; ich warte also scheinbar im Gehölz. Und ich bitte Sie nochmals, Herr Doktor, ein Wort an höchster Stelle für mich einzulegen, meine Wiederkehr in die Schweiz zu beschleunigen oder gar zu erwirken. – »Daß ich tot zur Welt kam«, erzählte ich Ihnen ja schon vertraulich. Von unerlaubten Umtrieben kann also doch keine Rede sein. Ich spukte höchstens mal um Mitternacht in den kleinen Gassen und Winkeln Ihrer Stadt umher, meist unter Aufsicht meiner beiden Zürcher Freunde; über die hohlen, rissigen Wege, unter dem priesterlichen Wintermond wandelten wir an niederen, bunten Häuschen vorbei wie durch Steinhecken. Max Gubler, der große Zürcher Maler, die Schafgarbe unter den Hirten, malte seine schlafende Stadt in allen ihren Schneemänteln. Ich in der Mitte, stiegen wir die hohen Treppen wieder talab. Gubler bestätigte immer sanft meinen Überschwang, aber Melchior Knecht alias Walter Meier, der Dichter, sprach den Sopran zu meiner Begeisterung. Sie merken, Herr Doktor, ich bin mit meinen Gedanken schon in Zürich; auf seinem weiten Bahnhof stehe ich und vernehme mit Entzücken, wie höflich sich aller Länder Sprachen begegnen, und ich glaube, man erzielt nur tolerante, taktvolle Menschen durch unbehindertes Sichmischenlassen. Und so hat von allem abgesehen: Brotkarten, grasso od olio, Bolschewismus, die Einreise der Fremden in Ihr Land *ein* Gutes wenigstens gehabt. [Ich denke an mich ...]

Ich liebe die Schweiz, über Zürichs interessante Bahnhofstraße, die zu den Cafés, Terrasse und Odéon, führt, durch die frischfreien Städte aus Kristall, schreiten oft Männer breitschultrig, Gesicht und Bart aus Holz, sofort aus Hodlers Gemälden kommend. Der Meistermaler selbst hatte ein großes Holzherz in der Brust, an dem ein Edelspecht klopfte. Ich liebe Ihr Land, seine lieblichen Täler, die Bäche lächeln wie Grübchen. Die Höhen sind Götter und tragen grünliche Gletscherbärte. Und die vielen Wiesen und Seen und Wälder; ihre blühenden Spielsachen bedeckt, wenn es kalt wird, der Schneestern. Und immer legt der Himmel dem Berg einen zartfarbenen Schleier um den Rücken, bis die Goldmutter ihn aufknüpft. Von meinem großen Bogenfenster im herrlichen Elitehotel bemerkte ich oft, wie mich die Gipfel der erhobenen Erden grüßten; einer der Bergkolosse, Sie glaubten mir ja nie etwas, Herr Doktor, kam tatsächlich ungehindert des Kirchturms und der Häuser bis dicht vor meinen Balkon und grollte. Ein Berg *muß* grollen! Mein Gemach war überhaupt ein dreieckiger Waldfleck; ich lag morgens zwischen dem matten Grün der Gobelintapeten, bis mich eine gestickte Nachtigall erweckte. Der junge Josefl, meines liebenswürdigen Hoteliers einziger Sohn, erwartet mich mit Schmerzen in jedem ankommenden Zug aus der Richtung Berlin. Ich bin nämlich die einzige Sterbliche, die mit ihm zu überlegen vermag, ob er Moissi oder Edison werden soll. –

Aus der unabsehbaren Trübe möchten viele Menschen in die Schweiz kommen, und daß die Tanzsucht ausbrach und in Berlin und Umgebung epidemisch zunimmt, gerade im lahmgelegtesten Land, ist weiter nichts anderes als die natürliche Sehnsucht, eigener Bangigkeit zu entkommen. – Flucht [ohne Visum]. Denn selbst der Mond über der Hauptstadt von Deutschland ist nicht mehr der alleinige wohlbeleibte, alte Herr; zusammengeschrumpft, gallenerkrankt murrt er grießtrübe über ein Land, dessen Herz blutgenagelt an der Verzweiflung hängt. Von der maschinellen Bewegung des Krieges waren die Menschen eingeschläfert. *Zu Maschinengewehren gehören Bleisoldaten.* Die wilden Stämme der Wüste überfallen sich über Nacht, Herr Doktor, um sich in der Frühe schluchzend zu versöhnen. Solche Kämpfe sind mir verständlich, sie sind organisch und menschlich und sozusagen wild aufgewachsen. Aber da ich nie lernen konnte, bin ich vielleicht nicht maßgebend, Herr Doktor. Ich meine, je mehr Todesmaschinen gebaut werden, desto weniger seelische Kräfte können sich entfalten. Früher reiste man noch *ab und zu* in der Phantasie nach Vampur; wer tut das noch mit der Palme in der Hand? Jetzt steigen die Reisenden in den Flugapparat, da ihre Herzen entflügelt sind, und erzählen keineswegs, wohin sie geflogen sind, aber wieviele Kilometer weit. In der Schweiz haben die Menschen das Steigen zu Fuß noch nicht verlernt. Sie sind auch verwandt mit jedem Stein und jeder Alpenblume ihrer Heimat. Und die Erbauer der Zahnradbahnen sind viele einer Gebärde mit ihren Bergrücken vom Tal zur Höhe. Die Dolderbahn in Zürich usw. Bei einem Ausflug in den Tessin fuhr ich in Locarnos Funicolare; Paolo Pedrazzini hat sie gebaut, ein schwindeliger Flug, eine jedesmal wieder sicher verhinderte Luftkatastrophe, ein monumentaler abgeschossener Pfeil über wildwachsendem Felsgrund, schaurig und süß an Goldbüschen, Quellgeriesel und hohen blühenden Camelienköniginnen vorbei, erreicht die genialste Bahn ihr Heiligtum, den Gipfel des Klosters Madonna del Sasso, dessen Mönche, Großgemsen, feierlich zur Maria emporkletterten oder über des Erbauers heroischem Rücken die Himmelspforte erreichen. – »Das Schweizerland ist doch ein besonderes Erdreich«, sagte Wedekind zu mir, wir warteten beide auf der Landungsbrücke des Züricher Sees auf unser Schiffchen. Er wollte nach Rüschlikon zu Dr. Guggenbühl, ich nach Kilchberg in Dr. Hubers großes Sanatorium, – wieder – Kuchen essen lernen zwischen Schlaraffenlandlaub. Selbstlos ist es und üblich, seinen Gästen in Deutschland vom eigenen trockenen Brot zu reichen, also seinen Leib zu brechen. Ja, ein hungerndes Land übt heilige Gastfreundschaft und Abendmahl, schon der Jesuse zum Angedenken und Treue, die meist noch nicht einmal für ihr Ideal am Kreuz hangen oder gar in Massengräbern von Ratten angenagt verwesen. Ihre kleinen Geschwister jammern eng aneinandergeschmiegt nach ihren großen Brüdern, sie wollen sie wiederhaben aus Rußland oder aus dem Westen. Meines Halbbruders, des blauen Reiters Franz Marcs, geheiligter Leib wurde vor einiger Zeit überführt von Frankreich nach Ried in Oberbayern. – Im grauen Morgenstern und Nachtklingen, Schüsse und wildem Elend trat der Gruppenirrsinn auf, Herr Doktor; es bildeten sich immer Gruppen auf den Straßen und Plätzen aus Spannung vor dem »Wie wird es werden?« Aber auch aus Furcht vor der Öde, aus Anschmiegungsdrang entstanden diese merkwürdigen Straßengesellschaften, in blinden Wirren gemeinschaftlich auszuruhen. Irgend jemand murmelte etwas zu den Zuhörern; meist ist der Redner freilich nur ein Häscher in seiner Grube, manchmal aber hörte ich auch einen Donnergott zürnen, ihn ebenfalls wie die Lauschenden stumpf anhimmelnd. Aber die Tage der Revolution, hochzuverehrender Doktor, vergesse ich nie im Leben; es waren Römerzeiten! Ein feierlicher Schwur, eine einzige Fackel war Berlin, die aufwärts lohte. Rührende Worte sprachen die einfachen Landwehrmänner an das Volk aus geschmückten Karren, die zu Siegeswagen wurden in der Hand des schlichten Rosselenkers. Ich glaube, daß sich alle Soldaten der Länder leise berühren, gehässig sind sie nur von denen, welche nie draußen im Kriege bluteten oder sich nie gegenüber in den Gräben lagen, Unzucht mit dem Krieg trieben oder sich mit ihm etablierten oder Luxusausgaben von ihm drucken ließen. Die wissen nichts von der schweigenden Treue der *Feindschaft*, die schließlich zusammenblutet und überraschend entwirrt. Nie hörte ich einen Soldaten, aus welchem Lande er auch stammte, anders wie *hochachtend* von seinem Feinde reden.

Ich habe Ihnen nun alles geschrieben, Herr Doktor, was noch auf meinem Herzen zu entziffern möglich ist. Manchmal dichte ich auch wieder von Theben; ich bin alleine noch von allen Prinzen übrig geblieben; muß doch guter Wein sein, die Blume konnte man mir nicht brechen. Mein Neger Ossman freut sich, daß man uns nicht stürzen konnte. Er fragte mich, ob sein Schwager, der Zuluhäuptling von den Karolineninseln, der interniert im Eispalast vier Jahre gefroren hätte, wenigstens auf meinem Balkon mit seiner Familie einstweilen wohnen könnte? Abends raubt er die Edamer- und Schweizerkäseattrappen [seligen Angedenkens] aus den Filialen Grohs. Ich pfeife durch die Querstraßen; an die Schüsse haben wir uns alle schon gewöhnt, und ich weiß wirklich nicht, »warum ich so traurig bin«. [Übrigens unter uns, Herr Doktor, die Loreley soll mächtig mit den Engländern flirten.] Nachts quält mich Alpdrücken, alle Bonbons aus Zürich legen sich gereiht in schweren Ketten um meinen Hals. Und der gefüllte Blätterteig aus Sylt im Vegetarierheim gehört schon in das Sagenreich. Wir sterben alle an zu *wenig* Zucker, der ersetzte wenigstens noch die Liebe. Aber die Liebenden sind aus den Wolken gefallen, nur ich feiere ab und zu noch Himmelfahrt in Versen. Theodor Wolff würde so gern wieder die Gedichte von mir ins Feuilleton bringen, aber er fürchtet, die literarischen Karl von Moore der Bolschewisten könnten mein Manuskript im Fach seines Schreibtisches bei einer etwaigen zweiten Einnahme [es handelte sich nicht um Jerusalem, nur um die Jerusalemerstraße] vorfinden und auf dem Dach seines Hauses einen lyrischen Abend veranstalten. Über *den* würde man nicht Herr werden. Sie, hochzuverehrender Herr Doktor, möchten ihm doch Beiträge senden, Theodor Wolff hielt Sie für einen der feinsinnigsten Essayisten der Literatur.

Es lebe das Schwitzerland und meine verbindlichsten Grüße an den Herrn Bundesrat.

In aller Verehrung — Ihr Prinz von Theben

FRANZ HOHLER

(* 1943)

Die Rückeroberung

Eines Tages, als ich an meinem Schreibtisch sass und zum Fenster hinausschaute, sah ich, dass sich auf der Fernsehantenne des gegenüberliegenden Hauses ein Adler niedergelassen hatte. Ich muss dazu sagen, dass ich in Zürich wohne und dass Adler bei uns nur in den Alpen vorkommen, am nächsten von hier vielleicht in den Bergen von Glarus, etwa 50 Kilometer von der Stadt entfernt. Trotzdem war ich sicher, dass dies ein Adler war, seine erstaunliche Grösse, die herausfordernde Haltung des Kopfes wiesen mich an jenen ausgestopften Vitrinenvogel im Schulhaus meiner Jugend zurück, an dem wir auf dem Weg zur Turnhalle immer vorbeigehen mussten und der auf einem Kartontäfelchen mit »Steinadler« angeschrieben war. Es war für mich ganz klar, dass da drüben auf der Antenne des Nachbarhauses ein Steinadler sass. Vielleicht, dachte ich, ist er aus dem Zoo entkommen oder aus einer Volière, aber dann fiel mir ein, dass ja diesen Tieren meist die Flügel gestutzt werden, so dass sie nur noch ein paar armselige Hüpfer machen können. Und wenn er sich verirrt hat, dachte ich weiter, das kann doch einem Tier auch einmal passieren, doch ich hatte sofort das Gefühl, dass das dem Tier dort drüben nicht passieren konnte. Auch dass es sich einfach auf eines der Häuser setzte, kam mir merkwürdig vor. Vorher lebten wir einige Jahre auf dem Land, und da ärgerte ich mich immer, dass die Mäusebussarde, die ich hoch oben schweben sah, nie in unsern Garten kamen, um die Mäuse zu fressen, und ich hörte dann, dass Raubvögel die Nähe der Häuser scheuten; auch die Stange, die ich ihnen weit vom Haus weg hingestellt hatte, verschmähten sie, während Jahren hatte sich kein einziges Mal einer heruntergewagt, und nun sass auf dem gegenüberliegenden Dach, inmitten von andern Dächern, ein Steinadler und schaute, den Kopf leicht schräg, auf die Strasse hinunter, wo ihn noch niemand bemerkt zu haben schien.

Ich beschloss, meine Frau zu rufen, und ging einen Stock tiefer, in die Familienwohnung, aber als wir zurückkamen, war der Adler verschwunden. Hoch über dem Hotel International, das von meinem Fenster aus sichtbar ist, glaubte ich ihn kreisen zu sehen, aber meine Frau hatte recht, wenn sie sagte, das könne ebensogut ein Bussard sein oder sogar eine Möwe.

Als er ein paar Wochen später zurückkam, war ein zweiter Adler mit ihm, und zusammen begannen sie nun auf dem Nachbarhaus ein Nest zu bauen, zwischen dem Antennensockel und dem Kamin, an welchen sich eine kleine Kuppel anschliesst, an der geborgensten Stelle des Daches. Die Nachbarn, die nicht wussten, wie sie sich verhalten sollten, liessen sie vorerst gewähren, und innert kurzer Zeit war ein Horst entstanden, in dem nun dauernd einer der beiden Adler sass, während der andere Jagd auf Mäuse, Eichhörnchen und kleine Katzen machte.

Natürlich erregten die Vögel ziemliches Aufsehen, umso mehr als sie nicht die einzigen blieben. Aus der ganzen Stadt trafen Meldungen von neu angelegten Adlernestern ein, der ornithologische Verein erstellte ein Verzeichnis, das er laufend nachführte, die Biologen beschäftigten sich mit der plötzlichen Veränderung in den Gewohnheiten dieser seltenen Tiere und fanden keine Erklärung dafür. So schnell, sagten sie, wechsle in der Tierwelt normalerweise kein Lebewesen seine angestammte Umgebung. Die Leute wurden ermahnt, für ihre kleineren Haustiere gut Sorge zu tragen, Hunde wenn möglich an die Leine zu nehmen und Meerschweinchen und Kaninchen nicht in offenen Gehegen herumlaufen zu lassen. Im übrigen beschloss man aber von seiten der Stadtbehörden, die Adler zu tolerieren, da es sich zeigte, dass sie sich nicht zuletzt auch von Ratten ernährten, von denen es in unserer Stadt mehr als genug gibt.

Schon hatte man sich daran gewöhnt, dass auf der Strasse plötzlich ein Adler neben einem zu Boden gehen konnte, um eine streunende Katze zu Tode zu beissen, als ein neuer Vorfall die Leute beunruhigte.

An einer Ampel am Bellevue, das ist einer der verkehrsreichsten Plätze Zürichs, wurde eines Morgens ein Hirschgeweih gefunden. Dieses Hirschgeweih, da war kaum ein Zweifel möglich, war in derselben Nacht abgestossen worden, und es war nicht irgendein Hirschgeweih, sondern eines mit vierundzwanzig Enden. Eine Nachfrage bei den schweizerischen Wildhütern ergab, dass der grösste bekannte Hirsch im Bann Beverin lebte und ein Zweiundzwanzigender war. Der Bann Beverin liegt im Kanton Graubünden, und die Hirsche gehören bei uns zu den Tieren, die sich im Lauf dieses Jahrhunderts fast gänzlich aus dem Mittelland zurückgezogen haben. Da aber niemand diesen Hirsch beim Abstossen beobachtet hatte und er auch in den nächsten Tagen und Wochen nirgends gesehen wurde, weder in der Stadt selbst noch in den paar Wäldern der Umgebung, nahm man zuletzt an, das Geweih sei von jemandem dort hingelegt worden, der es kurz zuvor irgendwo in den Bergen gefunden haben musste und offenbar nicht über dessen hohen Wert im Bilde war.

Deshalb rechnete auch niemand mit dem, was etwa drei Monate später an einem der ersten Sommertage geschah. Ein Morgenspaziergänger rief um 4 Uhr früh bei der Polizei an, in der Parkanlage beim Bürkliplatz hielten sich eine Anzahl Hirsche auf und versperrten die Fusswege. Zwei ausrückende Polizisten fanden diese Angabe bestätigt und lösten einen Grossalarm aus, denn sie sahen, dass sich nicht nur einzelne Hirsche zwischen den Büschen bewegten, sondern dass es sich um eine ganze Herde handeln musste, deren genaue Grösse schwer auszumachen war, sie konnte aber ohne weiteres in die Hunderte gehen. Die Parkanlage wird auf der einen Seite durch das Seeufer begrenzt, auf der andern durch zwei breite Strassen, und so entschloss sich die Polizei nach Rücksprache mit dem Zoodirektor, den Park abzusperren, um dann die Tiere einzeln einzufangen oder abzuschiessen. In aller Eile wurden grosse Rollen elektrischer Drähte herbeigeschafft, wie man sie zum Einzäunen von Kuhweiden braucht, und als gegen 7 Uhr der Morgenverkehr anzurollen begann, war die gesamte Parkanlage mehrfach mit geladenen Drähten vor den Hirschen gesichert, welche in grösster

Ruhe, mit gleichmässig mampfendem Geräusch Rasen Blumenbeete und Bäume abfrassen. Während man sich das weitere Vorgehen überlegte, stiess gegenüber vom Kongresshaus ein riesiges Tier mit seinem Geweih die Drähte hoch und zerriss sie mit einem Ruck, ohne dabei den geringsten Schaden zu nehmen. Dieses Tier war der Vierundzwanzigender, der nun an der Spitze der ganzen Herde auf die Strasse hinaustrabte, dem Bellevue entgegen.

Niemand wusste, wie man diesen Hirschen beikommen konnte. Scharfschützen waren aufgeboten, Wildhüter und Jagdaufseher kamen dazu, aber inmitten der dichtbelebten Strassen war an ein Abschiessen gar nicht zu denken, und die Herde hielt sich nur an dichtbesiedelte Strassen, sie überquerte, von Fahrzeugen der Polizei gefolgt, das Bellevue und ging nachher gemächlich den Limmatquai hinab. Die Verwirrung war gross. Die Tramwagen stauten sich, ohne dass sich die Passagiere getrauten auszusteigen, die Automobilisten versuchten ihre Wagen auf das Trottoir zu steuern, einige liessen angesichts der nahenden Herde ihr Auto mitten auf der Strasse stehen und flüchteten in einen Hauseingang, andere kurbelten ihre Scheiben hoch und blieben sitzen, sie verschwanden in den Tieren wie ein Stein in den Fluten. Eine eigenartige Stille begleitete den ganzen Zug. Überall wurden die Motoren abgeschaltet, und man hörte nur das Schleifen und Scharren der vielen hundert Hufe auf dem Asphalt, ab und zu splitterte eine Scheibe, oder Autokarosserien wurden angekratzt, doch die Leute verhielten sich mucksmäuschenstill. Polizisten eilten zu Fuss der Herde voraus und versuchten die

Leute vorzuwarnen, vom Einsatz von Lautsprechern sah man nach dem Rat des Zoodirektors ab, um durch den Lärm keine Panik unter den Hirschen zu verursachen, denn ein Durchbrechen der Herde war das, was man am meisten fürchtete. Die Erwartung, dass sich die Hirsche wieder einen Weg aus der Stadt hinaus suchen würden, um in irgendeinen der umliegenden Wälder zu gelangen, erwies sich als falsch, die Route, welche die Tiere wählten, sah viel eher nach einer Stadtbesichtigung aus. Beim Central bogen sie abrupt nach rechts ins Niederdorf ein, welches sie beim Predigerplatz wieder verliessen, um sich, nachdem sie das wenige Grün beim Pfauen abgefressen hatten, erneut nach rechts zu wenden, die Rämistrasse hinunter, zum zweitenmal das Bellevue überquerten und sich dann nicht dem Üetliberg zubewegten, wie alle hofften, sondern bei den Stadthausanlagen nach rechts in die Bahnhofstrasse einschwenkten. Am Paradeplatz verriegelten die Grossbanken ihre Portale, die Bijoutiers und Pelzhändler liessen die Rolläden über ihre Türen rasseln und blickten angstvoll aus den Schaufenstern auf die braunen Leiber, die sich unaufhaltsam vorbeidrängten und die Strasse in ihrer ganzen Breite ausfüllten. Bereits hatte man mit der Abschrankung der Bahnhofunterführung begonnen und das grosse Sperrgitter des Hauptbahnhofs gezogen, als die Herde beim Modissa-Haus überraschend nach rechts abbog, der Rudolf Brun-Brücke zu. Wenig später – die ersten Tiere waren gerade unter der Brücke bei der Hauptwache durch – setzte ein Platzregen von grosser Stärke ein, der die Herde mit einemmal zum Stehen brachte.

Der Vierundzwanzigender, der ständig die Spitze der Herde innehielt, hob den Kopf in die Höhe, schaute sich um und strebte dann in leichtem Trab dem Parkhaus Urania zu, wohin ihm alle andern Tiere folgten. Das war eine unerwartet günstige Entwicklung. Sobald die Hirsche drinnen waren, wurden Ein- und Ausfahrt der Parkgarage mit Lastwagen verbarrikadiert, so dass die Herde gefangen war.

Der Entscheid, zu schiessen, wurde sehr rasch getroffen. Über die Lautsprecheranlage wurden die gerade im Parkhaus befindlichen Leute aufgefordert, unbedingt in ihren Wagen zu bleiben und dem Ein- und Ausgangstor fernzubleiben, etwas, das übrigens, den gegen außen dringenden Schreien nach, nicht allen gelang, und nun postierte man schräg gegenüber der Ein- und Ausfahrt mehrere Polizeisoldaten mit Maschinengewehren, die durch die besten Scharfschützen des städtischen Korps verstärkt wurden. Man wartete das Ende des Regens ab, dann fuhren die Lastwagen von den Toren weg, und eine Knallbombe wurde ins Parkhaus hineingeworfen. Die Detonation tat ihre Wirkung. Mit einem mächtigen Sprung setzte der Vierundzwanzigender aus dem dritten Stock des offenen Rundaufgangs hinaus, und die ganze Herde folgte ihm in so kurzer Zeit, dass es den sofort ihren Standort wechselnden Scharfschützen nur gelang, den einen oder andern Hirsch abzuschiessen, aber ein Maschinengewehreinsatz kam wegen der in die Schusslinie geratenden Häuser am Lindenhof nicht in Frage. Eine einzige Hirschkuh verirrte sich in den unteren Ausgang und wurde von einer zornigen Garbe erfasst, zugleich mit der Tanksäule, so dass sich das Blut des erlegten Tieres mit dem auslaufenden Öl zu einer rotbraunen Lache vereinigte.

Wie nach einem Plan löste sich nun aber die Herde auf und zog in Grüppchen von drei oder zwei Hirschen durch die ganze Stadt, viele Hirsche waren auch allein unterwegs. Die Bilanz dieses Morgens war nicht gut. Erschossen worden waren nur elf Tiere, die Gesamtzahl schätzte man auf mindestens dreissigmal soviel; zudem waren vier Personen im Parkhaus verletzt worden, eine davon, eine Frau, welche von den Hirschen zertrampelt worden war, lebensgefährlich.

Da die Hirsche die Stadt nicht mehr verliessen, oder wenn sie es einmal taten, nach kurzer Zeit wieder zurückkehrten, wurde nun eine Spezialeinheit der Polizei zur Hirschbekämpfung gebildet. Das war eine äusserst heikle Aufgabe, vor allem weil der Gebrauch der Schusswaffe selten ohne Gefährdung von Menschen möglich war. Man schickte deshalb einige Männer nach Amerika, wo sie von Cowboys im Lassowerfen ausgebildet wurden. Aber auch ihnen gelang es nicht, die Hirsche aus der Stadt zu vertreiben. Man gewöhnte sich einfach an das Bild eines durch eine Einbahnstrasse preschenden Hirsches, der zu Pferd von einem lassoschwingenden Polizisten verfolgt wurde.

Das hat auch etwas Schönes, gewiss, und auf eine Art ist es eine Bereicherung des Stadtlebens, aber irgendwie ist mit diesen Tieren auch der Schrecken wieder eingezogen. Das Schreien einer Katze zum Beispiel, die sich gegen den tödlichen Zugriff eines Adlers wehrt, ist fast nicht auszuhalten. Wer an einem Herbstmorgen von den tiefen und unnachgiebigen Brunstrufen der Hirsche aus dem Schlaf gerissen wird, welche von den Häuserfronten wie von Felswänden widerhallen, der bleibt wach für diesen Tag, und wo immer in der Stadt zwei Hirsche aufeinander losstürzen und sich mit krachenden Geweihen ineinander verkeilen, ist die Strasse augenblicklich leer.

Jedenfalls hielten sich Adler und Hirsche bis zum Herbst, und als der Winter kam, blieben sie erst recht, sie zogen sogar neue Gäste nach sich.

Beim Hirsch, der an einem nebligen Vormittag in der Mitte des Hardturmstadions gefunden wurde und von dem ausser Haut und Knochen nur noch die blutigen Innereien dalagen und den Schnee ringsum rot färbten, dachte man zuerst, er sei von Hunden angefallen worden, aber als der Kantonstierarzt die Spuren sah, wurde er unsicher und liess einige Biologen kommen. Gemeinsam studierten sie nun den Schauplatz und gaben dann ihren Bescheid bekannt. Diese Spur, sagte der Kantonstierarzt, während das Biologenteam hinter ihm düster zu Boden blickte, stammt vom Wolf, und wir haben es hier nicht mit einem einzelnen Wolf zu tun, sondern mit einem ganzen Rudel.

Es dauerte eine Weile, bis zum erstenmal ein Wolf gesehen wurde, lange Zeit traf man immer nur ihre Spuren an. Offenbar hatten sie es auf die Hirsche abgesehen, denn der Hirsch vom Hardturmstadion blieb nicht der einzige, etwa alle zwei bis drei Tage fand man irgendwo in der Stadt ein ähnlich zugerichtetes Tier. Die ersten, die dann die Wölfe zu Gesicht bekamen, waren die Kinder aus der Schulklasse meines achtjährigen Buben. Als sie an einem Morgen in der Turnstunde am Waldrand des Käferberges schlittelten, waren die Wölfe plötzlich da und stürzten sich auf den hintersten der Gruppe, den Sohn eines Jugoslawen. Er habe nur einmal geschrien, sagte die Lehrerin, die vor Entsetzen ausser sich war, scheinbar hatten ihm die Wölfe gleich die Halsschlagader durchgebissen. Als die Polizei eintraf, konnte sie nur noch der Blutspur folgen, die zur Nähe des Waldweihers führte. Dort lag das, was die Wölfe von Ilja übriggelassen hatten, die Wölfe selbst aber waren verschwunden und konnten auch von den eingesetzten Hunden nicht aufgetrieben werden, ihre Fährte verlor sich beim Friedhof Nordheim.

Von nun an herrschte in Zürich der Ausnahmezustand. Nicht, dass er ausgerufen worden wäre, aber er war da. Die Schulen begannen zusammen mit den Eltern den Schulweg der Kinder so zu organisieren, dass immer gruppenweise in Begleitung von Erwachsenen gegangen wurde, den wehrpflichtigen Männern wurde auch gestattet, mit entsichertem Sturmgewehr die Kindergruppen zu begleiten. Mein Sohn war zutiefst verstört durch das Ereignis, das seine Klasse getroffen hatte, er beruhigte sich erst etwas, als ich ihm ein grosses Pfadfindermesser kaufte, das ich ihm bislang verweigert hatte, weil es mir zu gefährlich schien. Dieses Messer gürtete er sich nun immer um, wenn er mit den andern Kindern zur Schule ging, wo übrigens eine Stellvertreterin unterrichtete, denn die Lehrerin hatte einen solchen Schock erlitten, dass sie wochenlang vor keine Klasse mehr treten konnte.

Die Behörden unternahmen jetzt grosse Anstrengungen, um dieses sonderbare Geschehen in den

Griff zu bekommen. Dass jedes Jahr ein bis zwei Dutzend Kinder unter den Autos starben, daran hatte man sich gewöhnt, das war eben ein möglicher Tod in der Stadt, aber dass Kinder von Wölfen zerrissen werden, das sollte nicht vorkommen, nicht in einer Stadt wie Zürich. Die Bevölkerung wurde aufgefordert, Vorschläge zu machen, die von einem Krisenstab geprüft wurden, man gab für Inhaber eines Jagdpatentes sämtliche Wölfe zum Abschuss frei und auch die Adler und Hirsche, denn man hatte eingesehen, dass diese Erscheinungen alle zusammenhingen, man appellierte zugleich an die Schützen, nur dann zu schiessen, wenn mit Sicherheit kein Menschenleben gefährdet wurde. Daraufhin besserte sich die Situation etwas. In kurzer Zeit wurden mehr Tiere erlegt, als die Spezialeinheiten bisher zur Strecke gebracht hatten, und auch was man nicht zu hoffen gewagt hatte, trat ziemlich rasch ein. Es gelang nämlich, das Wolfsrudel in eine Falle zu locken. Man hatte einen verwundeten Hirsch in eine Sackgasse im Friesenbergquartier gestellt, wo man ihn mit genügend Futter zurückhalten konnte, und tatsächlich erschien gegen Morgen das ganze Rudel Wölfe und machte sich über ihn her, so dass die Maschinengewehrschützen, die der Strasse entlang in den oberen Stockwerken der Reihenhäuser Stellung bezogen hatten, die Tiere ohne Mühe erschiessen konnten, 33 Wölfe waren es, die innerhalb einer knappen Minute mit aufgerissenen Schnauzen am Boden lagen. Zürich atmete auf, der Forstbeamte, der diese Idee gehabt hatte, erhielt Hunderte von Telegrammen und Anrufen mit Gratulationen, am Abend war die Stadt in festlicher Stimmung, es gab Freinacht, und in vielen Restaurants wurde gratis Bier ausgeschenkt.

Am andern Morgen musste der Flughafen gesperrt werden, weil auf der Kreuzung zwischen der Start- und der Landepiste ein halb aufgefressener Hirsch lag. Die Untersuchung der Spuren ergab: es waren Wölfe.

Von da an begann man sich langsam darauf einzurichten, dass man diese Tiere möglicherweise nicht loswerden konnte, sondern irgendwie mit ihnen leben musste. Wo sie herkamen, wusste man nicht, sie wurden nirgends vermisst, und es wurde auch keine andere Stadt von ihnen heimgesucht, weder in der Schweiz noch sonstwo in Europa, Zürich war ganz allein betroffen, und niemand wusste warum.

Der erste Bär tauchte gegen das Frühjahr auf. Er lief durch die Bahnhofunterführung, welcher man den Namen Shopville gegeben hat, kippte alle Abfallkübel mit einem Prankenschlag um und durchschnupperte sie nach Essbarem. Die Leute flohen die Rolltreppen hoch oder drückten sich in die Eingänge der Geschäfte, und der Bär bediente sieh ausgiebig an den Auslagen eines grossen Comestiblesladens. Ein Angehöriger des Bahnhofbetriebsschutzes erschoss ihn von hinten, während er nach einer Melone griff, fast erstaunt sackte das Tier zu Boden und überrollte sich einmal, bevor es auf dem Bauch liegenblieb wie ein Bettvorleger.

Kurz danach hörte man, dass ein Bär im Engetunnel den Verkehr zum Stehen gebracht hatte und sich nachher sihlaufwärts davongemacht habe. So mussten wir uns, nachdem der letzte Bär vor mindestens 70 Jahren im Engadin gejagt wurde, wieder mit dem Leben der Bären beschäftigen und uns darauf gefasst machen, mitten in der Stadt einen anzutreffen. Sie waren weniger gefährlich als die Wölfe, traten auch nie in Rudeln auf, sondern trotteten meist als Einzelgänger durch die Strassen. Trotzdem war Vorsicht geboten, vor allem mit kleinen Kindern, und auch die Bären wurden sofort zum Abschuss freigegeben. Auszurotten waren sie aber ebenfalls nicht.

Ihr Erscheinen wurde im ganzen recht gelassen hingenommen, eine eigentliche Panik ging erst durch die Stadtbevölkerung, als auf dem Stauffacher ein älterer Mann beim Griff in einen Zeitungsständer von einer Kreuzotter in die Hand gebissen wurde und trotz sofortiger Behandlung am gleichen Tag starb. In derselben Woche kam es mehrmals vor, dass aus den Schliessfächern am Bahnhof Giftschlangen hervorschossen und Leute zu beissen versuchten, die ihr Gepäck herausnehmen wollten. Aus dem Industriequartier hörte man von einer Italienerin, welche beim Öffnen des Brotbehälters eine Viper vorgefunden habe und beim Versuch, diese mit der Bratenschaufel zu töten, von ihr gebissen worden sei. Fast jedermann begann unters Bett zu schauen, bevor er schlafen ging, wir schlugen auch immer zuerst die Bettdecke ganz auf, weil wir die Warnung gehört hatten, dass Schlangen warme Plätzchen bevorzugten. Im Kindergarten meines fünfjährigen Buben wurde eine Würfelnatter in der Spieltruhe gefunden und vom Abwart sofort totgeschlagen. Es stellte sich zwar nachher heraus, dass sie nicht giftig gewesen wäre, aber wir überlegten uns nun doch zum erstenmal, ob wir die

Kinder nicht zu meinem Bruder nach Olten bringen sollten. Viele Eltern nahmen ihre Kinder aus der Schule und brachten sie woanders hin, es zogen auch etliche Familien ganz weg, die Wohnungen in den umliegenden Städten wurden knapper, als sie schon waren, und ausserordentlich belegt waren bereits April die Zeltplätze des ganzen Mittellandes.

Wir entschlossen uns dennoch zu bleiben, ich hörte zu dieser Zeit, dass der in der Schweiz bisher noch nie gesichtete Schlangenadler aufgetaucht sei, ein Raubvogel, der sich ausschliesslich von Schlangen ernährt, und hoffte, dass er für einen Rückgang dieser neuen Bedrohung sorgen würde. Davon war aber nichts zu spüren, und es zeigte sich, dass bereits eine weitere Bedrohung über der Stadt lag, gegen die man noch machtloser war. Sie sah zuerst harmlos, fast erfreulich aus, aber bald wurde klar, dass gerade sie das eigentliche Ende bedeuten konnte.

Diese Bedrohung ging von den Pflanzen aus, und zwar vor allem von zwei Arten. Die erste Art war das Efeu, das plötzlich unheimlich schnell zu wachsen anfing. In einer einzigen Nacht konnte es aus einem Garten bis in die Strassenmitte vordringen, und wenn es am Morgen geschnitten wurde, war es am Abend schon wieder an den Trottoirrändern. Mit äusserster Mühe konnte zunächst durch tägliche Pflege verhindert werden, dass es sich auch an Glas- und Betonbauten festkrallte, die Verwaltungsgebäude der grossen Firmen, die Hotels, die Banken, die Warenhäuser, alle mussten Leute einstellen, die nichts anderes zu tun hatten, als den ganzen Tag Efeu zu schneiden, und im Gefolge des Efeus vermehrten sich auch die andern schlingenden Pflanzen, weisser Knöterich, Clematis, Glyzinien und andere Zierparasiten begannen sich mit dem Efeu zu vermischen und nahmen gemeinsam den Kampf gegen Strassen, Häuser und Unterführungen auf.

Gleichzeitig entwickelte sich eine zweite Art von Pflanzen zu nie gesehener Grösse, und zwar war das alles, was sonst im Sumpf gedeiht, ich weiss nicht, ob Sie Eselshuf kennen, man sagt auch Pestwurz, diese etwas fleischige Pflanze mit den riesigen Blättern, die sonst in den Bergen entlang von Bächen oder in feuchten Runsen anzutreffen ist, diese Eselshufe sprossen plötzlich aus jedem Rasen, und die Blätter wurden so gross, dass sie ein parkiertes Auto zuzudecken vermochten, Schachtelhalme erreichten Höhen von Birken, und Farne beugten sich von einer Strassenseite auf die andere, aber so, dass man ohne weiteres noch unten durchgehen konnte. Diese Pflanzen waren bei all ihrer Biegsamkeit so stark, dass sie den andern Pflanzen die Substanz wegzehrten, und in kurzer Zeit verdorrten standhafte Bäume und fingen an, bei Windstössen umzuknicken, so dass heute die Einwohner bei jedem Wetterwechsel in den Häusern bleiben. Wir gehen überhaupt nur noch hinaus, wenn es sein muss, denn man kann sich denken, dass diese Vegetation für Wölfe, Schlangen, Bären und Hirsche förderlicher ist als für den Menschen, und jetzt, da schon viele Strassen stillgelegt sind, weil sie vollständig überwachsen sind und sich die Leute mit Brotmessern und Gerteln einen Pfad hinaussäbeln müssen, kann man sich auch viel weniger darauf verlassen, noch gerettet zu werden, wenn man von einem wilden Tier angefallen wird. Deshalb beginnen wir immer mehr, uns selbst zu helfen und auf eigene Faust zu leben, es dauert oft tagelang, bis man wieder etwas von den Behörden vernimmt oder auf eine Polizeistreife trifft. Gleichzeitig mit einem neuen Gefühl für Nachbarschaft, das entsteht, weil alle dringend aufeinander angewiesen sind, entsteht eine neue Form von Räuberei und Freibeutertum, weil kaum noch eine übergeordnete Organisation für ein zuverlässiges Lebensgefüge sorgen kann, die Leute beginnen sich zu misstrauen, und es kommt vor, dass Menschen, die sich in einem fremden Quartier durch einen Efeupfad kämpfen, von Begleitern eines Kinderzuges abgeschossen werden.

Jetzt geht es gegen den Herbst zu, und niemand weiss, wie es weitergehen soll. Von den wenigen Zügen, die auf den mittleren Geleisen des Hauptbahnhofs noch verkehren können, sind die abfahrenden stets vollbesetzt, die Gepäckwagen überquellen von Koffern und zugeschnürten Säcken, während mit den einfahrenden Zügen kaum noch jemand ankommt. An den Autobahnen werden nur noch die Zufahrten freigehalten, die zur Stadt hinausführen, die Einfahrten sind längstens unter metertiefem Grün begraben. Allgemein erhofft man sich mit dem Verwelken der Pflanzen einen Rückgang ihres Wachstums und plant eine grosse Abholzungs- und Ausrottungsaktion, an deren Erfolg ich aber zweifle. Von Anfang an erwiesen sich die in fast nicht mehr verantwortbaren Mengen eingesetzten Herbizide als wirkungslos, Efeu bleibt auch im Winter grün, und bereits ist festzustellen, dass der Stengel der Schachtelhalme nicht mehr weich und knickbar ist, sondern mehr und mehr den

Charakter einer Baumrinde annimmt. Überhaupt ist fraglich, wie sich der Winter anlassen wird. Schon der vergangene brachte ungewöhnlich grosse Schneemassen, und mein Heizöltank ist nur noch zu einem Viertel gefüllt, weil der Tankwagen auf unserer Strasse nicht mehr durchkommt, jedenfalls habe ich unseren Birnbaum, der neben einem Riesenfarn zusammenstürzte, zersägt und bin bereit, die kalten Tage mit der Familie in meinem Arbeitszimmer zu verbringen, wo der einzige Holzofen des Hauses steht.

Wenn ich zum Fenster dieses Arbeitszimmers hinausschaue, sehe ich zwischen den Spitzen der Schachtelhalme hindurch immer noch die Steinadler auf dem Nachbardach abfliegen und ankommen und ihren arg krähenden Jungen irgendein noch halb zuckendes Fleischstück zerkleinern und in die Schnäbel drükken, während das Hotel International wie ein gewaltiger alter Baumstrunk am Horizont steht, gänzlich von Efeu umklammert, aus dem sich blau und weiss Clematis- und Knöterichblüten herausheben, neuerdings sind auch Kapuzinerchen dazugekommen, deren gelbe und rote Blüten man schon bis in den zehnten Stock hinauf verfolgen kann.

Es ist auch ruhig geworden vor meinem Fenster, die Baustelle für den neuen Migros-Markt ist verlassen, der Kranarm bewegt sich wie eine Riesenblume im Wind, die Trams haben ihren Betrieb abgebrochen, die nächste noch befahrbare Autostrasse liegt beim Hallenbad draussen, das Haus gegenüber ist leer, und ich sitze da und denke darüber nach, ob es jetzt noch einen Sinn hat, die Stadt zu verlassen, oder ob das alles nur der Anfang von etwas ist, das sich von hier aus uneindämmbar ausbreiten wird.

PAUL NIZON

(* 1929)

Ob ich in Zürich wohl vertrocknet wäre?

Ob ich in Zürich und in der Schweiz wohl vertrocknet wäre? Es war, so scheint mir, auch eine Frage der Enge. Zürich war mir einfach zu klein als Revier für die Anzahl Schriftsteller, die es beherbergt. Man ist dauernd und geradezu physisch konfrontiert mit dem, was die Kollegen Muschg und Loetscher und viele andere machen, mit den Kommentaren dessen, was sie, was wir alle machen, es kommt einem vor, als wäre eine Losung ausgegeben, jetzt mußt du engagiert schreiben und zwar für das Jugendzentrum, jetzt wiederum gegen den oder jenen Faschoansatz, man sitzt wie in einer Schreibstube, man fühlt sich wie öffentlich angestellt. Und man kennt alles nach und nach so gut, man kennt es auswendig, das Leben ist oder wird wie eine abertausendmal erzählte Geschichte, es kriegt den stumpfen Glanz der abgegriffenen Münze, es wird immer enger und kleiner. Selten einmal empfindet man wirklich etwas Lebendiges.

Auch ich war mir selber hölzern und unveränderlich und allzu gemütlich geworden, ich lechzte nach FREMDE.

Ich wollte mich wieder auswerfen, abhandenkommen wollte ich mir und sehen, was ich würde, wenn ich wieder aus den Tiefen des Untergegangenseins emporsteige, ob ich eine Art Taufe erhalten habe.

Es ging mir um Erneuerung oder auch um eine Revision meiner selbst. Was bleibt bestehen, was kommt zum Vorschein, wenn ich auswandere und mich in der Fremde aussetze und namenlos werde? Ich wollte ja weiß Gott nicht Franzose werden.

Vielleicht ahnte ich, daß ich den im Buch und in mir umgebrachten Stolz, den Tagträumer, Narziß, den ewig Schläfrigen, den Ichgefangenen, den also Erfrorenen, der immer nur bis an die Waldgrenze, aber nie IN DEN WALD HINEIN GEGANGEN war, zum Leben erwecken müßte, wenn ich weiterschreiben wollte, und daß mir das vielleicht gelänge, wenn ich uns in den Ozean der Stadt würfe und aussetzte?!

EINAR SCHLEEF

(* 1944)

Die Gepäckscheine in der Faust

Auf dem Züricher Hauptbahnhof wurde ich ausgerufen. Die Zugehfrau von Hildes Herrschaft empfing mich. Ja Ihr Herr Vater ist überraschend abgereist, Ihre Frau Schwester iat mit der Herrschaft in Tessin, sie bittet Sie, daß Sie hier einige Besorgungen machen und dann nachkommen, bitte folgen Sie mir. Hans übermüdet, quengelte, ich erschrocken, hatte mir gleich etwas Schlimmes vorgestellt. Die Dame bugsierte uns in ein Taxi, durch die Innenstadt am See entlang. Eine Seitenstraße. Das Stück wär ich gerne gelaufen. Die Dame duldete keinen Aufschub. Hilde hatte ihre Nähgeschichte telefonisch durchgegeben, wahrscheinlich gabs das in den Bergen einfach nicht. Ich wunderte mich, so schäbig wohnen reiche Leute. Von Sangerhausen war ich etwas anderes gewohnt. Klein, richtig beengt wie bei unserer Mutter. Alte Möbel, meist wacklig, die Teppiche abgetreten, sehr dürftig, die Dame bemerkte mein Staunen. Legte auf den Küchentisch einen Zettel der Herrschaft: Hilde Ihre Schwester wohnt selbstverständlich bei uns. Vera. Das ist die Frau der Herrschaft. Hildes Zimmer lag zum Hof, wenigstens Blumen, kam aus dem Staunen gar nicht mehr raus. Armselig. Der Herr ist Kaufmann. Die Dame zeigt zum Kinderzimmer: Alles frisch bezogen, Sie brauchen sich um nichts zu kümmern. Die Waschfrau ist Freitag da. Bitte legen Sie alles da und da hin. Sprechen wir die Einkäufe durch. Hans bepinkelte sich auf dem Klo, wir waren 14 Stunden im Zug, nahm die darauf keine Rücksicht. Hatte ihm mehrmals die Wäsche gewechselt, krebsrot vor Aufregung. Bitte schnell, ich muß packen. Ich zog Hans aus, wickelte ihn in ein Badetuch, mir auch egal. Bitte das ist alles für Sie. Sie zeichnete von der Bahnhofsstraße ausgehend meine Einkäufe ein. Das Geld. Natürlich tun Sie das nicht umsonst. Die Herrschaft regelt das mit Ihnen. Ein Vorschuß, bitte rechnen Sie dann mit mir ab, Sie benötigen 2 Tage. Ich verabschiede mich. Ich war allein. In einer fremden Wohnung mit einem Haufen Geld. Hans unfähig einzuschlafen. Ich war verwirrt. Ich las mehrmals Hildes Aufstellung, Nähkram, ich würde mich genau nach der Anweisung richten.

Ich war so aufgeregt, hatte meinen Vater verpaßt, umständlich das zwischen uns abgesprochen, jetzt war er nicht da, Hilde im Tessin, ich sollte zu meinen Einkäufen einen Wagen mieten. Mein Bauch und Kopf drehten durch, ein solcher Aufprall. Panik. Das einzig richtige Wort. Ich zog mich aus, legte mich mit Hans hin, er nuckelte, biß, patschte vor die Brust, wir schliefen beide ein. Schweißnaß. Draußen wurde es dunkel, die Augen offen. Ich wusch mich, verbrachte über eine Stunde mit dem Anziehen. Meine Orientierung verloren. Saß am Küchentisch, unfähig mich zu bewegen. Im Korridor, direkt vor der Tür, lagen auf dem Läufer die Hausschlüssel. Jeder mit Heftpflaster ausgeschildert. Ich hatte vergessen nach Hildes Telefonnummer zu fragen. Die Dame war übertrieben korrekt. Warum.

Die Wohnung in 2 Etagen eines Mietshauses, ich sah mir die Zimmer an, kein Mensch im Haus. Hans schlief. Die Wohnung erschien mir als sei das alte Mobiliar vor kurzem eingeräumt, Staubkanten an den Wänden, merkwürdig, selbst die Anrichte halb leer, Geschirrstapel vorn um zu täuschen, Hans schrie, da machte ich wieder hoch. Hunger. Die Dame mußte wahrscheinlich nur für uns eingekauft haben. Obst. Haferflocken. Milch. Kein Fleisch. Wußte sie, daß ich Vegetarier bin. Ich brauchte bloß alles in Besitz zu nehmen. Der Zettel auf dem Küchentisch: Hilde Ihre Schwester wohnt selbstverständlich bei uns.

Abend saß ich mit Hans am See, mitten zwischen den Steinen, die Füße im Wasser, er planschte in einem Kindermäntelchen rum, gelbe Teddys auf weißem Grund. Es wurde dunkel. Lichter auf der anderen Seite. Lau an den Beinen, streckte mich aus. Hans krabbelte auf mir, ich kaute seine Finger, biß in die kleinen Zehchen. Ruhe. Ein beleuchteter Dampfer vorbei. Tanz in Etagen. Mamma. Mamma. Ich blinzelte, Tanz in mehreren Etagen. Männer im Gebüsch. Sterne. Ich schob den Träger über die Schulter, Hans nuckelte an mir wie Willy. In Salzgitter verabschiedeten wir uns. Er mußte ins Ruhrgebiet. Ich fuhr zu Hilde. Einen Moment war ich gleichgültig geworden. Ich saß mit meinem Kind im Zug, einem Kind, was ich nicht gewollt hatte, meiner Niederlage, Willy von Baustelle zu Baustelle. Ich im Schlepptau, jetzt reichte es. Hilde brauchte mich. Ihr Telegramm im richtigen Moment. Ich war nicht bereit, Willy die Wahrheit zu sagen. Ich fuhr ab.

Ehe. Schlußstrich ziehen. Mit einem 2jährigen Kind weglaufen.

Kaum von der Promenade zurück, klingelte das Telefon: Haben Sie sich eingerichtet. Mittag um 1 Uhr. Danke. Eingehängt. Komisch, das ist der Verkehr unter Dienstboten, indem einer die Herrschaft nachmacht, wie sollte ich das verstehen, wer war überhaupt diese Frau. Ich brachte Hans ins Bett, im Kinderzimmer eine leuchtend himmelblaue Tapete mit weißen Motiven. Hans hielt sich an mir fest oder ich mich an ihm.

Müde, ausgestreckt, aber wie eingeschlafen, hellwach, kaputt, ich zog mich wieder an, den Mantel umgehangen, draußen so warm, durchs Treppenhaus barfuß, aufgeschlossen, die Luft, ich wankte besoffen. Ich kriegte nicht genug. Lag im bestickten Sommerkleid auf der Bank, nah einer Badeanstalt. Weißer

Bretterverschlag. Schilder, ein 3 Meterturm. Gaslaternen. Das Wasser schwappte. Besoffen. Bis zu den Knien drin, keine Linderung, mein Gesicht und die Haare naßgemacht, ich brannte. Warum. Woher sollte ich das wissen. Hätte mich nur reinwerfen können. Hans schlief. Ein Klotz am Bein, um auf die andere Seite zu schwimmen.

Am Schnürchen kaufte ich ein, Punkt 1 saß ich im Speisezimmer zu Tisch, für Hans und mich gedeckt, die Kochfrau servierte, aß in der Küche. Ich beobachtete sie, strenger Knoten, einfaches Kleid, weiße Schürze, sie stand auf, ob ich etwas möchte. Hans vollgematzt, sie brachte Handtuch und Lappen. Wusch ihn aus. Sie bediente uns. Merkte meine Unsicherheit. Ohne Anzeichen brachte sie Kaffee und Kuchen. Sie möchten sich doch einen Wagen nehmen, und Sie sollen gründlich sein. Eine Ermahnung. Ich stocherte auf dem Teller. Ich war gründlich. Ihr Vorschuß. Quittieren. In meiner Verlegenheit drückte ich das Papier mit dem Bleistift durch. Während ich Hans im Bad säuberte, wusch sie ab. Auf Wiedersehen. Morgen packe ich Ihren Korb für die Reise. Die Tür im Schloß.

Abend klingelte das Telefon. Sind Sie mit Ihren Einkäufen soweit. Ich bin fertig. Fahren Sie morgen. Wir bringen Sie zum Zug. Eingehängt. Ich möchte nochmal mit meiner Schwester sprechen, hätte sie sofort unterbrechen müssen. Der Kommandoton. Ich Dussel. Nichts von der Stadt gesehen von Auslage zu Auslage, einige Bestellungen waren erst morgen früh fertig. Konnte sich ein Geschäft überhaupt das leisten, nicht alle Waren am Lager zu haben. Im Reich wars anders, sowohl am Lager wie ins Haus geliefert. Hier am nächsten Tag, da sollte ich aber schon im Zug sitzen. Heute weiß ich natürlich woher die Panik, aber damals. Sehe mich genau in der Wohnung, eingesperrt, obwohl Schlüssel und Geld, es wurde über mich verfügt, ich war beobachtet auf Schritt und Tritt, bis ich im Zug saß.

Mit Koffer und Tasche für Hans' Kindersachen traf ich ein, mit 17 Gepäckscheinen verließ ich Zürich. Im Hausflur vorgestellt: Besuch aus dem Reich. Auf Anordnung der Zugehfrau zog ich meine eleganteste Garderobe an. Für die Bahnfahrt. Ich faßte mich an den Kopf. Hans in Weiß. 1. Klasse. 2 Gepäckkarren Gepäck. Die Dame verbringt den Herbst im Tessin. Mit wem redete die Zugehfrau. Ich stieg ein. Die Gepäckscheine in der Faust. 14 Tage hatte ich Willy gesagt.

Endlos schwarze Löcher, dazwischen blitzte die Landschaft. Ich kannte den Rhein, den Kölner Dom und die Goldene Aue.

Schnee in der Sonne. Himmelblau. Die durchsichtige Tapete des Kinderzimmers. Wolken. Ja, Gertrud, segelte über den Fußboden. Ich hing am Fenster, drückte Hans, die Berge. Gottseidank allein im Abteil. Ich tanzte, schwenkte meinen Sohn.

EMMY BALL-HENNINGS

(1885–1948)

Brief an Hugo Ball

(Galerie Dada, Zürich, Ende Mai 1917)

Liebster Hugo,
jetzt ist eine große Aufregung hinter mir, und ich bitte Dich, bleibe nur ruhig. Die Mappen sind gepackt, das Kommentar der Bücher ist ins Hauptbuch geschrieben. Die Voltaire-Hefte sende ich morgen sowie einige Bücher, die Dir gehören. Janco wird Hocker kaufen, und es ist ja gut, wenn die bei ihm stehen, denn er ist der Einzigste, der Dich so vollkommen in Schutz nimmt, wie Du es verdienst. Morgen kommen jetzt Frau Grieg und Otscheret, wollen mein Bild kaufen, weil es ihnen so gut gefällt. Eben kam ich von Richters, die unglücklicherweise einen Pfingstausflug machten, aber ich habe einen Brief geschrieben und er wird morgen kommen. Seine Mappe habe ich schon gerichtet sowie auch die Segall-Mappe für Arp. Janco hat sehr fleißig geholfen, während Tzara und Gruschek die Abrechnung gemacht haben. Ich habe gebeten, daß man es schwarz auf weiß schreiben möge, denn die Angabe einer endgültigen Schuldsumme von 130 Frs. genügt wohl doch nicht. Von der Summe »Richter« meint Tzara, sei nur 50 Frs. höchstens für Galeriezwecke verwendet und die seien nicht aufgezeichnet. Ich sende Dir morgen die Aufzeichnung der Bücher und eine Abschrift dessen, was also verkauft ist.

Bei Raschers »Weißen Blättern« fehlt ein Heft, vielleicht hast Du es. Deinen Heimatschein schicke ich Dir eingeschrieben sowie die Manuskripte, die im Schrank lagen. Isralewitschs Sachen gebe ich Slodki, ich bringe die morgen in die Universitätsstraße. Tzaras Bücher sind auch schon weg.

Janco war furchtbar gut und das freut mich so, und ich kann nicht verstehen, daß Tzara und Gruschek Dich als kompromittierten Menschen auffassen, denn ich bin doch da, und das hat Janco auch gesagt. Er sagte: er hat das Recht krank zu sein, und er meinte, ich solle es nicht so ernst nehmen, was Tzara sage. Aber es tut mir doch weh, wenn so am Schluß alles unverhohlen rauskommt. Ich hätte Dich nicht fahren lassen dürfen, aber man bedenkt nicht, wie es für mich ist, Deine Gesundheit so ruiniert zu sehen, und ich finde es wirklich schrecklich, daß ich von Tzara und Gruschek hören muß, Du seiest sehr gesund und Du habest Dich immer zu beherrschen verstanden.

Aber ich habe erklärt: Eines gibt es nur. Sie werden verstehen, daß ich diese Worte nicht hören darf, kann und will, und daß ich mir diesen Ton verbieten muß, denn wie Sie sich das denken, daß ich unter solchen Umständen und Beschuldigungen alles ordnen kann, ... ich soll Geld auftreiben für die Galerie, ich tue es gewiß, dafür bin ich da geblieben ...

... Wenn ich das Geld, das für die Bilder meines Kindes bezahlt worden ist, der Galerie gebe, so glaube ich, ich darf wenigstens ein Benehmen erwarten, das anständig ist, das hat auch gewirkt.

Janco hat gemeint, Du sollst nicht kommen, denn das wäre nicht nötig. Die Schulden würden bezahlt werden … Janco läßt Dich grüßen, und Du sollst Dich gut erholen. Er hat in meinem Beisein Tzara und Gruschek erklärt: er hielte Dich keiner schlechten Handlung für fähig. Er kenne Dich lange genug, um das zu beurteilen und wir sollten Dir alle Ruhe gönnen und froh sein, daß wir das Geld bekommen. Ich glaube, Tzara ist wütend über Janco's Meinung, aber ich habe geweint, daß er so gut von Dir spricht und gesagt hat, daß er das überall vertreten will. Es tut mir so weh, so schrecklich weh, das habe ich auch gesagt, man solle bedenken, daß Du immer organisiert und gearbeitet hast in jeder Weise … Ich habe gemerkt, daß ob Du krank bist oder sterbend, das ist ihnen egal …

Liebster, es ist Montag früh sechs Uhr zwanzig und ich wurde gestern in meinem Schreiben unterbrochen durch die Ankunft Tzara's. Eben kommt Deine Depesche und ich bin so glücklich dazu. Tzara hat sich gestern Nachmittag jetzt entschlossen, intensiv zu arbeiten und die Goltzmappen gezählt, gepackt und verglichen mit dem Verzeichnis … Die Kosten der Kataloge belaufen sich auf nicht ganz 4 Frs., und ich werde Arp heute bitten, das zu begleichen. Tzara kommt um 10 Uhr, Slodki auch, und Tzara hat mir versprochen, die Reise von Dir nicht so darzustellen, wie er es mir gegenüber tat. Denn wir sind schrecklich aneinander geraten, aber er sieht ein, daß es unberechtigt ist …

… Auf dem Konsulat war ich um neun Uhr, wird gemacht, auch ohne das Sterbepapier, Annemie hatte die Todesanzeige meiner Mutter in der Zeitung geschickt.

Bei Rascher war ich, er schickt das Wörterbuch, war sehr nett … Morgen früh geh ich wegen der Dekke, denn diese Dinge muß ich früh machen, damit ich da bin, wenn jemand kommt am Nachmittag. … Tzara sagt immer: Frau Hennings Geld, Geld, Sie müssen schauen … Die Möbel sind abgerieben und sehr gut geworden. Allerdings habe ich gezählt, es fehlt eine Stabelle, ich glaube, es liegt an Dir, Du hast irrtümlicherweise den polnischen Stuhl mitgezählt und so denke ich, es wird keine Schwierigkeiten geben, denn wir haben ihn ja nicht gegessen …

… Mit Glauser hab ich schnell gesprochen, und in meinem neckischen Ton aufmerksam gemacht, daß es wenig hübsch war, die 6 Frs., die wir ihm gegeben, nicht zu zahlen, aber er hat es jetzt in der Tat arrangiert, und ich sagte, ich sei wieder gut … und so lächelten wir ein Spitzbubenlächeln und sagten uns Addio …

… Aber eines: ich wußte nicht, daß die große Sturm-Ausstellung nach Basel geschickt wird und falls das nicht sein soll, bitte um ein Telegramm.

Baumann's Kiste ist fertig … Kandinsky haben wir nach unten gebracht in der Hoffnung, eventuell zu verkaufen …

Otscheret kauft mein Bild, ich nehme 50 Frs. dafür … definitiv ist, daß er drei Bilder von Annemarie kaufen will, wegen der Ampel muß ich sprechen und ihn um Geduld bitten. Wegen Deiner Geldschuld bitte ich, mich womöglich zu informieren, ob ich mein Bild, 50 Frs. ganz der Galerie zu geben habe, und wie ist es mit Annemies Bildern? Auf alle Fälle bitte ich etwas an sie zu schicken.

… alles, was gemacht wird im Leben, Hugo, Du kannst mir glauben, das wird nur anerkannt, solange Du Dich immerwährend in jeder Minute opferst und wenn Du ausgesaugt bist, wird geschimpft. Das können die Leute gar nicht verstehen, wenn ein Pferd müde wird. Es ist das Unlogischste, sich für Andere, oder etwas Ideales, oder was Gemeinsames sich einzusetzen. –

… Oh, mein lieber, lieber Hugo, wie will ich mich freuen, wenn ich bei Dir bin, oh, wie wird das schön sein, wenn wir allem entronnen sind. Gleich wird die Post kommen, wenn etwas ist, sende ich es Dir sofort, und wenn was Gutes ist, bekommst Du Expreß oder Telegramm, damit Du Dich ein wenig freuen kannst, mein armer, lieber Hugo, ach Du armes Steffgen, klingeln Dir denn Deine Ohren wohl …

OSKAR PANIZZA

(1853–1922)

Olga

Ich hätte nicht gerade gedrängt, die näheren Umstände, unter denen meine Ausweisung erfolgte, dem Publikum mitzuteilen, und das Schleiergewebe, welches über allen diesen »aus administrativen Gründen« und unter »Geheimhaltung der Motive« erfolgenden polizeilichen Maßnahmen liegt, zu zerreißen; um so weniger, als ich ja selbst nur das eine Janus-

Gesicht dieser deutsch-schweizerischen Doppelzüngigkeit, nämlich das faktisch in Zürich Vorgefallene, genau kenne. Nun sind aber inzwischen Notizen in den öffentlichen Blättern erschienen und Gerüchte im Publikum in Umlauf gekommen, die für meinen schriftstellerischen Ruf, der doch nur nach der einen Seite, nach der rein ideellen, nach der geistigen Seite, ein »verbrecherischer« sein darf, von äußerst schädlicher Beimischung gewesen wären. *Julius Schaumberger* schrieb mir, in München sei das Gerücht im Umlauf, ich sei in Zürich wegen *Notzucht* verhaftet, eine Dame schrieb mir von ebenda, sie hätte gehört, ich sei »wegen *Kindsabtreiben* ausgewiesen«. Aus Berlin hörte ich, ich hätte mich mit, *»minderjährigen Mädchen* abgegeben«. Und die offizjös von der Zürcher Polizeidirekzion den Blättern zugegangene, wohl absichtlich dunkel gehaltene, Notiz ließ kaum etwas Anderes vermuten als ich sei der Zuhälter einer wegen Prostituzion und Kuppelei verfolgten Frau gewesen. Unter diesen Umständen glaube ich doch den Lesern der »Zürcher Diskußionen« einige Aufklärung schuldig zu sein. Und zwar muß es eine genaue, eine peinlich genaue Aufklärung sein, am Schluß deren ich die Zürcher Polizei-Direkzion auffordern werde, sich, wenn sie noch Lust hat, zur Sache zu äußern. Ich habe jüngst in Eingang zur Doppel-Diskußion über »Agnes Blannbekin« unter anderem bemerkt: nichts, was vor *anständigen* Ohren gesagt werden könne, dürfe aus dem Leben dieser intereßanten Nonne verschwiegen werden. Hier muß ich sagen: was im Folgenden mitgeteilt wird, sind zum Teil *Unanständigkeiten, müssen* Unanständigkeiten sein, weil ich nur unter Mitteilung *aller* in Betracht kommenden Einzelheiten die Zürcher Polizeidirekzion auffordern kann, wenn sie Lust hat, Farbe zu bekennen.

Hier die Tatsachen: Ende November oder Anfang Dezember des vorigen Jahres (1897) – der Tag läßt sich nicht genau feststellen – traf ich in Zürich, wo den Sommer vorher die Prostituzion durch Volksbeschluß aufgehoben worden war und wo es für einen des Dialektes unkundigen Fremden und Junggesellen kaum möglich ist, einer erbarmenden weiblichen Seele zu begegnen, wo auch das Ansprechen einer Dame im Sinne der freien Liebe bei Polizeibuße verboten ist, in der Dunkelheit der Bahnhofstraße zwei Damen, die mich ansprachen und mich einluden, ihnen in ihre Wohnung zu folgen. Da die Gegend, wohin sie mich einluden, das sog. Industrie-Quartier, nicht gerade wohlbeleumundet ist, ich auch anderweitige Gründe hatte, so folgte ich an diesem Abend der Einladung nicht, sondern frug die *jüngere* der beiden Damen – sie hieß *Olga* –, ob sie mich an einem der nächsten Vormittage in *meiner* Wohnung besuchen wolle; auf die bejahende Antwort übergab ich meine Karte und entfernte mich.

Und Olga kam; sie war schön wie der Vollmond. Ein hochgewachsenes, prächtiges Schweizerkind, mit Zähnen wie Gletscherwaßer und Augen wie Bergschatten. Die Schweizer »Tochter«, wie sie dort genannt wird, ist mit 15, 16, 17, 18 Jahren eine äußerst frische und schmucke Erscheinung, voll Kühnheit und Lebenslust, ausgelassen bis zur Waghalsigkeit, mit herausfordernden Mienen, eine echte republikanische Erscheinung, wie man sie in keinem deutschen Lande trifft. Ich habe vor mehreren Jahren in *M. G. Conrad's* »Gesellschaft« in einem Aufsaz, »Prostituzion«, vom Standpunkt des Arztes, des Künstlers und freien Forschers die hier einschlägigen Fragen beleuchtet und die Anwendung des verfemten Wortes »Prostituirte« auf ein derartiges Geschöpf eine Schmach genannt. Ich habe schon damals den aus den Zeiten einer milderen Auffaßung stammenden Ausdruk »Freudenmädchen« vorgeschlagen. In England ist es der heftigen Agitazion der für ihre Mitschwestern kämpfenden höchsten englischen Damen-Aristokratie gelungen, dem Grundsaz in der Landesgesezgebung Geltung zu verschaffen, daß jeder Mensch, also auch jedes Mädchen, solange kein öffentliches Aergernis entstehe, nach dem Eintreten der Reife mit seinem Körper anfangen könne, was es wolle, und daß der Verkauf körperlicher Reize innerhalb der genannten Grenzen niemals, sei es von Seite der Behörden, sei es von Seite Privater, zur Anwendung einer beschimpfenden Bezeichnung Veranlassung geben dürfe. *Heinz Starkenburg* ist erst jüngst in einer größeren Arbeit, »Die Frauenbewegung und die Liebe der Zukunft« (»Gesellschaft« 1898, Heft 23/24), zur Schlußfolgerung gelangt, daß unsere heutigen ökonomischen Verhältniße und das Mitkonkurriren des sexuell wenig veranlagten Weibes in den Berufsgeschäften des Mannes zur Lokerung und Verspärlichung der Ehen und zur Häufung der »freien Verhältniße«, der »freien Liebe« führen müße. Und eine Frau, *Gräfin zu Reventlow*, hat hier, in diesen Blättern, unter anderem den Saz ausgesprochen: ein Mädchen, das die sinnliche Liebe genoßen und zur Mutterschaft gelangt sei, auf einem Wege, auf welchem nur immer, selbst wenn sie ihr Kind aus Not dem Staat zu Füßen legen müße, geistig wie körperlich immer noch beßer daran, als eine Sterile, die als ein verdorrender Ast am Lebensbaum der Menschheit verwelke. Und um noch einen zu nennen, gegen den die Herrn Stadtväter in Zürich kaum etwas einzuwenden haben werden: *Luther* sagt in einer seiner Predigten: ein Jüngling soll, wenn es hoch kommt, mit 20, »ein Maidlin um fünfzehn oder achtzehn Jahren« zur Ehe schreiten (Luther's Vermischte Predigten, hrsg. von Plochmann, Frankfurt 1877. Bd. I. S. 541). Daß diese Forderung in unserem heutigen Erziehungs- und Wirtschaftsleben nicht durchführbar ist, ist klar. Aber der biologische Teil dieser Forderung bleibt deshalb doch bestehen.

Und nun zurük zur Sache. Ich weiß nicht, wie *Luther* über einen intimen Verkehr zwischen dem Schreiber dieser Zeilen und der mehrfach erwähnten *Olga* gedacht hätte: item, er fand statt. Und er kontinuirte sich während des ganzen folgenden Winters. Da aber *Olga* nicht nur den rein sinnlichen Verehrern ihrer Schönheit, sondern auch den rein ästetischen Bewunderern ihrer Körperformen ihre Reize verkaufte und auf dem »Künstlergütli« bei den Profeßoren Modell stand, so benüzte ich die Gelegenheit und machte gleich bei unserer ersten Zusammenkunft vier fotografische Akt-Aufnahmen, von denen ich je ein Exemplar *Olga* schenkte. Bei dieser Gelegenheit kam rein zufällig die Frage nach ihrem Alter zum Aufwurf, und ich war nicht wenig erstaunt, zu hören, *Olga* habe erst kurz die von *Luther* verlangten 15 Jahre erreicht. Auf meine ungläubige Entgegnung, das sei bei ihrer Körpergröße doch kaum glaublich, erbot sie sich, den Geburtsschein vorzulegen. Sie brachte ihn auch acht Tage später. Und es ergab sich in der Tat, daß *Olga* erst um Mitte November 15 Jahre alt geworden war (Das Schweizer Gesez schützt das Mädchen bis zum vollendeten 15ten Lebensjahr). Ich zeigte *Olga* aber bei dieser Gelegenheit auch meine Kollekzion teils anatomischer, teils künstlerischer Aktbilder, wie sie bei uns in Kunsthandlungen zu haben sind, und hierunter befanden sich zwei als Pendant gedachte mänliche Aktstellungen, je eine mit dem *membrum virile in statu erectionis* und die andere mit dem *membrum virile in statu relaxationis*. Bei diesen Darstellungen waren bekanntlich die Zeichner von anatomischen Atlanten bis vor Kurzem lediglich auf das Gedächtnis angewiesen, während seit den Momentaufnahmen fotografische Darstellungen direkt nach der Natur geliefert werden konnten. Diese Kunstblätter haben eigentlich mit unserer Sache hier gar nichts zu tun; ich muß sie aber anführen, weil *Olga* später zufällig dieser Blätter auf der Polizei erwähnt hat, und weil es mir darauf ankommt, daß der Leser alles, auch das kleinste Detail, erfahre, um sich ein Urteil über die wahren Gründe meiner Ausweisung bilden zu können. – Unser Verkehr dauerte bis gegen das Frühjahr 1898. *Olga* verzog dann und kam troz meiner wiederholten schriftlichen Bitte nicht mehr, ohne daß ich die Gründe für dieses Verhalten erfahren konnte. – Anfang Sommers, beiläufig im Juni, erschienen plözlich bei mir zwei Polizei-Abgesannte in Zivil, zeigten mir die Kartons mehrerer gänzlich zerstörter und zerkrazter

Fotografien und verlangten von mir die Herausgabe der betr. Aufnahmen, die ich von *Olga* angefertigt habe. Ich erklärte den Leuten, die Fotografien seien mein Eigentum, seien nur für rnich gemacht, ich hätte von jeder ein Exemplar *Olga* geschenkt, die sehr ungeschikt gehandelt habe, selbe zu zerstören, denn die Aufnahmen seien absolut einwandfreie, künstlerisch gestellte Akte. Ich bezweifelte, fügte ich hinzu, ob das Zürcher Landesrecht eine derartige gewaltsame Abverlangung von Privateigentum erlaube. Die Leute bestanden auf Herausgabe der Fotografien. Ich offerirte, die Blätter an mich zu nehmen und in ihrer, der Polizisten Gegenwart auf dem Wege zur Polizei bei meinem Rechtsanwalt vorbeizupaßiren, um mich über die gesezliche Tragweite meiner Weigerung zu informiren. Dies wurde abgelehnt. Schließlich frug ich, ob die Leute mich im Falle der Weigerung verhaften würden. Dies wurde einhellig bejaht. Ich hatte mich bereits angezogen und war bereit, den Leuten auf die Polizei zu folgen, als ich mir sagte, daß in dem Moment, da ich die Blätter an mich nehmen werde, dieselben auch der Gewalt der beiden Aufpaßer ausgeliefert seien. Auf der andern Seite war es mir peinlich, als Fremder einer Aufforderung der Polizei Widerstand entgegengebracht zu haben. Und schließlich erwog ich noch: die Herrn auf der Polizei machen sich offenbar die übertriebensten Vorstellungen von den Fotografien, gerade weil dieselben zerkrazt sind. Ich bat daher den einen der Polizisten zu mir in mein Zimmer, holte die ganze Kollekzion der von mir in Zürich gefertigten Bilder – meist Landschaften, Tierbilder, Straßenaufzüge, Zimmerinterjörs, darunter auch die Akte von *Olga* – hervor, und übergab, da Abzüge nicht mehr vorhanden waren, die betreffenden vier Original-Platten dem Polizisten. Dann schrieb ich an die »hohe Polizeidirekzion der Stadt Zürich« einen Brief folgenden Inhalts: ich sei erstaunt über diese gewaltsame Abforderung meines Eigentums; ich bezweifelte die Gesezmäßigkeit dieses Vorgehens; doch wollte ich als Fremder der polizeilichen Verordnung keinen Widerstand entgegensezen; die Bilder seien, wie sich die Herrn überzeugen könnten, rein künstlerisch gestellte Akte, wie man sie in Deutschland in jeder Kunsthandlung feilbiete; auch seien die Bilder nur für mich gemacht, und *Olga* habe nur, da sie ja selbst Modell stehe, von jeder Aufnahme ein Exemplar geschenkt erhalten. Ich vermutete aber, fuhr ich fort, daß über meinen Verkehr mit *Olga*, sei es von ihr, sei es von anderer Seite, entstellte Angaben gemacht worden sein, denn sonst könne ich mir das Vorgehen der Polizei nicht erklären; ich ersuche daher *um polizeiliche Vorladung und um Einvernehmung als Zeuge*. Jezt schon könne ich folgende Angaben machen; denn da ich nach zweijährigem Aufenthalt im kommenden Herbst selbst um Einbürgerung im Kanton Zürich nachzusuchen gedächte, könne es mir nicht gleichgiltig sein, wie die hohe Polizeidirekzion in dieser Sache über mich denke. *Olga* R. habe mich auf der Straße in ihre Wohnung eingeladen; sie sei dann auf meinen Wunsch zu mir gekommen; hinsichtlich ihres Alters sei ich vollständig orjentirt gewesen, denn ich hätte ihren Geburtsschein selbst in der Hand gehabt, aus dem ich ersehen, daß sie bereits im verfloßenen Herbst 15 Jahre alt geworden;

auch sei *Olga deflorirt* gewesen, als sie zu mir kam; persönlich möchte ich noch bemerken, daß ich unverheiratet sei und daß seit Aufhebung der »Häuser« in Zürich dem Fremden jeder legale Verkehr mit dem Weibe gesezlich abgeschnitten sei; schließlich bäte ich um Rükgabe der fotografischen Platten. – Auf diesen Brief hin hörte ich zunächst für ca. sechs Wochen gar nichts. Dann, Ende Juli, erhielt ich eine Zeugenvorladung »in Sachen gegen die Eheleute R. wegen Kuppelei«. Dort hörte ich zunächst zu meinem Erstaunen, daß *Olga* den Verkehr mit mir abgeleugnet und daß die junge Dame, die sich damals in Begleitung von *Olga* befand, als wir uns auf der Straße trafen, die Stiefmutter von *Olga* war. Ich befand mich nun in der unangenehmen Lage, den »Kronzeugen« machen zu müssen. *Olga* mußte gestehen. Es kam dann auch die Frage wegen der beiden anatomischen Bilder aufs Tapet, und der Untersuchungsrichter betonte hierbei ausdrüklich, er stelle die Frage nicht wegen der materjellen Seite, die hier gleichgültig sei, sondern um die Glaubwürdigkeit *Olga's* auch in diesem Punkt zu prüfen; ich erklärte ohne Weiteres, *Olga* habe eine ganze Kollekzion Bilder bei mir gesehen, darunter auch die anatomischen. Damit war das Zeugenverhör zu Ende. Von der Verhandlung selbst weiß ich nichts. Ich war nicht zugegen. – *Ein Vierteljahr später*, Ende Oktober, erhielt ich plözlich meine *Ausweisung* mit der Motivirung, daß ich, »in dem Prozeß gegen die Eheleute R. eine höchst verwerfliche Rolle gespielt« habe.

Was war inzwischen geschehen? – Die Kaiserin *Elisabeth* von Oestreich war am 10. September von *Lucheni* in Genf ermordet worden. Es hatte die Heze des Auslandes gegen die Schweiz begonnen. Und dann war die Heze der Schweiz gegen ihre eigenen Fremden gefolgt, besonders gegen solche, die in »anarchistischem« Geruch standen. Man hätte mich auf Grund meiner in Zürich erschienenen Bücher und Schriften wohl als *»Anarchisten«* bezeichnen können, wenn man jede Auflehnung gegen unsere in Deutschland zum Himmel stinkende monarchische Verwüstung als *»Anarchismus«* bezeichnen will – wie ich ja schon oben betont habe, daß nach der *gedanklichen* Seite als »Verbrecher« aufgefaßt zu werden, mich nicht im mindesten schenirt. Aber man wollte das offenbar nicht oder konnte es nicht oder verstand es nicht oder scheute sich: kurz, man fand, daß es auf dem oben angedeuteten *sittlichen*, oder beßer: *unsittlichen* Wege bequemer sei und daß es leichter ginge, mir die 15-jährige *Olga* auf den Rüken zu schnallen, als mir die Fakel der Revoluzion in die Hand zu geben.

RICARDA HUCH

(1864–1947)

Während ich versuchte, Schweizerin zu werden

Während ich versuchte, Schweizerin zu werden, hatte ich nie das Gefühl, dadurch mein deutsches Vaterland aufzugeben oder gar zu verraten. Man pflegte damals in der Schweiz scherzweise von Deutschland als vom großen Kanton zu sprechen. Das entsprach ganz meinem Empfinden; es drückte sich darin das Bewußtsein der einstigen Zusammengehörigkeit aus, und wenn das wirkliche Verhältnis umgekehrt war, da Deutschland in dieser Wendung zu einem Gliede der Schweiz gemacht wurde, das sich von ihr abgetrennt hätte, so lag insofern etwas Wahres darin, als Deutschland von den Ideen und Formen des alten Reiches der Deutschen mehr abgewichen war als die Schweiz. Das betraf allerdings Verhältnisse und Beziehungen, die den Laien nicht so geläufig waren wie den in der Geschichte Bewanderten; aber gerade mit solchen kam ich viel zusammen. Wohl bemerkte ich allmählich, daß im Volke vielfach mehr der Gegensatz zu Deutschland als die Erinnerung an den einstigen Zusammenhang lebendig war, daß für die welsche Schweiz die historischen Grundlagen der Eidgenossenschaft und ihr kultureller Zusammenhang mit Deutschland, der den Gebildeten und namentlich den Studierten in der deutschen Schweiz wert war, wie es schon die Sprache bedingt, weniger ins Gewicht fiel. Es begegnete mir, daß Schweizer ein erstauntes und ungläubiges Gesicht machten, als ich gelegentlich sagte, daß Wilhelm Tell, gesetzt, er habe gelebt, ein Deutscher gewesen sei und von den Deutschen als deutscher Held verehrt werde.

Junker Wyß, Mayer von Knonau, Hermann Escher hatten freundschaftliche Beziehungen zur deutschen Gelehrtenwelt, die beiden letzteren reisten beinah jedes Jahr einmal nach Deutschland. Dabei waren sie selbstverständlich treue Schweizer und hätten den letzten Blutstropfen für die Unabhängigkeit ihres

Landes hingegeben. Fast könnte ich sagen, daß auch ich das getan hätte; denn das, was die Schweiz auch mir war, war sie ja nur als selbstbewußtes, unabhängiges Gebilde, das Ideale hochhielt, die auch meine waren, die sie nur als von den Alpen und eigener Kraft geschütztes freies Asyl pflegen und verkörpern konnte. Die Schwierigkeit, die darin lag, daß die Schweiz zu Frankreich ebenso gute Beziehungen hatte wie zu Deutschland, während der Gang der Geschichte Frankreich zu unserm Erbfeind gemacht hatte, unterschätzte ich.

Daß ich bald, nachdem ich mich bemüht hatte, Schweizerin zu werden, freiwillig die Schweiz verließ, ist nicht leicht zu begreifen. In Zürich war ich in den Besitz meiner selbst gekommen, hier wurde mir zuerst das Bewußtsein der eigenen Persönlichkeit und der eigenen Kräfte; denn zu Hause wird man als Glied einer Familie ohne eigenes selbständiges Wesen in eine vorhandene Rubrik eingeordnet, in der Fremde, wo man für sich allein steht, muß man sich Unbekannten bekannt machen und ihnen seinen Wert beweisen. Hier hatte ich Freunde, mit denen ich mich innig verbunden fühlte, in deren Liebe ich wirklich weich ruhte, wie ich solche anderswo wiederzufinden kaum hoffen konnte, hier hatte ich eine geachtete und gesicherte Stellung, in die ich immer wirksamer hineinwachsen konnte. Im Grunde war es aber gerade diese Stellung, dieser Schulberuf, der mich dazu brachte, so teure Bindungen zu lösen, eine so großmütige Heimat aufzugeben. Mein Beruf befriedigte mich immer weniger. Anfangs war die Schwierigkeit des Unterrichts eine Art Widerstand gewesen, den zu überwinden eine interessante Aufgabe war, das ging verloren in dem Maße, wie die Kunst des Unterrichts mir geläufiger wurde. Ich hatte nun keine Angst mehr vor den Stunden, aber auch keinen anderen Ansporn als die Pflicht. Daß ich meine Berufstätigkeit, wenn ich ihr auch pflichtgemäß oblag, möglichst schnell hinter mich zu bringen suchte, um mich dem hinzugeben, was nun einmal mein innerer Beruf war, empfand ich als unrichtig. Ich liebte die Mädchen, aber es war mir lästig, daß ich ihnen etwas beibringen sollte. Ich hatte damals keine festen Überzeugungen, keine Grundsätze, die es mich gedrängt hätte. jungen, empfänglichen Menschen zu übermitteln; was ich an Weltanschauung hatte, war eine Richtung auf das Leben, ich könnte auch sagen auf das Schöne, das Große und Echte. Ich wollte vor allen Dingen leben und erleben, und darin schien mich die Schule zu hemmen. Es war mir zumute, als sei ich in eine Meeresstille geraten. Da war nichts mehr zu begehren, zu erkämpfen, zu wagen; so lag ich da und mußte so liegen in quälender Beklemmung.

In dieser Stimmung traf mich die Aufforderung einer jungen Bremerin, nach Bremen zu kommen, wo ihre Familie im Verein mit anderen ein Lyzeum gründen wollte. Allerdings handelte es sich auch da wieder um Unterricht; aber ich würde nur einige Vorträge zu halten haben, und es würde mir genügend Zeit bleiben, um meine schriftstellerischen Pläne auszuführen. Bevor ich abreiste, machten Bäumchen und ich noch einen Ausflug ins Gebirge. Über Furka und Grimsel wandernd, atmeten wir noch einmal die reine und wilde Luft der schneenahen Höhe, genossen wir noch einmal das Glück, alles, was uns in Ernst und Scherz, im Leben und in Gedanken begegnete, miteinander durchsprechen zu können, gegenseitigen Verständnisses gewiß, wie wir es drei Jahre lang beinah täglich zu tun gewohnt gewesen waren. Jetzt fühlten wir zugleich mit dem Glück des Augenblicks die Wehmut des Abschieds und die Ungewißheit, ob wir jemals zusammen die geliebten Berge und wann wir uns selbst wiedersehen würden. Tröstlich war für mich, daß Marianne Plehn die im gleichen Sinne an sie gerichtete Aufforderung annahm. Sowohl Marianne wie Bäumchen waren nach beendetem Studium sofort von ihren Professoren als Assistentin gewonnen worden; da Marianne jedoch die Stelle mit einem Kollegen teilte, war sie zu gering besoldet, als daß sie davon hätte leben können, und sie war gezwungen, die Gelegenheit eines ausreichenden Verdienstes, der ihr geboten wurde, zu ergreifen. Sie riß sich schweren Herzens von Zürich los wie ich, die ich es doch freiwillig tat. Ich verließ die schöne Stadt, die den Fremdling behütet hatte, die ich nie aufgehört hatte zu lieben und zu der es mich immer wieder zurückzog. Kämpfe, Mühen und Erschütterungen aller Art standen mir bevor, aber gewonnen hatte ich doch das stürmische Leben, das ich vermißt hatte und zu dem das Schicksal mich drängte.

FRANZ KAFKA

(1883–1924)

Zürich

Heraufsteigen des Bahnhofs aus einigen ineinandergegangenen Bahnhöfen der letzten Erinnerung – (Max nimmt es für a + x in Besitz)

Historischer Eindruck fremden Militärs. Fehlen dieses Eindrucks beim eigenen – Argument des Antimilitarismus.

Schützen in Zürüch auf dem Bahnhof. Unsere Furcht vor dem Losgehn der Gewehre wenn sie laufen.

Plan von Zurück wird gekauft.

Auf einer Brücke hin- und zurück wegen Unentschlossenheit über die zeitliche Aufeinanderfolge von kaltem, warmem Baden und Frühstücken.

Limmatrichtung, Uraniasternwarte.

Hauptverkehrsader, leere Elektrische, Pyramiden von Rüllchen im Vordergrund einer Auslage eines italienischen Herrenmodewarengeschäftes

nur Künstlerplakate (Kurhotels, Festspiel »Marigagno« von Wiegand, Musik von Jermoli.)

Erweiterungsbau eines Warenhauses. Beste Reklame. Jahrelanges Aufpassen der ganzen Bevölkerung. (Dufayel)

Briefträger als erste Kuttenträger des herankommenden Südens und Westens schauen wie in Nachthemden aus. Kästchen vor sich hergetragen, Briefe geordnet wie die Planeten auf dem Weihnachtsmarkt, hoch gehäuft darüber.

Seeanblick. Starkes Sonntagsgefühl bei der Einbildung hier Bewohner zu sein. Luftreservoir des Sees, nicht zu bebauen. Reiter. Aufgescheuchtes Pferd. Erzieherische Inschrift vielleicht Relief der Rebekka am Brunnen, die Ruhe der Inschrift und des Reliefs über der förmlich stark geblasenen Glasform des fließenden Wassers.

Altstadt: Enge steile Gasse, die ein Mann in blauer Blouse schwer herunterläuft. Über Stiegen.

Erinnerung an das vom Verkehr bedrohte Kloset vor Saint Roche in Paris.

Frühstück im alkoholfreien Restaurant. Butter wie Eidotter. Zürcher Zeitung

Großmünster: alt oder neu? Männer gehören an die Seiten. Der Küster weist uns bessere Plätze an. Wir folgen ihm, da es in unserer Richtung des Hinausgehns ist. Da er, als wir schon beim Ausgang sind, zu glauben scheint, wir finden diese Plätze nicht kommt, er quer durch die Kirche auf uns los. Wie stoßen einander heraus. Viel Lachen.

Max: Verwirrung der Sprachen als Lösung nationaler Schwierigkeiten. Der Chauvinist kennt sich nicht mehr aus.

Bad in Zürich: Nur Männerbad. Einer am andern. Schweizerisch. Mit Blei ausgegossenes Deutsch. Zum Teil keine Kabinen, republikanische Freiheit des Sichausziehens vor seinem Kleiderhaken, ebenso Freiheit des Schwimmeisters mit einer Löschspritze das volle Sonnenbad zu leeren. Dieses Leermachen wird übrigens nicht grundloser gewesen sein, als die Sprache unverständlich ist. Springer: mit auf dem Geländer auseinandergespreizten Füßen springt er erst aufs Sprungbrett und erhöht dadurch den Schwung. – Einrichtung einer Badanstalt erst bei längerer Benützung zu würdigen. Kein Schwimmunterricht. Irgend ein Naturheilkundiger mit langem Haar benimmt sich einsam. Niedrige Seeufer.

Freikoncert des Officiersverkehrsverein. Unter den Zuhörern ein Schriftsteller mit Begleiter, der in ein mit kleinen Zeilen gefülltes Notizbuch schreibt und nach Beendigung einer Programmnummer von seinem Begleiter fortgezogen wird. Keine Juden. Max: Die Juden haben sich dieses große Geschäft entgehn lassen. Anfang: Bersaglieri Marsch. Ende: Pro patria Marsch. Freikoncerte ihrer selbst wegen gibt es in Prag nicht (Luxembourgpark) nach Max republikanisch, in Paris Militär.

Kellerzimmer versperrt. Verkehrsbureau. Helles Haus hinter dunkler Gasse. Terassenhäuser am r. Ufer der Limmat. Blauweißgeflammte Fensterläden. Langsam gehende Soldaten sind Policisten. Tonhalle. Polytechnikum nicht gesucht und nicht gefunden. Stadthaus. Mittagessen im ersten Stock. Meilener Wein (Sterilisierter Wein frischer Trauben). Eine Kellnerin aus Lucern nennt uns die Züge dahin. Erbsensuppe mit Sago, Bohnen mit geröst. Kart. Citronencrême. – Anständige, kunstgewerbliche Häuser. Abfahrt ca. 3 Uhr nach Luzern um den See. Die leeren, dunklen hügeligen, waldigen Ufer des Zuger Sees in vielen Landzungen. Amerikanischer Anblick. Widerwillen auf der Reise gegen Vergleiche mit noch nicht gesehenen Ländern. Große Panoramen im Luzerner Bahnhof. Rechts vom Bahnhof Skiting-Rink. Wir treten unter die Diener und rufen Rebstock. Ist das Hotel unter den Hotels wie der Diener unter den Dienern? Brücke (nach Max) teilt wie in Zürich See von Fluß. Wo ist die deutsche Bevölkerung, welche die deutschen Aufschriften rechtfertigt? Kursaal. Die sichtbaren Schweizer in Zürich schienen nicht Hoteliertalente zu sein, hier, wo sie es sind, verschwinden sie, vielleicht sind sogar die Hoteliers Franzosen.

QUELLENVERZEICHNIS

Renato P. Arlati (geb. 1936), *Begegnung im Conti* in: Renato P. Arlati. Auf der Reise nach Rom. (c) Suhrkamp Verlag, Frankfurt am Main 1980, S. 90.

Hugo Ball (1886–1927), *Zürich* in: Ausgewählte Schriften. Herausgegeben und mit einem Nachwort versehen von Burkhard Schlichting. *Zur Gründung des Cabaret Voltaire* in: Hugo Ball & Emmy Hennings. Damals in Zürich. Briefe aus den Jahren 1915-1917. (c) Peter Schifferli. Verlags AG Die Arche, Zürich 1987, S.29–31, 193–196.

Emmy Ball-Hennings (1885–1948), *Wir kamen recht spät in der Nacht in Zürich an* in: Mein Leben mit Hugo Ball. Mit einem Nachwort von Christian Döring (c) Suhrkamp Verlag Frankfurt am Main 1990, S. 72–74. *Brief an Hugo Ball* in: Hugo Ball & Emmy Hennings. Damals in Zürich. Briefe aus den Jahren 1915-1917. (c) Peter Schifferli. Verlags AG Die Arche, Zürich 1978, S. 137–142.

Margrit Baur (geb. 1937), *Zürich, sagen die Touristen* in: Überleben. Eine unsystematische Ermittlung gegen die Not aller Tage. (c) Suhrkamp Verlag, Zürich 1981, S. 69–71.

Bertolt Brecht (1898–1956), *Puntila und sein Knecht Matti im Schauspielhaus* in: Bertolt Brecht. Arbeitsjournal 1942-1955. Herausgegeben von Werner Hecht. (c) Suhrkamp Verlag, Frankfurt am Main 1973, S. 832.

Max Brod (1884–1968), *In Zürich steigen mit uns Zivilisten mit Flinten aus* in: Franz Kafka. Reisetagebücher in der Fassung der Handschrift. Mit parallel geführten Aufzeichnungen von Max Brod. (c) S. Fischer Verlag Gmb H, Frankfurt am Main 1987, S. 121–125.

Georg Büchner (1813–1837), *Brief an die Familie* in: Werke und Briefe. (c) Insel Verlag, Frankfurt am Main 1977, S. 144.

Elias Canetti (1905–1994), *Spionage* in: Die gerettete Zunge. Geschichte einer Jugend. (c) Carl Hanser Verlag, München-Wien 1977, S. 197–201.

Paul Celan (1920–1970), *Zürich, zu Storchen* in: Gesammelte Werke in fünf Bänden. Erster Band. Gedichte I. (c) Suhrkamp Verlag, Frankfurt am Main 1983, S. 214–215.

Jürg Federspiel (geb. 1931), *Der Sprayer* in: Die beste Stadt für Blinde und andere Berichte. (c) Suhrkamp Verlag, Frankfurt am Main 1980, S. 329–335.

Max Frisch (1911–1991), *Begegnung, Erstes öffentliches Auftreten von Bertolt Brecht, Protokoll, Zürich* in: Tagebuch 1966-1971. (c) Suhrkamp Verlag, Frankfurt am Main 1972, S. 165, 26, 166–170, 294.

Claire Goll (1890–1977), *Die Geburt von Dada* in: Claire Goll. Ich verzeihe keinem. Eine literarische Chronique Scandaleuse unserer Zeit. (c) Scherz Verlag, Bern und München, S. 37–40.

Reto Hänny (geb. 1947), *Sie gedenken Zürich zu besuchen?* In: Merian 4. XLIV Abdruck mit freundlicher Genehmigung von Reto Hänny. S. 74–76. *Wir sind die Kulturleichen dieser Stadt*. In: Zürich. Anfang September. (c) Suhrkamp Verlag, Frankfurt am Main 1981, S. 17–23.

Gerhart Hauptmann (1862–1946), *Wir wurden nach Zürich eingeladen* in: Die großen Beichten. (c) Propyläen Verlag, Berlin 1966, S. 210–214.

Jakob Christoph Heer (1859–1925), *Ballonfahrt* in: Jakob Christoph Heer. Was die Schwalbe sang. Geschichten. Verlag Cotta, Stuttgart 1916, S. 62–68.

Franz Hohler (geb. 1943), *Die Rückeroberung* in: Franz Hohler. Die Rückeroberung. (c) Luchterhand Verlag, Darmstadt 1982, S. 82–97.

Ricarda Huch (1864–1947), *Ankunft in Zürich* aus: Während ich versuchte, Schweizerin zu werden. In: Ricarda Huch. Erinnerungen an das eigene Leben. Mit einem Vorwort von Bernd Balzer. (c) Verlag Kiepenheuer & Witsch, Köln 1980, S. 240–243.

James Joyce (1882–1941), *Offener Brief* in: James Joyce. Briefe II. Herausgegeben von Richard Ellmann. Übersetzt von Kurt Heinrich Hansen. (c) Suhrkamp Verlag Frankfurt am Main 1970, S. 715–718. *Bahnhofstrasse* in: Gesammelte Gedichte. Englisch und deutsch. Übersetzt von Hans Wollschläger. (c) Suhrkamp Verlag, Frankfurt am Main 1981, S. 103.

Egon Erwin Kisch (1885–1948), *Lenins möbliertes Zimmer* in: Egon Erwin Kisch. Hetzjagd durch die Zeit. Reportagen. (c) Aufbau Verlag, Berlin und Weimar 1971, S. 149–151.

Jürg Laederach (geb. 1945), *A wie Zürich* in: Merian 1. Januar 97. Abdruck mit freundlicher Genehmigung von Jürg Laederach. S. 52 f.

Else Lasker-Schüler (1869–1945), *Brief an Eduard Korrodi* in: Dichtungen und Dokumente. Herausgegeben von Ernst Ginsberg. (c) Kösel Verlag, München 1951, S. 280–284.

Guido Looser (1892–1937), *Brief aus dem Zürichsee* in: Welt und Leben. Beilage zum Aargauer Tagblatt und Aargauer Volksfreund, 1927, S. 364–370.

Rosa Luxemburg (1870–1919), *Brief an Leo Jogiches* in: Herzlichst Ihre Rosa. Ausgewählte Briefe. Herausgegeben von Annelies Laschitzka und Georg Adler. (c) Dietz Verlag, Berlin 1989, S. 44–46.

Erika Mann (1905–1969), *Brief an Katia Mann* aus: An verschiedene Redaktionen in der Schweiz. In: Erika Mann. Briefe und Antworten. Band I: 1922–1950. Herausgegeben von Anna Zanco Prestel. (c) Verlag Heinrich Ellermann, München 1984, S. 57–59.

Klaus Mann (1906–1949), *Die Pfeffermühle* in: Der Wendepunkt. Ein Lebensbericht. Mit einem Nachwort von Frido Mann. (c) Verlag Heinrich Ellermann, München 1981, S. 340–343.

Hans Mayer (geb. 1908), *Schweizer Exil* in: Hans Mayer. Ein Deutscher auf Widerruf. Erinnerungen I. (c) Suhrkamp Verlag, Frankfurt am Main 1982, S. 346–348.

Waslaw Nijinsky (1890–1950), *Ich fahre vor sieben nach Zürich ab* in: Ich bin ein Philosoph der fühlt. Die Tagebuchaufzeichnungen in der Originalfassung. Aus dem Russischen von Alfred Frank. (c) Verlag Verlagsbeteiligungsgesellschaft mbh & Co KG, Berlin 1996, S. 244–246.

Paul Nizon (geb. 1929), *Ob ich in Zürich vertrocknet wäre?* In: Paul Nizon. Die Innenseite des Mantels. Journal. Auswahl und Zusammenstellung unter Mitarbeit von Maria Gazetti. (c) Suhrkamp Verlag, Frankfurt am Main 1995, S. 85 f.

Oskar Panizza (1853–1922), *Olga* in: Zürcher Diskußionen, Zürich 1899, S. 218–223.

Nelly Sachs (1891–1970), *Brief an Ilse und Moses Pergament* in: Briefe der Nelly Sachs. Herausgegeben von Ruth Dinesen und Helmut Müssener. (c) Suhrkamp Verlag, Frankfurt am Main 1998, S. 247.

Einar Schleef (geb. 1944), *Die Gepäckscheine in der Faust* in: Gertrud. (c) Suhrkamp Verlag, Farnkfurt am Main 1980, S. 273–275.

Leo Trotzki (1879–1940), *Ich fahre morgen mit der Familie in die Schweiz* in: Mein Leben. Versuch einer Autobiographie. (c) S. Fischer Verlag A.-G., Berlin 1929, S. 208–212.

Martin Walser (geb. 1927), *Anselms Ankunft* in: Das Einhorn. Roman. (c) Suhrkamp Verlag, Frankfurt am Main 1966, S. 401–404.

Peter Weber (geb. 1968), *Hauptbahnhof. Mitternacht* in: Der Wettermacher. Roman. (c) Suhrkamp Verlag, Frankfurt am Main 1993, S. 123–126, 126–131.

Urs Widmer (geb. 1938), *Flug nach Zürich* in: Schweizer Geschichten. (c) Diogenes Verlag AG, Zürich 1987, S. 9–22.

Cäcilie Zeller (1800–1876), *Briefe aus Zürich* in: Viel Köpfe, viel Sinn. Texte von Autorinnen aus der deutschsprachigen Schweiz 1795–1945. Herausgegeben von Sabine Kubli und Doris Stump. (c) eFeF-Verlag, Zürich-Bern-Dortmund 1994, S. 57–62.

EUROPA ERLESEN

Bisher erschienen in der Reihe EUROPA ERLESEN folgende Bände:

ISTRIEN, KARST, MÄHREN, TRIEST, VENEDIG, WIEN, BERLIN, GALIZIEN, PRAG, SALZKAMMERGUT, DALMATIEN, ZÜRICH, DUBLIN, ST. PETERSBURG, FRIAUL, KÄRNTEN UND DIE THEMENBÄNDE WEIHNACHTEN UND IN ANDERER AUGEN

Pressestimmen zu EUROPA ERLESEN

Aus diesen Büchern wächst das Land
(Günther Hödl, im März 1998)

Bereits im letzten Herbst startete der Klagenfurter Wieser Verlag die literarisch wie geographisch anspruchsvolle Reihe »Europa Erlesen«. In der Zeit von Globalisierung und Eurofizierung betonen diese Publikationen die Unterschiede zwischen den Regionen. Texte bekannter und weniger bekannter Dichter öffnen die Wunderkammern der kleinen Räume.

Begonnen hat Herausgeber Lojze Wieder seine Europaerschließung in der vertrauten Umgebung des alten Mitteleuropa mit Städten und Regionen wie: Triest, Venedig, Wien, Istrien. Titel wie Karst und Mähren versprechen Entdeckungsreisen in literarische Landschaften, die scheinbar dem 19. Jahrhundert angehören und doch gegenwärtig sind in Gefühl und Geist ihrer Liebhaber. Diese Bücher halten ihr Versprechen: Aus den blinkenden Steinchen von Feuilletons, Gedichten, Landschaftsbetrachtungen und Portraits entsteht als dichtes Mosaik ein Bild von Lebensweise und Kultur, wie es kein Reiseführer vermitteln kann. Handlich, mit Goldprägung und Lesebändchen sind die kleinformatigen Büchlein wahre Kleinodien.

(Tobias Gohlis, Die Zeit, Nr. 11, 5. März 1998)

Eine ausgezeichnete Idee des Klagenfurter Verlegers Lojze Wieser bringt unter dem Leitwort »Europa Erlesen« neuartige und sehr gefällig gestaltete Landschafts- und Wanderbücher heraus (Karst, Istrien, Triest, Venedig, Wien...), allerdings keine touristischen. Mit viel Sorgfalt und ruhigem Bedacht sind literarische Zeugnisse mehrsprachiger Herkünfte, unterschiedlicher Heimatgefühle, Erfahrungen und Blickpunkte nebeneinandergestellt.

(Hubert Lendl, Bücher Bord, 23. Jahrgang, Februar 1998)

»Europa Erlesen« heißt Wiesers Projekt, für das die verstaubten Handwerkszeuge des enzyklopädischen Zeitalters aus dem methodischen Winkel hervorgekramt wurden. Die haben nun mit den technischen Hilfsmitteln moderner Kartographie rein gar nichts zu tun. Auf Computergrafiken oder generierte Bilder, Satellitenaufnahmen und all den lustigen Firlefanz, der die einschlägigen Werke ziert, kann Wieser leicht verzichten. Er vertraut dem genauen Hinsehen, dem geduldigen Zuhören, er pflegt die Tugenden des Sammlers, der an Plätzen, die er kennt, das Unerwartete findet und entdeckt.
»Europa Erlesen« ist auch deshalb ein altmodisches Vorhaben, weil es dem naiven Glauben an die Erzählbarkeit der Welt treu bleibt. Es geht davon aus, daß dieser Kontinent, seit alters her in Kriegen geschunden und geschändet, seine Würde im literarischen

Text bewahrt, seinen Sinn in die Kunst hinübergerettet hat.

(Samo Kobenter, Der Standard - Album, 19. Dez. 1997)

Daß Bücher, die in die Tasche passen, auch einen Hardcover-Einband haben können, zeigt eine neue Reihe des Wieser Verlags: »Europa Erlesen« heißt die Serie, deren Bücher zwar gut transportierfähig, weil klein, jedoch edel gestaltet und strapazfähig sind.

(Gerhard Altmann, Buchkultur, Heft 48/5 1997)

An bildungswillige und von Fernweh befallene Zeitgenossen richtet sich »Europa Erlesen« (...). Die Bände (...) vereinen ein repräsentatives Kunterbunt aus literarischen Beiträgen zu jeweils einer Stadt oder Region und eignen sich vorzüglich als stumme Gefährten - für tatsächliche Reisen und auch solche daheim im Fauteil.

(Walter M. Weiss, Diners Club, 6/97)

Edel gebunden, eignen sich die Büchlein in den handlichen Abmessungen für die Lektüre zwischendurch. Es sind literarische Spaziergänge durch die Jahrhunderte.

(Die Presse, Wien-Journal, 6. Nov. 1997)

»Von Venedig ist schon viel erzählt und gedruckt worden.« Man stößt aber auch auf Namen, die eben nicht zu den immer und immer wieder zitierten Klassikern gehören wie Guido Ceronetti, Milo Dor, Dino Buzzati. Und man entdeckt Texte von Autoren, von denen man nicht wußte, daß sie auch zu den Bewunderern Venedigs gehören wie etwa der kubanische Romancier Alejo Carpentier. Auch eine Auswahl von Gedichten ist abgedruckt, z. B. das wunderbare

»Mein Venedig stirbt nie« von Rose Ausländer. Man merkt schnell, daß dieser Band mit großem literarischen Wissen und mit viel Liebe auch für das buch-editorische Detail (natürlich mit Lesebändchen) gemacht wurde. (...)
Zum Reisen nach Venedig und für das Flanieren durch Venedig hat es eine ideale Form. Es erscheint in einer Reihe (»Europa Erlesen«), von der man sich jeden Band in seiner privaten Bibliothek wünschen würde.

(Frankfurter Rundschau, 14. März 1998, Nr. 62)

An Handlichkeit und schönem Design sind die kleinen literarischen Anthologien aus dem Wieser Verlag unübertroffen (...). Daß Istrien ebenso wie der Karst oder Mähren zu den weniger bekannten Regionen Europas zählen, ist ein weiterer Pluspunkt für die neue Reihe. Der Verlag hat es sich zum Ziel gesetzt, Europa auch und ganz besonders an seinen Rändern zu »erlesen«, politische Grenzen spielen in diesem Konzept keine Rolle, denn es geht nicht um das Europa der EU, sondern um den gesamten Kontinent - von Island bis zu den Karpaten.

(Frankfurter Allgemeine Zeitung, 16. April 1998, Nr. 88)

Ein poetisches Landschaftsprofil (...), ein stilles Abenteuer abseits. Zum Beispiel: Istrien. Ein anderes Zeitmaß, eine andere Lebensrhythmik. Ein anderes Licht. (...) Istrien ist eines von rund einem Dutzend anvisierter Reiseziele in Europa, zu denen Lojze Wieser als Gesamtherausgeber jetzt die ersten sechs literarischen Wanderführer, abseits vom touristischen mainstream, vorgelegt hat. (...)
»Europa Erlesen« - von Island bis Griechenland, von Portugal bis zum Baltikum und zu den Karpaten. Ein

reizvolles Angebot für Entdeckungsreisen über Sprachgrenzen hinweg, ohne Visa; unerheblich jenes Ost oder West, Nord oder Süd, gar als Wohlstands-, Kultur- oder Zivilisationsgefälle stigmatisiert. Literatur als Fenster auf ein Europa ohne abschottende Mauern. Entlang von Wegweisern, die mal bekannte, auch unbekannte Autorinnen und Autoren aufgestellt haben, in Form von Gedichten, Tagebuchaufzeichnungen, Briefen, Prosatexten. Mal unvertrauten Blicks von innen folgend, mal den fremden Blick von Reisenden, wieder ein anderes Mal als Streiflichter durch die Linse der Erinnerungen an Kindheit und Heimat. Blicke auf Vergessenes, durch die Geschichte an den Rand Gedrängtes oder Getilgtes, etwa Juden oder Deutsche in Mähren. Einblicke in die Träume und auch auf Ängste der Menschen durch Jahrzehnte und Jahrhunderte und nicht zuletzt auch darin, wie eine Stadt oder eine Region die Menschen auf Dauer prägt. Wo beginnen?
Ursula Rütten

(DeutschlandRadio Köln, Feature-Redaktion, 9. März 1998)

»Europa Erlesen« solle eine »Schatzsuche und zugleich Entdeckungsreise sein nach einen Gobelin der Kulturen und der Verknüpfung von Bildern«, so Lojze Wieser. Die bereits erschienen Bände erfüllen allesamt diesen Anspruch. Die jeweiligen Herausgeber haben sich auf Verlegenheitslösungen, wie sie bei derartig spezifischen Reihen vorkommen, konsequent nicht eingelassen.

(Michael Stadler, Salzburger Nachrichten)

Echte Kulturmenschen erkennt man in Zukunft daran, ob sie diese kleinen Büchlein eingesteckt haben.«

(Karin Resetarits, ORF Treffpunkt Kultur)

Guten Tag, mein Name ist Stefan Fleming. Ich habe eben Ihre Buchreihe, die ersten sechs Bände »Europa Erlesen«, gekauft, entdeckt, und möchte Ihnen einmal auf diesem Wege - ich werde versuchen, Sie auch noch so zu erreichen - gratulieren. Ich habe wirklich selten eine so wundervolle kleine Buchreihe gesehen, sie ist perfekt ediert, unglaublich schön und liebevoll gemacht, man ist ganz gespannt, wie es weitergeht, man wird nicht fertig mit Anschauen, Halten, es sind perfekte Bücher rundherum.

Das möchte ich Ihnen einfach gerne sagen. Ich bin riesig glücklich und die Intention und die Ausgabe sind hinreißend, soweit ich es jetzt schon durchgelesen habe. Ich bin wirklich ganz, ganz angetan und ich glaube, so etwas sollten Sie von einem Leser hören.

(Anrufbeantworter 20.11.1997)

Eine Einstiegsdroge – ohne diese kleinen Bände mag man gar nicht mehr verreisen.

(Uschi Loigge, Kleine Zeitung)

Ganz konsequent wird in dieser Reihe mit der Sprache kartographiert, auf daß die Bilder im Kopf des Reisenden Lesers fast wie von selbst estehen.

(Stefan Eggert, Süddeutsch Zeitung)